T0001633

BESTSELLER

Christina Hobbs y **Lauren Billings** son un dúo de escritoras apasionadas desde siempre por las novelas románticas. Separadas por el estado de Nevada, se conocieron en 2009, cuando ambas escribían fanfiction bajo los respectivos nombres de tby789 (*The Office*) y LolaShoes (*My Yes, My No*). Tras aunar sus esfuerzos para escribir la popular *A Little Crazy*, revisaron y reescribieron la famosa fanfiction *The Office*, que arrasó en la red y posteriormente se convirtió en la novela *Beautiful Bastard*, cuyos derechos cinematográficos han sido adquiridos por una importante productora estadounidense. Sus obras, que han gozado de un gran éxito entre las lectoras, han sido traducidas a más de veinte idiomas. Además, en 2013 fueron galardonadas con el Premio Rosa RománTica'S a la mejor autora revelación internacional.

Para más información, visita la página web de las autoras:
www.christinalaurenbooks.com

También puedes seguir a Christina Hobbs y a Lauren Billings en sus cuentas de Twitter:
@seeCwrite
@lolashoes

Biblioteca

CHRISTINA LAUREN

Beautiful Bastard
Un tipo odioso

Traducción de
M.ª del Puerto Barruetabeña Diez

DEBOLS!LLO

Papel certificado por el Forest Stewardship Council®

Penguin
Random House
Grupo Editorial

Título original: *Beautiful Bastard*

Segunda edición: octubre de 2014
Quinta reimpresión: diciembre de 2022

Printed in Spain – Impreso en España

ISBN: 978-84-9062-318-3
Depósito legal: B-26.515-2017

Compuesto en La Nueva Edimac, S. L.

Impreso en Liberdúplex
Sant Llorenç d'Hortons (Barcelona)

P 6 2 3 1 8 B

Para SM por unirnos sin darse verdadera cuenta.
Para todos los fans que lo han hecho oficial.
Y para nuestros maridos por soportarlo todo.

1

Mi padre siempre decía que la manera de aprender el trabajo que deseas es pasar cada segundo de tu tiempo viendo a alguien hacerlo.

«Para conseguir un trabajo en la cumbre, tienes que empezar desde abajo —me decía—. Conviértete en la persona sin la que el consejero delegado no pueda vivir. En su mano derecha. Aprende cómo es su mundo y lograrás que te contrate en cuanto termines los estudios.»

Yo me convertí en irremplazable. Y sin duda era su «Mano Derecha». El problema era que, en este caso, era la mano derecha que estaba deseando abofetear es maldita cara la mayor parte de los días.

Mi jefe, el señor Bennett Ryan: un tipo odioso pero muy atractivo.

El estómago se me retorcía solo con pensar en él: alto, guapísimo y la maldad personificada. El gilipollas más creído y más pedante que he conocido en mi vida. Todas las demás mujeres de la oficina cotilleaban sobre sus aventuras y se preguntaban si lo único que hacía falta para conseguirle era una cara bonita. Pero mi padre también me había dicho otra cosa: «Descubrirás muy pronto que la belleza solo es externa, pero la fealdad llega hasta lo más profundo». Yo ya había tenido mi ración de hombres desagradables en los últimos años; salí con unos cuantos en el instituto y en la universidad. Pero este se llevaba la palma.

—¡Vaya! Buenos días, señorita Mills —El señor Ryan estaba de pie en el umbral de mi despacho, que servía de antesala al suyo. Su voz tenía una nota dulce como la miel, pero eso no era propio de él... más bien miel congelada que se había hecho pedazos al romperse, pedazos agudos y cortantes.

Después de haber derramado agua sobre mi móvil, de que se me cayeran los pendientes en el triturador de basura, de que me hubieran golpeado el coche por detrás en la interestatal y de haber tenido que esperar a la policía para que nos dijera lo que los dos ya sabíamos (que la culpa había sido de aquel otro tío), lo último que necesitaba esa mañana era un señor Ryan de mal humor.

Lo malo es que él no tenía más modos predeterminados que ese.

Lo saludé como lo hacía todos los días.

—Buenos días, señor Ryan.

Y deseé que me hiciera su asentimiento de cabeza habitual en respuesta. Pero cuando intenté pasar a su lado, él murmuró:

—¿Buenos «días», señorita Mills? ¿Qué hora es en su planeta unipersonal?

Me detuve y le sostuve su mirada fría. Era unos veinte centímetros más alto que yo y antes de empezar a trabajar para él yo nunca me había sentido tan pequeña. Llevaba trabajando en Ryan Media Group seis años, pero desde que él había vuelto al negocio familiar nueve meses atrás, yo había empezado a llevar tacones e incluso a considerar la inverosímil posibilidad de ponerme zancos para poder mirarlo directamente a los ojos. Y llevaba tacones ese día, pero aun así tuve que inclinar la cabeza y eso claramente le encantó, porque vi cómo le brillaban los ojos color avellana.

—He sufrido una cadena de desastres esta mañana, señor Ryan. No volverá a ocurrir —dije aliviada por que mi voz sonara firme.

Nunca había llegado tarde, ni una vez, pero por supuesto él tenía que llamarme la atención la primera vez que pasaba como si fuera algo grave. Conseguí pasar junto a él y atravesar la puerta, dejé mi bolso y el abrigo en el armario y encendí el ordenador. Intenté actuar como si él no siguiera de pie en el umbral, observando todos mis movimientos.

—«Una cadena de desastres» es una muy buena descripción de lo que he tenido que gestionar en su ausencia. He hablado con Alex Schaffer para quitarle importancia al hecho de que no le hubieran llegado los contratos firmados a la hora prometida: las nueve de la mañana, horario de la costa Este. También he tenido que llamar a Madeline Beaumont para hacerle saber que, de hecho, íbamos a seguir adelante con la propuesta como la dejamos por escrito. En otras palabras, esta mañana he estado haciendo su trabajo y el mío. ¿De verdad que incluso con esa «cadena de desastres» no ha podido ni siquiera llegar a las ocho de la mañana? Algunos empezamos a trabajar antes de la hora del brunch, señorita Mills.

Levanté la vista para mirarlo; estaba claramente cabreado y me miraba fijamente con los brazos cruzados sobre su amplio pecho. Y todo porque había llegado una hora tarde... Parpadeé y aparté la mirada, evitando deliberadamente fijarme en cómo el traje oscuro cortado a medida se tensaba a la altura de sus hombros. El primer mes que trabajamos juntos, durante una convención, cometí el error de ir a hacer ejercicio al gimnasio del hotel y al entrar me lo encontré cubierto de sudor y sin camiseta al lado de la cinta de correr. Tenía una cara por la que mataría cualquier modelo masculino y el pelo más increíble que he visto nunca en un hombre. Pelo de polvo reciente, así lo llamaban las chicas de la planta de abajo, y según ellas, se había ganado ese título. La imagen de él limpiándose el pecho con la camiseta había quedado grabada a fuego en mi cerebro.

Pero claro, él tenía que estropearlo abriendo la bocaza y diciendo: «Me alegro de que por fin se interese un poco por su forma física, señorita Mills».

Gilipollas.

—Lo siento, señor Ryan. Comprendo la carga que he puesto sobre sus hombros dejándole a cargo del fax y del teléfono —respondí con solo un pelín de sarcasmo—. Como ya le he dicho, no volverá a ocurrir.

—Claro que no —respondió con su arrogante sonrisa de nuevo en los labios.

Si mantuviera la boca cerrada sería perfecto. Bastaría un trozo de cinta americana. Tenía un rollo en mi mesa que a veces sacaba y acariciaba imaginando que algún día podría darle un buen uso.

—Y para que no se le ocurra olvidarse de este incidente, quiero ver las tablas de los informes de progreso de los proyectos Schaffer, Colton y Beaumont sobre mi mesa a las cinco. Y después va a recuperar la hora que ha perdido esta mañana haciendo una presentación de prueba de la cuenta Papadakis para mí en la sala de reuniones a las seis. Si se va a ocupar de esa cuenta, tendrá que demostrarme que sabe lo que está haciendo.

Abrí los ojos como platos, mientras él se daba la vuelta, entraba en su despacho y cerraba con un portazo. Él sabía perfectamente que tenía muy adelantadas las previsiones de ese proyecto, que también me iba a servir de proyecto final de mi máster. Todavía tenía varios meses para terminar la presentación una vez que se firmaran los contratos... cosa que no había sucedido todavía. Ni siquiera estaban acabados los borradores. Y ahora, con todo lo demás por hacer, quería que hiciera una presentación de prueba dentro de… Miré el reloj. Genial, siete horas y media, y eso si me saltaba la comida. Abrí el archivo de la cuenta Papadakis y me puse manos a la obra.

Cuando todo el mundo empezó a salir poco a poco para ir a comer, yo me quedé pegada a mi mesa con un café y una bolsa de frutos secos que había comprado en la máquina. Normalmente me habría llevado sobras de casa o habría salido con los demás becarios a comer algo, pero ese día el tiempo corría en mi contra. Oí abrirse la puerta exterior del despacho y levanté la vista. Sonreí al ver a Sara Dillon entrar. Sara estaba en Ryan Media Group en el mismo programa de prácticas del máster, aunque ella trabajaba en contabilidad.

—¿Vamos a comer? —me preguntó.

—Voy a tener que saltarme la comida. Está siendo un día infernal. —La miré con cara de pena y su sonrisa pasó a ser burlona.

—¿Día infernal o jefe infernal? —Se sentó en el borde de mi mesa—. He oído que se ha puesto como una fiera esta mañana.

Le dediqué una mirada cómplice. Sara no trabajaba para él, pero sabía todo lo que pasaba con Bennett Ryan. Como hijo menor del fundador de la empresa, Elliott Ryan, y con una notoria propensión a perder los estribos, era una leyenda viva en aquel edificio

—Aunque tuviera un clon, no podría acabar esto a tiempo.

—¿Quieres que te traiga algo? —Su mirada se dirigió al despacho del jefe—. ¿Un asesino a sueldo? ¿Agua bendita?

Reí.

—No, estoy bien.

Sara sonrió y se marchó. Acababa de darle el último sorbo a mi café cuando me agaché y me di cuenta de que tenía una carrera en las medias.

—Y por si fuera poco —empecé a hablar al oír de nuevo los pasos de Sara— me he hecho una carrera en las medias. ¿Sabes qué? Si vas a algún sitio donde haya chocolate, tráeme veinte kilos, así me como toda mi ansiedad después.

Levanté la vista y vi que no era Sara la persona que estaba allí de pie. Se me encendieron las mejillas y me bajé la falda.

—Lo siento, señor Ryan, yo...

—Señorita Mills, como usted y las otras secretarias tienen mucho tiempo para hablar de los problemas con su lencería, además de preparar la presentación de Papadakis, necesito que vaya al despacho de Willis y me traiga los análisis de mercado y segmentación de Beaumont. —Se enderezó la corbata mirando su reflejo en la ventana—. ¿Cree que podrá hacerlo?

¿Me acababa de llamar «secretaria»? Como parte de las prácticas a veces hacía ciertas tareas de asistente para él, pero el señor Ryan sabía de sobra que yo llevaba varios años trabajando en la empresa antes de que me concedieran la beca JT Miller para la Universidad Northwestern. Y ahora solo me quedaban cuatro meses para acabar mi máster en empresariales.

«Para terminar el máster y dejar de estar a sus órdenes», pensé. Levanté la vista y me encontré con su mirada encendida.

—No tengo ningún inconveniente en pedirle a Sam que...

—No era una sugerencia —me cortó—. Quiero que vaya usted a buscarlos. —Me miró durante un momento con la mandíbula apretada antes de girar sobre sus talones y volver como una tromba a su despacho, cerrando la puerta con fuerza tras él.

Pero ¿qué problema tenía? ¿De verdad era necesario ir dando portazos por ahí como un adolescente? Cogí la chaqueta del respaldo de la silla y me encaminé a la otra oficina, un poco más abajo en la misma calle.

Cuando volví, llamé a su puerta pero no respondió. Intenté girar el picaporte. Cerrado. Seguramente estaría echando un polvo rapidito por la tarde con alguna princesita con fideicomiso mientras yo tenía que correr como una loca de acá para allá por todo Chicago. Metí el sobre manila por la ranura para el correo y deseé que los papeles se desparramaran por todas partes y él tuviera que agacharse para recogerlos y ordenarlos. Le estaría bien empleado. Me gustó bastante la imagen de él de rodillas en el suelo, recogiendo papeles desperdigados. Pero la verdad era que, conociéndolo, seguro que me llamaba para que entrara en su inmaculada guarida y lo recogiera todo mientras él me observaba.

Cuatro horas después había acabado las actualizaciones de los informes de progreso, tenía la presentación prácticamente preparada y estaba al borde de la risa histérica por lo horrible que había sido ese día. Me encontré planeando el cruento y retorcido asesinato del chico de la copistería. Solo le había pedido que hiciera algo muy sencillo: unas cuantas copias y encuadernar algunas cosas. Debería haber sido pan comido. Cosa de un momento. Pero no, le había llevado ¡dos horas!

Corrí por el oscuro pasillo del edificio ya vacío con los materiales para la presentación agarrados como podía entre los brazos y mirando el reloj. Seis y veinte. El señor Ryan se iba a comer mi hígado crudo. Llegaba veinte minutos tarde. Como había quedado claro esa mañana, él odiaba la impuntualidad. «Tarde» era una palabra que no estaba incluida en el *Diccionario del capullo de Bennett Ryan*, como tampoco lo estaban «corazón», «amabilidad», «compasión», «hora de la comida» o «gracias».

Y ahí estaba yo, corriendo por los pasillos con unos zapatos de tacón de aguja italianos, a toda velocidad hacia mi verdugo.

«Respira, Chloe. Este tío es capaz de oler el miedo.»

Cuando me acerqué a la sala de reuniones intenté tranquilizar mi respiración y dejé de correr. Una luz cálida se colaba por debajo de la puerta. Sin duda, estaba ahí, esperándome. Con cuidado intenté arreglarme el pelo y la ropa a la vez que organizaba la pila de documentos que cargaba. Inspiré hondo y llamé a la puerta.

—Adelante.

Entré en la sala de reuniones, era enorme; una pared tenía unas ventanas del suelo al techo que ofrecían una vista maravillosa del paisaje urbano de Chicago desde una altura de dieciocho pisos. Empezaba a oscurecer y los rascacielos salpicaban el horizonte con sus ventanas iluminadas. En el centro de la sala había una impresionante mesa de madera maciza, y mirándome desde la cabecera estaba el señor Ryan.

Estaba ahí sentado, con la chaqueta del traje colgada en una silla detrás de él, la corbata aflojada, las mangas almidonadas de la camisa blanca remangadas hasta los codos y la barbilla descansando sobre sus manos cruzadas. Me atravesó con la mirada, pero no dijo nada.

—Discúlpeme, señor Ryan —dije con voz temblorosa y con la respiración entrecortada—. Las copias me han llevado... —Me paré en seco. Las excusas no iban a mejorar mi situación. Y además, no le iba a permitir echarme la culpa de algo que yo no podía controlar. Que se fastidiara. Con mi recién recuperada valentía en su sitio, levanté la barbilla y caminé hasta donde él estaba sentado.

Sin mirarlo, busqué entre los papeles y coloqué una copia de la presentación sobre la mesa.

—¿Listo para empezar?

No dijo una palabra, pero su mirada atravesó mi valiente coraza. Todo aquello hubiera sido mucho más fácil si él no fuera tan guapo... Sin decir nada, señaló el material que le había puesto delante para que continuara.

Me aclaré la garganta y empecé la presentación. Repasé los diferentes aspectos de mi propuesta y él permaneció en silencio, con la mirada clavada en su copia. ¿Por qué estaba tan tranquilo? Podía manejar sus arrebatos de ira, pero ese misterioso silencio... Me estaba poniendo de los nervios.

Estaba inclinada sobre la mesa, señalándole unos gráficos cuando sucedió.

—La línea temporal para el primer objetivo es un poco ambi...

Dejé la frase a medias y el aire se detuvo en mi garganta. Había puesto la mano en el final de mi espalda antes de deslizarla poco a poco hasta posarla sobre la curva de mi trasero. En los nueve meses que llevaba trabajando para él nunca me había tocado intencionadamente.

Y eso era sin duda intencionado.

El calor de su mano me quemaba a través de la falda hasta llegar a mi piel. Todos los músculos de mi cuerpo se tensaron y sentí cómo se licuaban mis entrañas. ¿Qué demonios estaba haciendo? Mi cerebro me gritaba que le apartara la mano y le dijera que no volviera a tocarme, pero mi cuerpo actuaba en solitario. Se me endurecieron los pezones, y apreté la mandíbula en respuesta. «¡Traidores!»

El corazón me martilleaba en el pecho, pasó al menos medio minuto sin que ninguno de los dos dijera nada. Mientras, su mano seguía bajando por mi muslo, acariciándome. Nuestras respiraciones y el ruido de la ciudad que llegaba amortiguado desde la calle era lo único que se oía en el aire inmóvil de la sala de reuniones.

—Dese la vuelta, señorita Mills.

Su voz queda rompió el silencio y yo me erguí, mirando hacia delante. Me volví lentamente y su mano me fue rozando, deslizándose hacia mi cadera. Podía sentir cómo la extendía, desde las yemas de los dedos que tenía sobre la parte baja de mi espalda hasta el pulgar que en ese momento presionaba la piel suave que quedaba justo encima del hueso de mi cadera. Bajé la vista para mirarlo a los ojos y nuestras miradas se encontraron.

Notaba su pecho subiendo y bajando, cada respiración más profunda que la anterior. Un músculo se contrajo en su dura mandíbula a la vez que el pulgar empezaba a moverse, deslizándose lentamente a un lado y a otro, mientras sus ojos no se apartaban de los míos. Estaba esperando que yo lo detuviera; ya había transcurrido tiempo más que suficiente para que yo lo apartara de un manotazo o simplemente me alejara y me fuera. Pero tenía demasiados sentimientos que gestionar antes de poder reaccionar. Nunca me había sentido así, y mucho menos había esperado sentirme así con él. Quería darle una bofetada y después agarrarlo de la camisa y lamerle el cuello.

—¿Qué estás pensando? —me susurró con una mirada entre burlona y nerviosa.

—Todavía intento averiguarlo.

Con sus ojos fijos en los míos, sus dedos empezaron a descender por mi muslo hasta llegar al borde de la falda. Después metió la mano por debajo y sus dedos recorrieron las cintas de mi liguero y el borde de encaje de una de las medias que me llegaba hasta el muslo. Un dedo se coló entre la media y mi piel, y tiró un poco hacia abajo. Inspiré bruscamente, sintiendo de repente que me estaba fundiendo desde el exterior y hasta lo más profundo.

¿Cómo podía dejar que mi cuerpo reaccionara así? Todavía quería darle un bofetón, pero ahora deseaba con más fuerza que continuara. El ansia que sentía entre las piernas no dejaba de aumentar. Llegó al borde de mis bragas y metió los dedos bajo la tela. Sentí que se deslizaba contra mi piel y me rozaba el clítoris antes de meter un dedo en mi interior. Me mordí el labio e intenté (sin éxito) contener un gemido. Cuando volví a bajar la vista para mirarlo, unas gotas de sudor empezaban a formarse en su frente.

—Joder —dijo con voz baja y grave—. Qué húmeda estás. —Dejó que se le cerraran los ojos. Parecía estar librando la misma lucha interna que yo. Le miré el regazo y vi que la tela de sus pantalones estaba muy tensa. Sin abrir los ojos sacó el dedo y apretó el fino encaje de mis bragas en el puño. Cuando me miró estaba temblando, con una clarísima expresión de furia. Con un movimiento rápido me arrancó las bragas, y el sonido de la tela al rasgarse pudo oírse en silenciosa la sala.

Me cogió bruscamente, me subió a la fría mesa y me separó las piernas. Gemí sin querer cuando sus dedos volvieron, deslizándose y entrando de nuevo. Odiaba a ese hombre de una forma especialmente intensa, pero mi cuerpo me traicionaba; quería más. Maldita sea, se le daba muy bien. Las suyas no eran las caricias amorosas a las que estaba acostumbrada. Era un hombre que solía conseguir lo que quería y por lo que parecía, lo que quería en ese momento era a mí. Dejé caer la cabeza a un lado y me eché hacia atrás hasta apoyarme en los codos, sintiendo precipitarse el orgasmo.

Y para mi horror absoluto incluso llegué a suplicar:

—Por favor...

Él dejó de moverse, sacó el dedo y cerró la mano en un puño. Yo me incorporé, le agarré la corbata de seda y acerqué su boca a la mía con agresividad. Sus labios eran tan perfectos como parecían: firmes y suaves. Nunca me había besado nadie que conociera hasta el último ángulo, punto de profundidad y movimiento de provocación posible. Me estaba haciendo perder la cabeza.

Le mordí el labio inferior mientras mis manos se apresuraban a desabrocharle los pantalones, liberando el cinturón de las trabillas.

—Será mejor que estés preparado para acabar lo que has empezado.

Él dejó escapar un sonido grave y rabioso desde el fondo de la garganta, me abrió la blusa de un tirón. Los botones plateados salieron disparados y rebotaron por toda la mesa de la sala de reuniones.

Subió las manos por mis costillas y después las colocó sobre mis pechos; sus pulgares se deslizaban adelante y atrás sobre mis pezones tensos. Su mirada oscura estaba fija en mi expresión todo el rato. Tenía las manos grandes y tan ásperas que casi llegaban a provocarme dolor, pero en vez de quejarme o apartarlo, me apreté contra sus palmas porque quería sentir más y más fuerte.

Él gruñó y apretó los dedos. Se me ocurrió que me iba a dejar cardenales y casi deseé que lo hiciera. Quería algo para recordar esa sensación de estar absolutamente segura de lo que deseaba mi cuerpo, de estar desatada.

Él se acercó lo suficiente para morderme el hombro y me susurró.

—Eres una tentación...

Incapaz de acercarme tanto como quería, aceleré mi maniobra con la cremallera y le bajé los pantalones y los bóxer hasta el suelo. Le di un buen apretón a su polla, sintiendo cómo latía contra mi palma.

La forma en que dijo mi «apellido» entre dientes —«Mills...»— debería haberme provocado un arrebato de furia, pero en ese momento solo sentía una cosa: pura lujuria desenfrenada. Me subió la falda por los muslos y me empujó sobre la mesa. Antes de que pudiera decir una sola palabra me agarró de los tobillos, luego se cogió la polla, dio un paso adelante y empujó hasta penetrarme.

Ni siquiera fui capaz de sentirme avergonzada por el gemido tan alto que dejé escapar. Él era lo mejor que había sentido nunca...

—¿Qué? —dijo con los dientes apretados y las caderas golpeando contra mis muslos mientras se hundía en mí—. Nunca te habían follado así antes, ¿eh? No resultarías tan tentadora si tuvieras alguien que te follara bien.

Pero ¿quién se creía que era? ¿Y por qué me ponía tanto que tuviera razón? Nunca había tenido relaciones sexuales en ninguna otra parte que no fuera en una cama y nunca me había sentido así.

—Me han follado mejor —le dije para provocarlo.

Rió, bajito y con sorna.

—Mírame.

—No.

Salió justo cuando estaba a punto de correrme. Al principio pensé que me iba a dejar así, pero me agarró los brazos y tiró de mí para levantarme de la mesa, con los labios y la lengua presionando contra los míos.

—Mírame —repitió.

Y por fin, sin él dentro de mí, pude hacerlo. Parpadeó una vez, muy lentamente, con las largas pestañas oscuras rozándole la mejilla, y después me dijo:

—Pídeme que haga que te corras.

Su tono no era el adecuado. Era casi una pregunta, sin embargo, las palabras eran propias de él: un cabrón. Quería que hiciera que me corriera. Más que nada. Pero que me partiera un rayo si le pedía algo en toda mi vida.

Bajé la voz y le miré fijamente.

—Es usted un capullo, señor Ryan.

Su sonrisa me dejó claro que lo que fuera que quería de mí, lo había conseguido. Quería clavarle la rodilla justo en sus partes, pero así no iba a conseguir lo que en realidad quería.

—Pídamelo por favor, señorita Mills.

—«Por favor», ni de coña.

Lo siguiente que sentí fue la ventana fría contra mis pechos y gemí ante el intenso contraste de temperatura entre el cristal y su piel. Estaba ardiendo; todas las partes de mi cuerpo querían sentir su áspero contacto.

—Al menos eres coherente —me dijo al oído antes de morderme el hombro. Metió el pie entre los míos—. Separa las piernas.

Y yo las abrí sin dudarlo. Él me tiró de la cadera hacia atrás y metió la mano entre los dos antes de volver a empujar para entrar en mi interior.

—¿Te gusta el frío?

—Sí.

—Chica sucia y pervertida. Te gusta que te vean, ¿eh? —murmuró mordiéndome el lóbulo de la oreja—. Te encanta que todo Chicago pueda levantar la cabeza y mirar cómo te follo. Te están volviendo loca todos y cada uno de los minutos que estás pasando con tus preciosas tetas pegadas contra el cristal.

—Calla. Lo estás estropeando. —Pero no era así. Ni mucho menos. Su voz grave me provocaba cosas increíbles.

Él solo se rió junto a mi oído y probablemente se dio cuenta de cómo me estremecí al oírlo.

—¿Quieres que vean cómo te corres?

Gemí en respuesta, incapaz de formar las palabras; cada embestida dentro de mí me apretaba más y más contra el cristal.

—Dilo. ¿Quieres correrte, señorita Mills? Respóndeme o pararé y haré que me la chupes —susurró entre dientes entrando cada vez más adentro.

La parte de mí que lo odiaba se estaba disolviendo como azúcar en mi lengua y la parte que quería todo lo que tuviera para darme crecía, ardiente y exigente.

—Pídemelo. —Se inclinó sobre mí, me agarró el lóbulo de la oreja entre los labios y después me dio un mordisco fuerte—. Te prometo que te lo daré.

—Por favor —le dije cerrando los ojos para ignorar todo lo demás y solo sentirle a él—. Por favor. Sí.

Me rodeó el cuerpo con el brazo y puso sus dedos sobre mi clítoris con la presión y el ritmo perfectos. Sentía su sonrisa sobre mi nuca y cuando abrió la boca y apretó los dientes contra mi piel, perdí todo control. El calor ascendió por mi espalda, me envolvió las caderas hasta alcanzar mis piernas y me sacudí contra él. Apreté el cristal con las manos, todo mi cuerpo estremeciéndose por el orgasmo que me embargaba y me dejaba sin aliento. Cuando por fin perdió intensidad, él salió y me dio la vuelta para que lo mirara; agachó la cabeza para besarme el cuello, la mandíbula y el labio inferior.

—Dame las gracias —susurró.

Enterré las manos en su pelo y tiré con fuerza, esperando provocar alguna reacción en él, queriendo ver si todavía tenía control sobre sí mismo o deliraba. «Pero ¿qué demonios estamos haciendo?»

Él gruñó, me cogió las manos, me besó por todo el cuello y apretó su erección contra mi estómago.

—Ahora hazme sentir bien.

Yo solté una mano, la bajé hasta su miembro y empecé a acariciarlo. Era grueso y largo y encajaba perfecta en mi palma. Quería decírselo, pero en la vida le iba a decir lo genial que lo sentía. En vez de eso me aparté de sus labios mirándolo con los ojos entornados.

—Voy a hacer que te corras con tanta fuerza que te olvidarás de que eres el mayor cabrón del mundo —le prometí con voz grave resbalando por el cristal antes de meterme lentamente su pene en la boca hasta el fondo.

Él se tensó y soltó un gemido profundo. Levanté la vista para mirarlo: tenía las palmas y la frente apoyadas contra el cristal y los ojos cerrados con fuerza. Parecía vulnerable y estaba tremendo en ese estado de abandono.

Pero no era nada vulnerable. Era el mayor capullo que había pisado la tierra y yo estaba de rodillas delante de él. Ni de coña.

Así que en vez de darle lo que sabía que quería, me levanté, me bajé la falda y lo miré a los ojos. Era más fácil ahora que no me estaba tocando y haciéndome sentir cosas que no tenía por qué hacerme sentir.

Los segundos pasaron y ninguno de los dos apartó la mirada.

—¿Qué demonios crees que estás haciendo? —preguntó con voz ronca—. Ponte de rodillas y abre la boca.

—Ni hablar.

Cerré la parte delantera de mi blusa sin botones y me fui de la sala, rezando para que mis piernas todavía temblorosas no me traicionaran.

Cogí el bolso de mi mesa, me puse la chaqueta e intenté desesperadamente abrocharme los botones con los dedos vacilantes. El señor Ryan aún no había salido y yo corrí hasta el ascensor confiando poder llegar antes de tener que volver a enfrentarme a él.

Ni siquiera podía permitirme pensar en lo que había pasado hasta que no consiguiera salir de allí. Le había dejado follarme, provocarme el orgasmo más increíble de mi vida y después le había dejado con los pantalones por los tobillos en la sala de reuniones de la empresa, con el peor caso de dolor de huevos de la historia de la humanidad. Si se tratara de la vida de otra persona, me habría alegrado una barbaridad. Sin embargo, no era la vida de otra.

«Mierda.»

Las puertas del ascensor se abrieron, entré y pulsé apresuradamente el botón. Después miré cómo los números de los pisos bajaban con rapidez. En cuanto el ascensor llegó abajo, atravesé el vestíbulo corriendo. Oí al pasar algo que decía el guardia de seguridad sobre trabajar hasta tarde, pero me limité a pasar a la carrera a su lado y despedirme con la mano.

Con cada paso la tensión que sentía entre las piernas me recordaba lo que había pasado durante la última hora. Cuando llegué a mi coche lo abrí con el mando, tiré de la puerta y me dejé caer en el confort del asiento de cuero. Me miré en el espejo retrovisor.

«¿Qué demonios ha pasado?»

2

«Dios, qué jodido estoy.»

Llevaba mirando al techo desde que me había despertado hacía treinta minutos. El cerebro: hecho un lío. La polla: como una piedra.

Bueno, como una piedra otra vez.

Fruncí el ceño sin dejar de mirar el techo. No importaba cuántas veces me hubiera masturbado desde que ella me dejó el día anterior, aquello no parecía bajar nunca. Y aunque nunca creí que fuera posible, era peor que los otros cientos de veces que me había levantado así. Porque esta vez sabía lo que me estaba perdiendo. Y eso que ella ni siquiera me había dado la oportunidad de correrme.

Nueve meses. Nueve putos meses de erecciones matutinas, de masturbaciones y de infinitas fantasías con alguien que ni siquiera deseaba. Bueno, eso no era del todo cierto. La deseaba. La deseaba más que a ninguna otra mujer que hubiera visto en la vida. El mayor problema era que también la odiaba.

Y ella me odiaba a mí. Pero me odiaba de verdad. En mis treinta y un años nunca había conocido a nadie que me sacara de quicio como lo hacía la señorita Mills.

Solo su nombre ya me ponía a mil. «Maldita traidora.» Bajé la vista hacia el lugar donde estaba formando una tienda de campaña con las sábanas. Ese estúpido apéndice era el que me había metido en ese lío en un primer momento. Me froté la cara con las manos y me senté en la cama.

«¿Por qué demonios no he podido mantenerla metida en los pantalones?» Lo había conseguido durante casi un año. Y funcionaba. Guardaba las distancias, le daba órdenes... Joder, tenía que admitir que había sido un verdadero cabrón ese tiempo. Y de repente, perdí la cabeza sin más. Solo hizo falta un momento. Sentado en aquella sala en silencio, su olor me envolvió y esa dichosa falda... Y la forma en que me puso el trasero en la cara... Perdí el control.

Estaba seguro de que si me la tiraba una vez sería algo decepcionante y dejaría de desearla tanto. Por fin tendría algo de paz. Pero ahí estaba de nuevo, en mi cama, empalmado como si no me hubiera corrido en semanas. Miré el reloj; solo habían pasado cuatro horas.

Me di una ducha rápida, frotándome con fuerza como para borrar cualquier rastro que me quedara de ella de la noche anterior. Iba a parar eso: tenía que hacerlo. Bennett Ryan no actuaba como un adolescente en celo, y sin duda no iba follándose por ahí a las chicas de la oficina. Lo último que necesitaba era una mujer dependiente fastidiándolo todo. No podía permitir que la señorita Mills tuviera ese control sobre mí.

Todo iba mucho mejor antes de saber lo que me estaba perdiendo. Por muy horrible que fuera entonces, ahora era un millón de veces peor.

Iba de camino a mi despacho cuando entró ella. Por la forma en la que se había ido la noche anterior (prácticamente salió corriendo), suponía que podía esperar una de dos: o aparecería por la mañana haciéndome ojitos y pensando que lo de anoche significaba algo, que «nosotros» éramos algo, o iba a hacerme la vida imposible.

Si alguien se enteraba de lo que habíamos hecho, no solo podía perder mi trabajo, sino que podía perder todo por lo que había luchado. Pero, por mucho que la odiara, no la veía haciendo algo como eso. Si había algo que había aprendido sobre la señorita Mills en ese tiempo era que se trataba de una persona leal, en quien se podía confiar. Llevaba trabajando para Ryan Media Group desde la universidad y por algo se había convertido en una parte muy valiosa de la empresa. Ahora le quedaban solo unos meses para acabar su máster y después podría escoger el trabajo que más le gustara. Seguro que no iba a poner eso en peligro.

Pero, joder, lo que hizo fue ignorarme. Entró llevando una gabardina hasta la rodilla que ocultaba cualquier cosa que llevara debajo, pero que le servía más que bien para mostrar esas piernas fantásticas que tenía.

Oh, mierda... Si llevaba esos zapatos había posibilidades de que... «No, ese vestido no. Por favor, por el amor de Dios, ese vestido no...» Sabía perfectamente que no había forma de que tuviera fuerza de voluntad para soportar aquello justo ese día.

La miré fijamente mientras colgaba la gabardina en el armario y se sentaba en su mesa.

Madre de Dios, esa mujer era la mayor tentación del mundo.

Y sí, llevaba el vestido blanco. Con un escote bastante pronunciado que acentuaba la suave piel del cuello y las clavículas y la tela blanca pegándose perfectamente a esos pechos increíbles; ese vestido era la ruina de mi existencia, mi cielo y mi infierno en un envoltorio delicioso.

La falda le llegaba justo por debajo de las rodillas y era lo más sexy que había visto en mi vida. No era provocativo en sí mismo, pero había algo en el corte y en ese maldito blanco virginal que me tuvo de nuevo como una moto prácticamente todo el día. Y siempre se dejaba el pelo suelto cuando se ponía ese vestido. Una de mis fantasías recurrentes era quitarle todas las horquillas del pelo y agarrárselo mientras me la follaba.

Dios, es que siempre me ponía de mal humor.

Como siguió sin hacerme ni caso, me volví y entré como un torbellino en mi oficina y di un portazo. ¿Por qué seguía afectándome así? Nada ni nadie me habían distraído así y la odiaba por ser la primera en conseguirlo.

Pero una parte de mí lo que odiaba era el recuerdo de su expresión victoriosa cuando me dejó sin aliento y prácticamente suplicándole que me la chupara. Esa chica los tenía bien puestos.

Me tragué la sonrisa que surgía en mis labios y me centré en seguir odiándola.

Trabajo. Me centraría en el trabajo y dejaría de pensar en ella. Caminé hasta mi mesa y me senté intentando dirigir mi atención a cualquier cosa salvo la sensación extraordinaria de sus labios rodeándome la noche anterior.

«No es el momento, Bennett.»

Abrí mi ordenador portátil para comprobar mi agenda para ese día. Mi agenda... Mierda. Ella tenía la versión más actualizada en su ordenador. Esperaba no perderme ninguna reunión esa mañana, porque no estaba dispuesto a pedirle a la «Princesa de hielo» que entrara en mi despacho hasta que no fuera absolutamente necesario.

Estaba revisando una hoja de cálculo cuando oí que llamaban a mi puerta.

—Adelante —dije.

De repente un sobre blanco cayó de golpe en mi mesa. Levanté la vista y vi a la señorita Mills mirándome con una ceja enarcada insolentemente. Sin decir ni una palabra se dio la vuelta y salió de mi despacho.

Miré fijamente el sobre con un ataque de pánico. Seguramente era una carta formal detallando mi conducta y expresando su intención de ponerme una demanda por acoso. Esperaba un membrete y su firma al final de la página.

Lo que no me esperaba era el recibo de una tienda de ropa de internet... Y cargado en la tarjeta de crédito de la empresa. Me levanté de la silla de un salto y salí corriendo de mi despacho tras ella. Se dirigía hacia las escaleras. Bien. Estábamos en la planta dieciocho y seguramente nadie aparte de ella y yo iba a utilizar esas escaleras. Podía gritarle todo lo que quisiera y nadie se iba a enterar.

La puerta se cerró con un ruido metálico y sus tacones resonaron bajando los escalones justo delante de mí.

—Señorita Mills, ¿dónde demonios cree que va?

Ella siguió andando sin volverse.

—Es la hora del café, así que en mi calidad de «secretaria», que es lo que soy —dijo entre dientes—, voy a la cafetería de la planta catorce a buscarle uno. Usted no puede pasar sin su dosis de cafeína.

¿Cómo alguien tan sexy podía ser tan arpía a la vez? La alcancé en el rellano entre dos plantas, la agarré del brazo y la empujé contra la pared. Ella entornó los ojos despectivamente y siseó con los dientes apretados. Le puse el recibo delante de la cara y la miré fijamente.

—¿Qué es esto?

Ella sacudió la cabeza.

—¿Sabes? Para ser un pedante sabelotodo a veces eres muy tonto. ¿Tú qué crees? Es un recibo.

—Ya me he dado cuenta —gruñí arrugando el papel. La pinché con una parte puntiaguda del recibo en la delicada piel justo encima de uno de sus pechos; sentí que mi polla se despertaba cuando ella soltó una exclamación ahogada y sus pupilas se dilataron—. ¿Por qué te has comprado ropa y la has cargado a la tarjeta de la empresa?

—Porque un cabrón me hizo jirones la blusa. —Se encogió

de hombros y después acercó la cara un poco y susurró—. Y las bragas.

Joder.

Inspiré hondo por la nariz y tiré el papel al suelo, me incliné hacia delante y uní mis labios con los de ella mientras enredaba los dedos en su pelo, apretando su cuerpo contra la pared. Mi polla latía contra su abdomen mientras sentía que su mano seguía el mismo camino que la mía y se metía entre mi pelo para agarrármelo con fuerza.

Le subí el vestido por los muslos y gemí dentro de su boca cuando mis dedos encontraron otra vez el borde de encaje de sus medias hasta el muslo. Lo hacía para atormentarme, seguro. Sentí que me pasaba la lengua sobre los labios mientras yo rozaba con los dedos la tela cálida y húmeda de sus bragas. Las agarré con fuerza y les di un fuerte tirón.

—Pues apunta que tienes que comprarte otras —le dije y después le metí la lengua dentro de la boca.

Ella gimió profundamente cuando metí dos dedos en su interior. Estaba todavía más húmeda de lo que estaba la noche anterior, si es que eso era posible. «Menuda situación tenemos ahora mismo entre manos.» Ella se apartó de mis labios con una exclamación cuando empecé a follarla con los dedos con fuerza mientras con el pulgar le frotaba con energía y ritmo el clítoris.

—Sácatela —me dijo—. Necesito sentirte. Ahora.

Yo entrecerré los ojos, intentando ocultar el efecto que sus palabras tenían en mí.

—Pídamelo por favor, señorita Mills.

—Ahora —dijo con mayor urgencia.

—¿Eso no es un poco exigente?

Me dedicó una mirada que le habría minado la moral a alguien menos canalla que yo, y no pude evitar reírme. Mills sabía defender su territorio.

—Tienes suerte. Hoy me siento generoso.

Me quité todo lo rápido que pude el cinturón, los pantalones y los calzoncillos antes de levantarla a pulso y embestirla. Dios, qué sensación. Mejor que nada. Eso explicaba por qué no podía quitármela de la cabeza. Algo me decía que nunca me iba a hartar de eso.

—Maldita sea —murmuré.

Ella inspiró con fuerza y sentí que me apretaba. Su respiración se había vuelto irregular. Mordió el hombro de mi chaqueta y me rodeó con una pierna cuando empecé a moverme rápido y fuerte con ella aún contra la pared. En cualquier momento alguien podía aparecer en las escaleras y pillarme follándomela, pero nada podía importarme menos en aquel momento. Necesitaba quitármela de la cabeza cuanto antes.

Levantó la cabeza y fue mordisqueándome el cuello hasta que atrapó mi labio inferior entre los dientes.

—Cerca —me dijo con voz grave y apretó su pierna alrededor de mi cintura para acercarme y profundizar más—. Estoy cerca.

«Perfecto.»

Enterré mi cara en su cuello y en su pelo para amortiguar mi gemido al correrme con fuerza y sin avisar dentro de ella, apretándole el trasero con las manos. Y salí antes de que pudiera frotarse más contra mí, dejándola en el suelo sobre sus piernas inestables.

Me miró con la boca abierta y los ojos en llamas. Las escaleras se llenaron de un silencio sepulcral.

—¿En serio? —dijo resoplando sonoramente. Echó la cabeza hacia atrás y golpeó la pared con un ruido seco.

—Gracias, ha sido fantástico. —Me subí los pantalones que tenía a la altura de las rodillas.

—Eres un cabrón.

—Creo que eso ya me lo habías dicho —murmuré bajando la vista para subirme la cremallera.

Cuando volví a levantarla, ella se había arreglado el vestido, pero se la veía hermosamente desaliñada, y parte de mí deseó estirar el brazo y deslizar la mano entre sus piernas para hacer que se corriera. Pero una parte de mí aún mayor estaba disfrutando con la furiosa insatisfacción que había en sus ojos.

—El que siembra vientos, recoge tempestades, por así decirlo.

—Qué pena que seas un polvo tan malo —respondió con frialdad. Se volvió para seguir bajando las escaleras, pero se detuvo de repente y se volvió para mirarme—. Y qué suerte que esté tomando la píldora. Gracias por preguntar, imbécil.

La vi desaparecer bajando las escaleras y gruñí mientras regresaba a mi despacho. Me dejé caer en la silla con un resoplido y me pasé las manos por el pelo antes de sacar sus bragas rotas de mi bolsillo. Me quedé mirando la seda blanca que tenía entre los dedos durante un momento y después abrí el cajón de mi mesa y las metí dentro junto con las de la noche anterior.

3

Cómo demonios conseguí bajar esos escalones sin matarme es algo que no sabría explicar. Salí corriendo como si el lugar estuviera en llamas, dejando al señor Ryan solo en las escaleras con la boca abierta, la ropa desordenada y el pelo revuelto como si alguien lo hubiera asaltado.

Pasé sin pararme por la cafetería de la catorce y llegué a la última puerta del rellano, que crucé de un salto (algo nada fácil con esos zapatos), abrí la puerta metálica y me apoyé contra la pared, jadeando.

«Pero ¿qué acaba de pasar?» ¿Acabo de follarme a mi jefe en las escaleras? Solté una exclamación y me tapé la boca con las manos. ¿Y le he ordenado que lo haga? «Oh, Dios.» Pero ¿qué demonios me pasa?

Alucinada me aparté con dificultad de la pared y subí unos cuantos tramos de escaleras hasta el baño más cercano. Comprobé todos los cubículos para asegurarme de que estaban vacíos y después cerré con llave la puerta principal. Cuando me acerqué al espejo del baño hice una mueca. Parecía que me hubieran centrifugado y puesto a secar.

Mi pelo era un desastre. Todas mis ondas tan cuidadosamente ordenadas eran ahora una masa de nudos salvajes. Al parecer al señor Ryan le gustaba que llevara el pelo suelto. Tendría que recordarlo.

«Un momento... ¿Qué?» ¿De dónde había salido eso? No tenía que recordar nada, ni hablar. Golpeé la encimera de los lavabos con el puño y me acerqué más para evaluar los daños.

Tenía los labios hinchados y el maquillaje corrido. El vestido estaba dado de sí y prácticamente me quedaba colgando; y otra vez me había quedado sin bragas.

«Hijo-de-puta.» Ya eran las segundas. ¿Qué hacía con ellas?

—¡Oh, Dios! —exclamé en un ataque de terror. No estarían en alguna parte de la sala de reuniones, ¿verdad? ¿Las habría recogido y tirado? Debería preguntarle para estar segura. Pero no. No le iba a dar la satisfacción de reconocer que esto... esto... ¿Qué era esto?

Sacudí de nuevo la cabeza, frotándome la cara con las manos. Dios, lo había estropeado todo. Cuando llegué esa mañana tenía un plan. Iba a entrar allí, tirarle ese recibo a su atractiva cara y decirle que se lo metiera por donde le cupiera. Pero él estaba tan tremendamente sexy con ese traje color gris antracita y el pelo tan bien peinado hacia arriba, como una señal de neón que pedía a gritos que lo despeinaran, que simplemente había perdido la capacidad de pensar con claridad. Patético. ¿Qué tenía él que hacía que el cerebro se me convirtiera en papilla y me humedeciera así?

Esto no estaba bien. ¿Cómo iba a poder mirarlo sin imaginármelo desnudo? Bueno, vale, no desnudo. Técnicamente no le había visto totalmente desnudo todavía, pero lo que había visto me hacía estremecer.

«Oh, no. ¿Acabo de decir "todavía"?»

Podría dimitir. Lo pensé durante un minuto, pero no me gustó lo que me hizo sentir. Me encantaba mi trabajo y el señor Ryan podía ser el mayor capullo del mundo, pero había podido tratar con él durante nueve meses y (si no teníamos en cuenta las últimas veinticuatro horas) me las había apañado para conseguir trabajar con él como no lo había hecho nadie antes. Y por mucho que odiara admitirlo, me encantaba verlo trabajar. Era un capullo tremendamente impaciente, un perfeccionista obsesivo, le ponía a todo el mundo el listón a la misma altura y no aceptaba nada que no fuera lo mejor que pudieras hacer. Pero tenía que admitir que siempre había agradecido que diera por hecho que podía hacerlo mejor, trabajar más, hacer lo que hiciera falta para sacar adelante mi tarea... incluso aunque sus métodos no me encantaran. Realmente era un genio del mundo del marketing; toda su familia lo era.

Y esa era otra. Su familia. Mi padre estaba en Dakota del Norte y, cuando empecé como recepcionista mientras estaba en la universidad, Elliott Ryan fue muy bueno conmigo. Todos lo habían sido. El hermano de Bennett, Henry, era otro ejecutivo senior y el hombre más amable que había conocido nunca. Me encantaba toda la gente de allí, así que dimitir no era una opción.

El mayor problema eran las prácticas. Necesitaba presentar mi informe sobre la experiencia en la empresa a la junta de la beca JT Miller antes de terminar mi máster, y quería que mi proyecto final fuera brillante. Por eso me había quedado en Ryan Media Group: Bennett Ryan me ofreció la cuenta Papadakis (el plan de marketing de una promotora inmobiliaria multimillonaria) que era un proyecto mucho más grande que el de cualquiera de mis compañeros. Cuatro meses no eran suficientes para empezar en otra parte y encontrar algún proyecto interesante con el que poder lucirme... ¿verdad?

No. Definitivamente no podía dejar Ryan Media.

Tomada esa decisión, sabía que necesitaba un plan de acción. Tenía que seguir siendo profesional y asegurarme de que entre el señor Ryan y yo nunca, jamás volviera a pasar nada, aunque «nada» fuera el sexo más caliente y más intenso que había tenido en mi vida, incluso aunque me negara los orgasmos.

Cerdo.

Yo era una mujer fuerte e independiente. Tenía una carrera que construir y había trabajado infinitas horas para llegar a donde estaba. Mi mente y mi cuerpo no se gobernaban por la lujuria. Solo tenía que recordar lo que era: un mujeriego, un arrogante, un cabezota y un gilipollas que daba por hecho que todos los que lo rodeaban eran idiotas.

Le sonreí a mi reflejo en el espejo y repasé el conjunto de recuerdos recientes que tenía de Bennett Ryan.

«Le agradezco que me haya hecho un café cuando fue a hacerse el suyo, señorita Mills, pero si hubiera querido beberme una taza de barro habría pasado mi taza por la tierra del jardín esta mañana.»

«Si insiste en golpear el teclado como si le fuera la vida en ello, señorita Mills, le agradecería que mantuviera cerrada la puerta que comunica nuestros despachos.»

«¿Hay alguna razón para que esté necesitando tantísimo tiempo para llevar los borradores de los contratos al departamento legal? ¿Es que soñar despierta con peones de granja está ocupando todo su tiempo?»

Vaya, aquello iba a ser más fácil de lo que creía.

Sintiendo mi determinación renovada, me arreglé el vestido, me coloqué el pelo y me dirigí, sin bragas y llena de confianza, a la salida del baño. Cogí el café que había ido a buscar y volví a mi despacho, evitando las escaleras.

Abrí la puerta exterior y entré. La puerta del señor Ryan estaba cerrada y no llegaba ningún ruido desde el interior. Tal vez estuviera a punto de salir. «Qué más quisiera.» Me senté en mi silla, abrí el cajón, saqué mi neceser y me retoqué el maquillaje antes de volver al trabajo. Lo último que quería era tener que verlo, pero si no tenía intención de dimitir, eso iba a suceder en algún momento.

Cuando revisé el calendario recordé que el señor Ryan tenía una presentación para los demás ejecutivos el lunes. Hice una mueca de asco al darme cuenta de que eso significaba que iba a tener que hablar con él hoy para preparar los materiales. También tenía una convención en San Diego el mes que viene, lo que significa no solo que iba a tener que estar en el mismo hotel que él, sino en el mismo avión, el coche de la empresa y también en todas las reuniones que surgieran. No, seguro que no había nada incómodo en todo eso.

Durante la siguiente hora me descubrí mirando cada pocos minutos hacia su puerta. Y cada vez que lo hacía, sentía mariposas en el estómago. ¡Qué estupidez! ¿Qué me estaba pasando? Cerré el archivo que no estaba consiguiendo leer y dejé caer la cabeza entre las manos justo cuando oí que se abría la puerta.

El señor Ryan salió y evitó mirarme. Se había arreglado la ropa, llevaba el abrigo colgado sobre el brazo y un maletín en la mano, pero todavía tenía el pelo totalmente enmarañado.

—Estaré ausente el resto del día —dijo con una calma extraña—. Cancele mis citas y haga los ajustes necesarios.

—Señor Ryan —dije y él se detuvo ya con la mano en el picaporte—. No olvide que tiene una presentación para el comité ejecutivo el lunes a las diez. —Le estaba hablando a su espalda. Estaba quieto como una estatua con los músculos en tensión—. Si quiere puedo tener las hojas de cálculo, los archivos y los materiales de la presentación preparados en la sala de reuniones a las nueve y media.

La verdad es que estaba disfrutando de aquello. No había ni una pizca de comodidad en su postura. Asintió brevemente y empezó a salir por la puerta cuando le detuve de nuevo.

—Y, señor Ryan —añadí con dulzura—, necesito su firma en estos informes de gastos antes de que se vaya.

Él hundió los hombros y resopló impaciente. Se volvió para acercarse hasta mi mesa y, aún sin mirarme, se inclinó y revisó los formularios con las etiquetas de «Firmar aquí».

Le tendí un boli.

—Por favor firme donde están las etiquetas, señor Ryan.

Odiaba que le dijeran que hiciera lo que ya estaba a punto de hacer. Yo contuve una risita. Me quitó el boli y levantó lentamente la barbilla, poniendo sus ojos avellana a la altura de los míos. Nos quedamos mirando durante lo que parecieron varios minutos. Ninguno de los dos apartó la mirada. Durante un breve momento sentí una necesidad casi irresistible de inclinarme hacia él, morderle el labio inferior y rogarle que me tocara.

—No me desvíes las llamadas —casi me escupió a la vez que firmaba apresuradamente el último formulario y tiraba el boli sobre la mesa—. Si hay alguna emergencia, contacta con Henry.

—Capullo —murmuré entre dientes mientras lo veía desaparecer.

Decir que mi fin de semana fue un asco sería poco decir. Apenas comí, apenas dormí y lo poco que dormí estuvo interrumpido por fantasías de mi jefe desnudo encima, debajo y detrás de mí. Incluso deseé volver al trabajo para tener algo con lo que distraerme.

La mañana del sábado me desperté frustrada y de mal humor, pero no sé cómo conseguí recomponerme y ocuparme de las tareas de la casa y de la compra semanal. Pero el domingo por la mañana no tuve tanta suerte. Me desperté sobresaltada, jadeando y temblando, con el cuerpo cubierto de sudor y envuelta en un revoltijo de sábanas de algodón. El sueño que había tenido era tan intenso que me había llevado hasta el orgasmo. El señor Ryan y yo nos encontrábamos otra vez encima de la mesa de la sala de reuniones, pero esta vez los dos estábamos totalmente desnudos. Él estaba tumbado boca arriba y yo a horcajadas sobre él, mi cuerpo moviéndose sobre el suyo, subiendo y bajando sobre su pene. Él me tocaba por todas partes: la cara, el cuello, encima de los pechos y bajando hasta las caderas, donde me agarraba para guiar mis movimientos. Yo sentí que estaba a punto de correrme cuando nuestras miradas se encontraron.

—¡Mierda! —gruñí y salí de la cama. Eso iba de mal en peor y muy rápido. ¿Quién iba a pensar que trabajar con un cabrón irritable iba a acabar en que te follen contra una ventana y además te guste?

Abrí el grifo de la ducha y mientras esperaba que se calentara el agua, mis pensamientos empezaron a divagar. Quería ver su mirada cuando la levantara desde mi entrepierna, su expresión al ponerse encima de mí, sentir cuánto me deseaba. Necesitaba oír el sonido de su voz diciendo mi nombre al correrse.

Se me cayó el alma a los pies. Fantasear con él era un billete directo hacia los problemas. Un billete solo de ida. Estaba a punto de conseguir mi máster. Él era un ejecutivo. Él no tenía nada que perder y yo podía perderlo todo.

Me duché y me vestí rápido para salir a almorzar con Sara y con Julia. Sara y yo nos veíamos todos los días en el trabajo, pero era más difícil quedar con Julia, mi mejor amiga desde el instituto. Trabajaba en el departamento de ventas de la firma Gucci y siempre estaba llenando mi armario de muestras y restos de stock. Gracias a ella y a su descuento, yo tenía una ropa genial. Seguía siendo cara, pero merecía la pena. Me pagaban bien en Ryan Media y mi beca cubría todos los gastos de la universidad, pero ni siquiera así podía gastarme mil novecientos dólares en un vestido sin que me dieran ganas de suicidarme.

A veces me preguntaba si Elliott me pagaba tan bien porque sabía que era la única que podía manejar a su hijo. Oh, si él supiera...

Decidí que era una mala idea contarles a las chicas lo que estaba ocurriendo. Sara trabajaba para Henry Ryan y veía a Bennett por el edificio muy a menudo. No podía pedirle que guardara un secreto como ese. Julia, por otro lado, me echaría la bronca. Durante casi un año me había oído quejarme sobre lo estúpido que era mi jefe y no le iba a hacer gracia saber que me lo estaba tirando.

Dos horas más tarde estaba sentada con mis dos mejores amigas bebiendo mimosas en el patio de nuestro restaurante favorito, hablando de hombres, ropa y trabajo. Julia me sorprendió trayéndome un vestido que estaba hecho de la tela más suntuosa que había visto en toda mi vida. Estaba metido en una bolsa para trajes que colgaba de una silla que había a mi lado.

—¿Qué tal el trabajo? —preguntó Julia entre dos trozos de melón—. ¿El cerdo de tu jefe sigue haciéndotelo pasar mal, Chloe?

—Oh, el cabrón atractivo... —suspiró Sara y yo me puse a estudiar atentamente las gotas de condensación de mi copa. Ella se metió una uva en la boca y habló mientras la masticaba—. Dios, tendrías que verlo, Julia. Es la mejor descripción de él que he oído en mi vida. Es un dios. Y lo digo en serio. No tiene nada de malo, al menos físicamente. Una cara perfecta, el cuerpo, la ropa, el pelo... Oh, Dios, el pelo. Lo lleva así, como en un despeinado artístico increíble —dijo haciendo gestos por encima de su cabeza—. Parece que acabara de follarse a alguien hasta dejarla sin aliento.

Puse los ojos en blanco. No necesitaba que nadie me recordara lo del pelo.

—Y, no sé lo que te habrá dicho Chloe, pero es odioso —siguió Sara poniéndose seria—. Quiero decir, a los quince minutos de conocerlo ya quería reventarle las cuatro ruedas con una navaja. Es el mayor cabrón que he conocido.

Estuve a punto de atragantarme con un trozo de piña. Si Sara supiera... Y además estaba muy bien dotado en cuanto a atributos masculinos. Era injusto.

—¿Y por qué es tan capullo?

—¿Quién sabe? —contestó Sara, y después parpadeó como si estuviera realmente pensando que podía tener una buena excusa—. ¿Tal vez tuvo una infancia difícil?

—Pero ¿conoces a su familia? —le pregunté escéptica—. Su infancia ha tenido que ser idílica.

—Cierto —concedió—. Tal vez es algún tipo de mecanismo de defensa. Quizá está amargado y cree que tiene que trabajar más y reivindicarse ante todo el mundo continuamente porque ser tan guapo...

Reí entre dientes.

—No hay ninguna razón profunda. Él cree que a todo el mundo debe importarle tanto su trabajo como a él, pero la mayoría de la gente no comparte su visión. Y eso le molesta.

—¿Le estás defendiendo, Chloe? —le preguntó Sara con una sonrisa sorprendida.

—De ninguna manera.

Noté que los ojos azules de Julia estaban fijos en mí y que los había entornado en una acusación silenciosa. Me había quejado mucho de mi jefe en los últimos meses, pero tal vez no había mencionado que era guapísimo.

—Chloe, ¿me has estado ocultando algo? ¿Está macizo tu jefe? —me preguntó.

—Sí que es guapísimo, pero su personalidad hace que sea muy difícil apreciarlo. —Intenté parecer todo lo despreocupada que pude. Julia podía leer casi cualquier cosa que yo pensara.

—Bueno —dijo encogiéndose de hombros y dándole un largo sorbo a su bebida—, tal vez la tiene pequeña y eso es lo que realmente le saca de quicio.

Yo vacié mi copa de un trago mientras mis dos amigas se partían de risa.

El lunes por la mañana entré en el edificio hecha un manojo de nervios. Había tomado una decisión: no iba a sacrificar mi trabajo por nuestra falta de buen juicio. Quería acabar en ese puesto con una presentación estelar para la junta de la beca y después salir de allí para empezar mi verdadera carrera. Nada de sexo ni de fantasías. Podía trabajar con el señor Ryan (solo negocios) durante unos meses más.

Como sentía la necesidad de reforzar mi confianza en mí misma, me puse el vestido nuevo que me había traído Julia. Resaltaba mis curvas, pero no era demasiado provocativo. Pero mi arma secreta para aumentar mi confianza era mi ropa interior. Siempre me ha gustado la lencería cara, así que no tardé mucho en descubrir dónde estaban los sitios para cazar las mejores rebajas. Llevar algo sexy debajo de la ropa me hacía sentir poderosa, y las bragas que llevaba me funcionaban a la perfección. Eran de seda negra con bordados por delante, y la parte de atrás tenía una serie de cintas de tul que se cruzaban para encontrarse en el centro, cerca del coxis, formando un exquisito lazo negro. Con cada paso la tela del vestido me acariciaba la piel. Hoy podría soportar cualquier cosa por parte del señor Ryan y devolverle todas las pelotas.

Había llegado pronto, con tiempo para prepararme para la presentación. Ese no era estrictamente mi trabajo, pero el señor Ryan se negaba a tener un ayudante para estas cosas y cuando se le dejaba solo era un desastre a la hora de hacer que las presentaciones fueran agradables: ni café, ni servicio de desayuno, solo una sala llena de gente, diapositivas y documentación prístinos y, como siempre, muchísimo trabajo.

El vestíbulo estaba desierto; el amplio espacio se abría a lo largo de tres plantas y brillaba debido al granito pulido de los suelos y las paredes de travertino. Cuando salí del ascensor y se cerraron las puertas, me di una arenga a mí misma, repasé mentalmente las discusiones que había tenido con el capullo de mi jefe y todos los comentarios insolentes que había hecho sobre mí.

«Teclee, no escriba nada a mano. Su letra parece la de una niña pequeña, señorita Mills.»

«Si quisiera disfrutar de toda su conversación con su tutor del máster, dejaría la puerta de mi despacho abierta de par en par y pediría palomitas. Por favor, baje la voz cuando hable por teléfono.»

Podía hacerlo. Ese gilipollas había elegido a la mujer equivocada para complicarle la vida y no tenía ni la más mínima intención de dejar que me intimidara. Bajé la mano hasta mi trasero y sonreí perversa... «Braguitas poderosas.»

Tal y como esperaba, la oficina todavía estaba vacía cuando llegué. Cogí lo que podía necesitar para la presentación y me dirigí a la sala de reuniones para prepararlo todo. Intenté ignorar la respuesta de perro de Paulov que tuve al ver las ventanas y la brillante mesa de la sala.

«Para, cuerpo. Empieza a funcionar, cerebro.»

Mirando la sala iluminada por el sol, dejé los archivos y el ordenador portátil sobre la enorme mesa y ayudé a los empleados del catering a colocar las cosas para el desayuno junto a la pared del fondo.

Veinte minutos después las propuestas estaban colocadas, el proyector preparado y el desayuno listo. Como me sobraba tiempo, me acerqué a la ventana. Estiré la mano y toqué el cristal, abrumada por las sensaciones que me hacía recordar:

el calor de su cuerpo contra mi espalda, el contacto del cristal frío contra los pechos y el grave y animal sonido de su voz en mi oído.

«Pídeme que haga que te corras.»

Cerré los ojos y me acerqué, apretando las palmas y la frente contra la ventana y dejando que la fuerza de los recuerdos se apoderara de mí.

Abandoné sobresaltada mi fantasía al oír un carraspeo detrás de mí.

—¿Soñando despierta en horario de oficina?

—Señor Ryan —exclamé casi sin aliento y me volví. Nuestras miradas se encontraron y una vez más me sentí abrumada por lo guapo que era. Él rompió el contacto visual para examinar la sala.

—Señorita Mills —dijo y cada palabra sonó breve y cortante—, voy a hacer la presentación en la cuarta planta.

—¿Perdón? —le pregunté mientras la irritación me inundaba—. ¿Por qué? Siempre utilizamos esta sala. ¿Y por qué ha esperado hasta el último minuto para decírmelo?

—Porque —gruñó apoyando los puños en la mesa— soy el jefe. Yo pongo las reglas y decido cuándo y dónde pasan las cosas. Tal vez si no se hubiera entretenido tanto esta mañana mirando por las ventanas, podría haber encontrado el tiempo necesario para confirmar los detalles conmigo.

Mi mente estaba asediada por imágenes imposibles de mi puño golpeándole la garganta. Necesité todo mi autocontrol para no saltar por encima de la mesa y estrangularle. Una sonrisa de suficiencia apareció en su cara.

—Por mí no hay problema —dije tragándome la rabia—. De todas formas en esta habitación no se ha tomado ninguna buena decisión.

Cuando volví la esquina para entrar en la nueva sala escogida para la reunión, mis ojos se encontraron inmediatamente con los del señor Ryan. Sentado en su silla con las manos extendidas y las puntas de los dedos unidas, era el vivo retrato de la paciencia apenas contenida. «Qué típico.»

Entonces reparé en la persona que estaba a mi lado: Elliott Ryan.

—Deja que te ayude con eso, Chloe —me dijo y cogió un montón de archivadores de mis brazos para que pudiera meter con más facilidad el carrito lleno de la comida en la sala.

—Gracias, señor Ryan. —Le dediqué una mirada airada a mi jefe.

—Chloe —me dijo el patriarca de los Ryan riendo—, ¿cuántas veces te he dicho que me llames Elliott? —Cogió un par de carpetas y pasó el resto del montón al otro lado de la mesa para que lo cogieran los ayudantes.

Era tan guapo como sus dos hijos: alto y musculoso; los tres Ryan compartían las mismas facciones cinceladas. El pelo entrecano de Elliott se había ido volviendo blanco con los años, pero seguía siendo uno de los hombres más atractivos que había visto en mi vida.

Le sonreí con gratitud mientras me sentaba.

—¿Qué tal está Susan?

—Está bien. No deja de insistirme en que vengas a visitarnos algún día —añadió con un guiño.

No escapó a mi atención la risita irritada del más joven de los Ryan, que seguía sentado en su sitio cerca de mí.

—Por favor, salúdela de mi parte.

Sonaron unos pasos detrás de mí y una mano apareció para darme un tironcito de una oreja.

—Hola, chica —dijo Henry Ryan dedicándome una amplia sonrisa—. Disculpad que llegue tarde. Pensaba que íbamos a reunirnos en vuestra planta.

Miré con el rabillo del ojo a mi jefe con aire de suficiencia y me lo encontré mirándome. La pila de carpetas volvió a mis manos y le pasé una copia.

—Aquí tiene, señor Ryan.

Sin más que una breve mirada, agarró rápidamente una y empezó a hojearla.

«Gilipollas.»

Cuando volvía a mi asiento, Henry me dijo con su escandalosa voz:

—Oh, Chloe, cuando estaba arriba en la sala esperando, me he encontrado esto en el suelo. —Me acerqué adonde estaba él y vi dos botones plateados envejecidos que tenía en la palma de la mano—. ¿Puedes preguntar por ahí a ver si alguien los ha perdido? Parecen caros.

Sentí que se me ponía la cara como un tomate. Me había olvidado por completo de mi blusa destrozada.

—Oh... claro.

—Henry, ¿puedo verlos? —dijo el capullo de mi jefe y los cogió de la mano de su hermano. Se volvió hacia mí con una mueca burlona en la cara—. ¿Usted no tiene una blusa con unos botones como estos?

Yo lancé una mirada rápida por la habitación; Henry y Elliott estaban absortos en otra conversación, ajenos a lo que estaba pasando entre nosotros.

—No —le dije intentando disimular—. No son mías.

—¿Está segura? —Me cogió la mano y pasó un dedo por la parte interior de mi brazo hasta mi palma antes de dejar caer los botones en ella y cerrarme la mano. Me quedé sin aliento y el corazón empezó a martillearme en el pecho.

Aparté la mano bruscamente como si acabara de quemarme.

—Estoy segura.

—Juraría que la blusa que llevaba el otro día tenía botoncitos plateados. La blusa rosa. Lo recuerdo porque me fijé que tenía uno un poco suelto cuando vino a buscarme al piso de arriba.

La cara empezó a arderme todavía más si es que eso era posible. Pero ¿a qué estaba jugando? ¿Estaba intentando insinuar que yo había orquestado las cosas para encontrarme con él a solas en la sala de reuniones?

Se acercó un poco más, con su aliento caliente junto a mi oído, y me susurró:

—Debería tener más cuidado.

Intenté mantener la calma mientras alejaba mi mano de la suya.

—Eres un cabrón —le respondí con los dientes apretados.

Él se apartó y me miró sorprendido.

¿Cómo se atrevía a parecer sorprendido, como si hubiera sido yo la que hubiera roto las reglas? Una cosa era ser un capullo conmigo, pero poner en peligro mi reputación delante de los demás ejecutivos... Iba a poner las cosas en su sitio luego.

Durante la reunión intercambiamos miradas, la mía llena de furia y la suya con una incertidumbre creciente. Estuve estudiando las diapositivas que tenía delante de mí todo lo que pude para evitar mirarlo.

En cuanto acabó la reunión, recogí mis cosas y salí disparada de la sala. Pero, como suponía, él salió detrás de mí y me siguió hasta el ascensor. Entramos y nos quedamos los dos bullendo de furia en el fondo, mientras subíamos hacia el despacho.

¿Por qué demonios no iría más rápido esa maldita cosa y por qué alguien de cada piso decidía utilizarlo justo ahora? La gente que nos rodeaba hablaba por los móviles, ordenaba archivos, comentaba planes para la hora de la comida... El ruido creció hasta convertirse en un fuerte zumbido que casi ahogada la bronca que le estaba echando mentalmente al señor Ryan. Para cuando llegamos al piso once, el ascensor casi había alcanzado su capacidad total. Cuando la puerta se abrió y se metieron tres personas más, me vi empujada contra él, con la espalda contra su pecho y mi trasero contra su... ¡oh!

Sentí que el resto de su cuerpo se tensaba un poco y oí que inspiraba con fuerza. En vez de apretarme contra él, me mantuve todo lo lejos que pude. Él estiró la mano y me agarró la cadera para acercarme de nuevo.

—Me gusta notarte contra mí —dijo con un murmullo grave y cálido junto a mi oído—. ¿Dónde...?

—Estoy a dos segundos de castrarte con uno de mis tacones.

Él se acercó todavía más.

—¿Por qué estás tan molesta?

Volví la cabeza y le dije casi en un susurro:

—Es muy propio de ti hacerme parecer una arpía trepa delante de tu padre.

Dejó caer la mano y me miró con la boca abierta.

—No. —Parpadeo. Parpadeo—. ¿Qué? —El señor Ryan confuso era increíblemente atractivo. «Cabrón»—. Solo era un juego sin importancia.

—¿Y si te hubieran oído?

—No me oyeron.

—Pero podrían haberte oído.

Parecía que de verdad eso no se le había pasado por la cabeza, quizá fuera cierto. Resultaba fácil para él «juguetear» desde su posición de poder. Era un ejecutivo adicto al trabajo. Yo era la chica que estaba solo a mitad de su carrera.

La persona que había a nuestra izquierda nos miró y los dos nos quedamos de pie muy erguidos, mirando hacia delante. Yo le di un buen codazo en el costado y él me dio un pellizco en el trasero con la suficiente fuerza para hacerme soltar una exclamación.

—No me voy a disculpar —me dijo en un susurro.

«Claro que no. Capullo.»

Volvió a apretarse contra mí y sentí cómo crecía y se ponía aún más duro. Noté una calidez traidora creciendo también entre mis piernas.

Llegamos al piso quince y unas cuantas personas más entraron. Dirigí la mano hacia atrás, la metí entre los dos y se la cogí. Él exhaló su aliento cálido contra mi cuello y susurró:

—Sí, joder.

Y entonces le apreté.

—Joder. ¡Perdón! —susurró entre dientes junto a mi oído. Le solté, aparté la mano y sonreí para mí—. Dios, solo estaba jugando un poco contigo.

Piso dieciséis. El resto de la gente salió en una marea; aparentemente iban todos a la misma reunión.

En cuanto se cerraron las puertas y el ascensor empezó a moverse, oí un gruñido detrás de mí y vi un movimiento rápido y repentino a la vez que el señor Ryan estrellaba la mano contra el botón de parada del panel de control. Cuando sus ojos me miraron, estaban más oscuros que nunca. Con un movimiento ágil, me bloqueó contra la pared del ascensor con su cuerpo. Se apartó lo justo para dedicarme una mirada furiosa y murmurar:

—No te muevas.

Y aunque quería decirle que me dejara en paz, mi cuerpo me suplicaba que hiciera lo que él me decía.

Estiró el brazo hasta los archivadores que yo había dejado caer, quitó un pósit de la parte superior y lo colocó sobre la lente de la cámara que había en el techo.

Su cara estaba a pocos centímetros de la mía y notaba su respiración casi jadeante contra mi mejilla.

—Yo nunca quise decir que estabas intentando trepar a base de polvos. —Exhaló y se inclinó hacia mi cuello.

Me aparté todo lo que pude y lo miré boquiabierta.

—Y tú no estás pensando «suficiente». Estamos hablando

de mi carrera. Tú tienes todo el poder aquí. No tienes nada que perder.

—¿Que yo tengo el poder? Tú eres la que se ha apretado contra mí en el ascensor. Tú eres la que me está haciendo esto.

Sentí que mi expresión bajaba de intensidad. No estaba acostumbrada a verlo vulnerable, ni siquiera un poco.

—Entonces nada de golpes bajos.

Después de una larga pausa, él asintió.

El sonido del edificio llenaba el ascensor mientras seguíamos mirándonos. La necesidad de contacto empezó a crecer, primero a la altura de mi ombligo y después empezó a bajar hasta llegar a mi entrepierna.

Él se agachó y me lamió la mandíbula antes de cubrir mis labios con los suyos. Un gemido involuntario salió de mi garganta cuando noté su erección contra mi abdomen. Mi cuerpo empezó a actuar por instinto y lo rodeé con una pierna, apretándome contra su excitación, y mis manos subieron hasta su pelo. Él se apartó lo justo para que sus dedos me abrieran el broche que tenía en la cintura. Mi vestido se abrió delante de él.

—Menuda gatita furiosa —me susurró. Me puso las manos en los hombros y me miró a los ojos mientras deslizaba la tela para que cayera al suelo.

Se me puso la piel de gallina cuando me cogió las manos, me giró y me apoyó las palmas contra la pared.

Levantó las suyas para quitarme el pasador plateado del pelo, dejando que cayera sobre mi espalda desnuda. Me agarró el pelo con las manos y con brusquedad me giró la cabeza a un lado para tener acceso a mi cuello. Fue bajando por mis hombros y mi espalda dándome besos calientes y húmedos. Su contacto me hacía sentir como una chispa de electricidad en cada centímetro de piel que me tocaba. De rodillas detrás de mí, me agarró el trasero y clavó los dientes en mi carne, lo que me hizo soltar un gemido, antes de que volviera a levantarse.

«Dios mío, ¿cómo sabía hacerme esas cosas?»

—¿Te ha gustado que te haya mordido el culo? —Me estaba apretando los pechos y tiraba de ellos.

—Tal vez.

—Eres una chica muy viciosa.

Solté un grito de sorpresa cuando me dio un azote justo en el sitio donde habían estado sus dientes y respondí con un gemido de placer. Solté otra exclamación cuando sus manos agarraron las delicadas cintas de mi ropa interior y me la rasgaron.

—Te voy a pasar otra factura, cabrón.

Él se rió por lo bajo malévolamente y se apretó contra mí de nuevo. La fresca pared contra mis pechos hizo que todo mi cuerpo se estremeciera y volvieran los recuerdos de la primera vez en la ventana. Se me había olvidado lo mucho que me gustaba el contraste (frío contra calor, duro contra «él»).

—Merece la pena el gasto. —Deslizó la mano para rodearme la cintura y después la bajó por el vientre, cada vez más abajo, hasta que uno de sus dedos descansó sobre mi clítoris.

—Creo que te pones estas cosas solo para provocarme.

¿Tendría razón y yo estaba delirando al pensar que me las ponía para mí?

La presión de su contacto hizo que empezara a sentir la necesidad. Sus dedos presionaban y paraban, dejándome a medias. Bajó todavía más y se paró justo junto a mi entrada.

—Estás muy húmeda. Dios, tienes que haber estado pensando en esto toda la mañana.

—Que te den —gruñí a la vez que soltaba una exclamación cuando su dedo entró por fin mientras me apretaba más contra él.

—Dilo. Dilo y te daré lo que quieres. —Un segundo dedo se unió al primero y la sensación me hizo gritar.

Negué con la cabeza, pero mi cuerpo me traicionó otra vez. Él sonaba tan necesitado... Sus palabras eran provocadoras y controladoras, pero parecía que él también estaba de alguna forma suplicando. Cerré los ojos intentando aclarar mis pensamientos, pero todo aquello era demasiado. La sensación de su cuerpo totalmente vestido contra mi piel desnuda, el sonido de su voz ronca y sus largos dedos entrando y saliendo de mí me estaban acercando al precipicio. Subió la otra mano y me pellizcó con fuerza un pezón a través de la fina tela del sujetador y yo gemí con fuerza. Estaba muy cerca.

—Dilo —volvió a gruñir mientras su pulgar subía y bajaba sobre mi clítoris—. No quiero que estés todo el día enfadada conmigo.

Al final me rendí y se supliqué:

—Te quiero dentro de mí.

Él dejó escapar un gemido grave y estrangulado y apoyó la frente en mi hombro a la vez que empezaba a moverse más rápido, empujando y moviéndose en círculos. Tenía las caderas pegadas a mi trasero y su erección frotándose contra mí.

—Oh, Dios —gemí cuando sentí que los músculos se tensaban en lo más profundo de mí, con todos mis sentidos centrados en el placer que estaba a punto de liberarse.

Y entonces los sonidos rítmicos de nuestros jadeos y gruñidos se vieron interrumpidos de repente por el estridente timbre de un teléfono.

Nos quedamos paralizados al darnos cuenta de dónde estábamos, tirados el uno sobre el otro. El señor Ryan maldijo y se apartó de mí para coger el teléfono de emergencia del ascensor.

Me di la vuelta, cogí el vestido, me lo puse sobre los hombros y empecé a abrochármelo con manos temblorosas.

—Sí. —Pero qué tranquilo sonaba, ni siquiera se le notaba un poco jadeante. Nuestras miradas se encontraron, cada una desde un extremo del ascensor—. Sí, ya veo... No, estamos bien... —Se agachó lentamente y recogió mis bragas rotas y olvidadas del suelo del ascensor—. No, simplemente se ha parado. —Escuchó a la persona que había al otro lado mientras frotaba la tela sedosa entre los dedos—. Está bien. —Terminó la conversación y colgó el teléfono.

El ascensor dio una sacudida cuando empezó a ascender de nuevo. Él miró el trozo de encaje que tenía en la mano y después me miró a mí y sonrió burlón, alejándose de la pared y acercándose a donde yo estaba. Colocó una mano a un lado de mi cabeza, se inclinó, pasó la nariz por mi cuello y me susurró:

—Me gusta tanto olerte como tocarte.

Se me escapó una exclamación ahogada.

—Y estas —dijo enseñándome las bragas que tenía en la mano— son mías.

El timbre del ascensor sonó cuando nos detuvimos en nuestra planta. Se abrieron las puertas y sin una sola mirada hacia donde yo estaba, se metió la delicada tela rasgada en el bolsillo de la chaqueta del traje y salió del ascensor.

4

Pánico. La emoción que me atrapó mientras me apresuraba —casi corría— hacia mi despacho, solo podía describirse como puro pánico. No podía creer lo que estaba ocurriendo. Estar a solas con ella en esa pequeña prisión de acero (su olor, sus sonidos, su piel) hacía que mi autocontrol se evaporara. Era perturbador. Esa mujer tenía una influencia sobre mí que no había experimentado nunca antes.

Por fin en la relativa seguridad de mi despacho, me dejé caer en el sofá de cuero. Me incliné hacia delante y me tiré con fuerza del pelo deseando calmarme y que mi erección bajara.

Las cosas iban de mal en peor.

Había sabido desde el primer minuto en que me recordó la reunión de la mañana que no había forma de que fuera capaz de formar un pensamiento coherente, mucho menos dar una presentación entera, en esa maldita sala de reuniones. Y podía olvidarme al sentarme en esa mesa. Entrar allí y encontrármela apoyada contra el cristal, enfrascada en sus pensamientos, fue suficiente para que se me pusiera dura otra vez.

Me había inventado una historia inverosímil sobre que la reunión se iba a celebrar en otra planta y ella se había enfadado conmigo por ello. ¿Por qué siempre se enfrentaba a mí? Pero me ocupé de recordarle quién estaba al mando. De todas formas, como en todas las discusiones que hemos tenido, ella encontró la forma de devolvérmela.

Me sobresalté al oír un estruendo en la oficina exterior. Seguido de un golpe. Y después otro. ¿Qué demonios estaba pasando ahí? Me levanté y me encaminé a la puerta y al abrirla me encontré a la señorita Mills dejando caer carpetas en diferentes montones. Crucé los brazos y me apoyé contra la pared, observándola durante un momento. Verla tan enfadada no mejoraba el problema que tenía en los pantalones lo más mínimo.

—¿Le importaría decirme cuál es el problema?

Ella levantó la vista para mirarme de una forma que parecía que me acabara de salir una segunda cabeza.

—¿Se te ha ido la cabeza?

—No, ni lo más mínimo.

—Pues perdóname si estoy un poco tensa —dijo entre dientes cogiendo una pila de carpetas y metiéndolas sin miramientos en un cajón.

—A mí tampoco me encanta la idea de...

—Bennett —saludó mi padre al entrar con paso vivo a mi despacho—. Muy buen trabajo el de la sala de reuniones. Henry y yo acabamos de hablar con Dorothy y Troy y los dos estaban... —Se quedó parado y mirando a donde estaba la señorita Mills, agarrándose al borde de la mesa con tanta fuerza que tenía los nudillos blancos.

—Chloe, querida, ¿estás bien?

Ella se irguió y soltó la mesa, asintiendo. Tenía la cara hermosamente enrojecida y el pelo un poco despeinado. Y eso se lo había hecho yo. Tragué saliva y me volví para mirar por la ventana.

—No pareces estar bien —dijo mi padre, se acercó a ella y le puso la mano en la frente—. Estás un poco caliente.

Apreté la mandíbula al ver el reflejo de ambos en el cristal y una extraña sensación empezó a subirme por la espalda. «¿De dónde viene esto?»

—La verdad es que no me encuentro muy bien —dijo ella.

—Entonces deberías irte a casa. Con tu horario de trabajo y el final del semestre en la universidad seguro que estás...

—Tenemos la agenda llena hoy, me temo —dije volviéndome para mirarlos—. Quería acabar lo de Beaumont, señorita Mills —gruñí con los dientes apretados.

Mi padre se volvió y me lanzó una mirada helada.

—Estoy seguro que tú puedes ocuparte de lo que haga falta, Bennett. —Se dirigió a ella—: Vete a casa.

—Gracias, Elliott. —Me miró arqueando una ceja perfectamente esculpida—. Lo veré mañana por la mañana, señor Ryan.

La miré mientras salía. Mi padre cerró la puerta tras ella y se volvió hacia mí con la mirada encendida.

—¿Qué? —le pregunté.

—No te mataría ser un poco más amable, Bennett. —Se acercó y se sentó en la esquina de la mesa de ella—. Tienes suerte de tenerla, ya lo sabes.

Puse los ojos en blanco y sacudí la cabeza.

—Si su personalidad fuera tan buena como sus habilidades con el PowerPoint, no tendríamos ningún problema.

Él me atravesó con su mirada.

—Tu madre ha llamado y me ha dicho que te recuerde lo de la cena en casa esta noche. Henry y Mina vendrán con la niña.

—Allí estaré.

Se encaminó hacia la puerta, pero se detuvo para mirarme.

—No llegues tarde.

—No lo haré, ¡por Dios! —Sabía tan bien como cualquiera que nunca llegaba tarde, ni siquiera a algo tan tonto como una cena familiar. Henry, en cambio, llegaría tarde a su propio funeral.

Por fin solo, volví a entrar en mi despacho y me dejé caer en mi silla. Vale, tal vez estaba un poco de los nervios.

Metí la mano en el bolsillo y saqué lo que quedaba de su ropa interior. Estaba a punto de meterla en el cajón con las otras, cuando me fijé en la etiqueta: «Agent Provocateur». Se había gastado un dineral en esas. Eso encendió mi curiosidad y abrí el cajón para mirar las otras. La Perla. Maldita sea, esa mujer iba realmente en serio con su ropa interior. Tal vez debería pararme en la tienda de La Perla del centro en algún momento para ver por curiosidad cuánto le estaba costando a ella mi pequeña colección. Me pasé la mano libre por el pelo, las volví a meter en el cajón y lo cerré.

Estaba oficialmente perdiendo la cabeza.

Por mucho que lo intenté, no pude concentrarme en todo el día. Incluso tras una carrera enérgica a la hora de comer, no pude conseguir que mi mente se apartara de lo que había pasado esa mañana. Hacia las tres supe que tenía que salir de allí. Llegué al ascensor, solté un gruñido y opté por las escaleras. Justo entonces me di cuenta de que eso era un error todavía peor. Bajé corriendo los dieciocho pisos.

Cuando aparqué delante de la casa de mis padres esa noche, sentí que parte de mi tensión se desvanecía. Al entrar en la cocina me vi inmediatamente envuelto por el olor familiar de la cocina de mamá y la charla alegre de mis padres que llegaba desde el comedor.

—Bennett —me saludó cantarinamente mi madre cuando entré en la habitación.

Me agaché, le di un beso en la mejilla y dejé durante un momento que intentara arreglarme el pelo rebelde. Después le aparté los dedos, le cogí un cuenco grande de las manos y lo coloqué en la mesa, cogiendo una zanahoria como recompensa.

—¿Dónde está Henry? —pregunté mirando hacia el salón.

—Todavía no han llegado —respondió mi padre mientras entraba. Henry ya era un tardón, pero si le añadíamos a su mujer y su hija tendríamos suerte si al menos conseguían llegar. Fui hasta el bar para ponerle a mi madre un martini seco.

Veinte minutos después llegaron ecos de caos desde el vestíbulo y salí para recibirlos. Un cuerpecito pequeño e inestable con una sonrisa llena de dientes se lanzó contra mis rodillas.

—¡Benny! —chilló la niña.

Cogí a Sofia en el aire y le llené las mejillas de besos.

—Dios, eres patético —gruñó Henry pasando a mi lado.

—Oh, como si tú fueras mucho mejor.

—Los dos deberíais cerrar la boca, si a alguien le importa mi opinión —dijo Mina, siguiendo a su marido hacia el comedor.

Sofia era la primera nieta y la princesa de la familia. Como era habitual, ella prefirió sentarse en mi regazo durante la cena y yo intenté evitarla para poder comer, haciendo todo lo posible para no sufrir su «ayuda». Sin duda me tenía comiendo de su mano.

—Bennett, quería decirte una cosa —empezó mi madre pasándome la botella de vino—, ¿podrías invitar a Chloe a cenar la semana que viene y hacer todo lo posible para convencerla de que venga?

Solté un gruñido como respuesta y recibí una patada en la espinilla por parte de mi padre.

—Dios. ¿Por qué insistís todos tanto en que venga? —pregunté.

Mi madre se irguió con su mejor expresión de madre indignada.

—Esta ciudad no es la suya y...

—Mamá —la interrumpí—, lleva viviendo aquí desde la universidad. Tiene veintiséis años. Esta ciudad ya es bastante suya.

—La verdad, Bennett, es que tienes razón —respondió ella con un tono extraño en su voz—. Ella vino aquí para estudiar, se licenció *suma cum laude*, trabajó con tu padre unos años antes de pasar a tu departamento y ser la mejor empleada que has tenido nunca... Y todo ello mientras iba a clases nocturnas para sacarse la carrera. Creo que Chloe es una chica increíble, así que hay alguien a quien quiero que conozca.

Mi tenedor se quedó congelado en el aire cuando comprendí lo que acababa de decir. ¿Mamá quería emparejarla con alguien? Intenté revisar mentalmente todos los hombres solteros que conocíamos y tuve que descartarlos a todos inmediatamente: «Brad: demasiado bajo. Damian: se tira a todo lo que se mueve. Kyle: gay. Scott: tonto». Qué raro era aquello. Sentí una presión en el pecho, pero no estaba seguro de lo que era. Si tenía que definirlo diría que era... ¿enfado?

¿Y por qué me iba a enfadar que mi madre quisiera emparejarla con alguien? «Pues probablemente porque te estás acostando con ella, idiota.» Bueno, acostándome con ella no follándomela. Vale, me la había follado... dos veces. «Follándomela» implicaba una intención de continuar.

También le había metido mano un poco en el ascensor y estaba atesorando sus bragas rotas en el cajón de mi mesa.

«Pervertido.»

Me froté la cara con las manos.

—Vale. Hablaré con ella. Pero no te ilusiones mucho. No tiene el más mínimo encanto, así que te costará salirte con la tuya.

—¿Sabes, Ben? —dijo mi hermano—. Creo que todo el mundo estaría de acuerdo en decir que tú eres el único que tiene problemas en el trato con ella.

Miré alrededor de la mesa y fruncí el ceño al ver que todas las cabezas asentían, dando la razón al imbécil de mi hermano.

El resto de la noche consistió en más conversación sobre que necesitaba ser más simpático con la señorita Mills y lo genial que todos pensaban que era y cuánto le iba a gustar a ella el hijo de la mejor amiga de mi madre, Joel. Se me había olvidado por completo Joel. Estaba bastante bien, tenía que reconocerlo. Excepto porque jugó a las Barbies con su hermana pequeña hasta que tuvo catorce años, y lloró como un bebé cuando le di con una pelota de béisbol en la espinilla cuando teníamos quince años.

Mills se lo iba a comer vivo.

Me reí para mis adentros solo de pensarlo.

También hablamos de las reuniones que teníamos planeadas para esa semana. Había una importante el jueves por la tarde y yo iba a acompañar a mi padre y mi hermano. Sabía que la señorita Mills ya lo tenía todo planeado y listo para entonces. Por mucho que odiara admitirlo, ella siempre iba dos pasos por delante y anticipaba cualquier cosa que necesitara.

Me fui tras hacer la promesa de que haría todo lo posible para convencerla de que viniera, aunque para ser sinceros no sabía cuándo iba a poder verla en los próximos días. Tenía reuniones y citas por toda la ciudad, y dudaba de que, en los breves momentos que estuviera en la oficina, tuviera algo que mereciera la pena decirle.

Mirando por la ventanilla mientras bajábamos lentamente por South Michigan Avenue la tarde siguiente, me pregunté si sería posible que mi día mejorara. Odiaba verme atrapado en el tráfico. El despacho estaba solo a unas manzanas y estaba considerando seriamente decirle al conductor que parara el coche para poder salir e ir andando. Ya eran más de las cuatro y solo habíamos avanzado tres manzanas en veinte minutos. Perfecto. Cerré los ojos y apoyé la cabeza en el asiento mientras recordaba la reunión que acababa de tener.

No había nada en particular que hubiera ido mal: de hecho, era más bien al contrario. A los clientes les habían encantado nuestras propuestas y todo había ido como la seda. Pero no podía evitar estar de un humor de perros.

Henry se había ocupado de decirme cada quince minutos durante las tres últimas horas que me estaba comportando como un adolescente malhumorado y para cuando acabamos de firmar los contratos solo quería matarlo. No hacía más que preguntarme cada vez que podía qué demonios me pasaba y francamente, supongo que era lo normal. Yo mismo tenía que admitir que había estado imposible el último par de días. Y eso, teniendo en cuenta que hablábamos de mí, era algo extraordinario. Como era propio de Henry, cuando ya se iba a casa declaró que lo que me hacía falta era echar un polvo.

Si él supiera...

Solo había pasado un día. Solo un día desde que lo del ascensor me dejó excitadísimo y con un deseo insoportable de tocar cada centímetro de su piel. Por cómo estaba actuando, cualquiera pensaría que yo no había tenido sexo en seis meses. Pero no, apenas había pasado dos días sin tocarla y ya parecía un lunático.

El coche se paró de nuevo y yo estuve a punto de gritar. El conductor bajó la mampara de separación y me miró con una sonrisa de disculpa.

—Lo siento, señor Ryan. Seguro que se está volviendo loco ahí atrás. Solo estamos a cuatro manzanas. ¿Cree que preferiría caminar? —Miré por el cristal tintado de las ventanillas y vi que acabábamos de pararnos justo en la acera contraria a la de la tienda de La Perla—. Puedo pararme justo...

Yo ya había salido del coche antes de que tuviera oportunidad de acabar la frase.

De pie en la acera, esperando para cruzar, se me ocurrió que no tenía ni idea de qué sentido tenía entrar en aquella tienda. ¿Qué planeaba hacer? ¿Le iba a comprar algo o solo me estaba torturando?

Entré y me paré delante de una mesa alargada cubierta de lencería con volantes. Los suelos eran de una cálida madera de color miel y en los techos estaban dispuestos unos focos largos y cilíndricos, reunidos en grupos a lo largo de todo la sala. La iluminación tenue se extendía por todo el espacio creando un ambiente suave e íntimo, iluminando las mesas y los expositores de lencería cara. Algo en el delicado encaje y la seda me devolvió un deseo por ella que ya me era demasiado familiar.

Pasé los dedos por la mesa que había cerca de la entrada de la tienda y me di cuenta de que ya había captado la atención de una de las dependientas. Una rubia alta se dirigió hacia mí.

—Bienvenido a La Perla —me dijo levantando la vista para mirarme. Parecía una leona mirando un buen filete. Se me ocurrió que una mujer que trabajaba en eso debía de saber cuánto había pagado por mi traje y que mis gemelos eran de diamantes auténticos. En sus ojos prácticamente habían aparecido signos de dólar parpadeantes—. ¿Puedo ayudarle en algo? ¿Está buscando un regalo para su esposa? ¿O para su novia tal vez? —añadió con un tono de flirteo en la voz.

—No, gracias —le respondí y de repente me sentí ridículo por estar ahí—. Solo estoy mirando.

—Bueno, si cambia de idea, dígamelo —me dijo con un guiño antes de girarse y volver al mostrador. La vi alejarse y me enfadé inmediatamente porque ni siquiera se me había pasado por la cabeza conseguir su número de teléfono. Joder. No era un mujeriego empedernido, pero una mujer guapa en una tienda de lencería (de entre todos los sitios posibles) acaba de flirtear conmigo y a mí ni se me había ocurrido flirtear también con ella. Pero ¿qué demonios me estaba pasando?

Estaba a punto de girarme para salir cuando algo me llamó la atención. Dejé deslizar los dedos por el encaje negro de un liguero que colgaba de un expositor. No me había dado cuenta de que las mujeres se ponían realmente esas cosas en otros lugares que no fueran las fotos de las páginas de *Playboy* hasta que empecé a trabajar con «ella». Recordé una reunión el primer mes que trabajábamos juntos. Había cruzado las piernas por debajo de la mesa y la falda se le había subido lo justo para que quedara al descubierto la delicada cinta blanca con la que se sujetaba la media. Era la primera vez que veía una prueba de su afición por la lencería, pero no era la primera vez que me pasaba la hora de la comida masturbándome en mi oficina pensando en ella.

—¿Has visto algo que te guste?

Me giré, sorprendido de oír aquella voz familiar detrás de mí. «Mierda.»

La señorita Mills.

Pero nunca la había visto así antes. Se la veía tan elegante como siempre, pero iba vestida completamente informal. Llevaba unos vaqueros oscuros y ajustados y una camiseta de tirantes roja. Llevaba el pelo en una coleta muy sexy y sin el maquillaje ni las gafas que siempre llevaba en la oficina no parecía tener más de veinte.

—¿Qué demonios estás haciendo aquí? —me preguntó y la falsa sonrisa desapareció de su cara.

—¿Y por qué iba a ser eso asunto tuyo?

—Solo sentía curiosidad. ¿No tienes suficientes piezas de mi lencería que has pensado en empezar una colección propia? —Me miró fijamente señalando el liguero que todavía tenía en las manos.

Lo solté rápidamente.

—No, no, yo...

—De todas formas, ¿qué haces con ellas exactamente? ¿Las tienes guardadas en alguna parte como una especie de recordatorio de tus conquistas? —Cruzó los brazos, lo que hizo que se le juntaran los pechos.

Mi mirada se fue directamente a su escote y mi miembro se despertó dentro de los pantalones.

—Dios —dije negando con la cabeza—. ¿Por qué tienes que ser tan desagradable todo el tiempo? —Podía sentir la adrenalina corriendo por mis venas, los músculos que se tensaban mientras empezaba literalmente a estremecerme de lujuria y de rabia.

—Supongo que tú sacas lo mejor de mí —me dijo. Estaba un poco inclinada hacia delante y su pecho casi tocaba el mío. Miré a mi alrededor y me di cuenta de que habíamos llamado la atención de las otras personas que había en la tienda.

—Mira —le dije intentando recomponerme un poco—, ¿por qué no te calmas y bajas la voz? —Sabía que teníamos que salir de allí pronto, antes de que ocurriera algo. Por alguna enfermiza razón, mis discusiones con aquella mujer siempre acababan con sus bragas en mi bolsillo—. De todas formas, ¿qué estás haciendo aquí? ¿Por qué no estás en el trabajo?

Ella puso los ojos en blanco.

—Llevo trabajando para ti casi un año, por lo que creo que deberías recordar que tengo que ir a ver a mi tutor una vez cada dos semanas. Acabo de salir y quería hacer unas compras. Tal vez deberías ponerme una tobillera de seguimiento para poder tenerme vigilada todo el tiempo. Pero bueno, la verdad es que has conseguido encontrarme aquí y eso que no llevo una.

La miré fijamente intentando encontrar algo que decirle.

—Siempre eres tan irritante conmigo...

«Muy bien, Ben. Esa ha sido buena.»

—Ven conmigo —me dijo, me agarró del brazo y me arrastró hasta la parte de atrás de la tienda. Giramos una esquina y entramos en un probador. Obviamente se había pasado allí un buen rato; había pilas de lencería en las sillas y los colgadores, todas ellas llenas de encajes indefinibles. Sonaba música a través de unos altavoces encastrados en el techo y yo me alegré de no tener que preocuparme de hablar en voz baja mientras la estrangulara.

Cerró la gran puerta con un espejo que había frente a un silloncito tapizado en seda y me miró fijamente.

—¿Me has seguido hasta aquí?

—¿Y por qué demonios iba a hacer eso?

—Así que simplemente es casualidad que estuvieras mirando prendas en una tienda de lencería femenina. ¿Un pasatiempo pervertido de los tuyos?

—No se lo crea usted tanto, señorita Mills.

—¿Sabes? Es una suerte que la tengas grande, así hace juego con esa bocaza tuya.

Y al segundo siguiente me encontré inclinándome hacia delante y susurrando:

—Estoy seguro de que te iba a encantar mi boca también.

De repente todo era demasiado intenso, demasiado alto y demasiado vívido. Su pecho subía y bajaba y su mirada pasó a mi boca mientras se mordía el labio inferior. Se enroscó lentamente mi corbata en la mano y me estiró hacia ella. Yo abrí la boca y sentí la presión de su suave lengua.

Ahora ya no podía apartarme y deslicé una mano hasta su mandíbula y subí la otra hasta su pelo. Le solté el pasador que le sujetaba la coleta y sentí que unas suaves ondas me caían sobre la mano. Agarré con fuerza esa mata de pelo, tirándole de la cabeza para poder acomodar mejor la boca. Necesitaba más. Lo necesitaba todo de ella. Ella gimió y yo le tiré más fuerte del pelo.

—Te gusta.

—Dios, sí.

En ese momento, al oír esas palabras ya no me importó nada más: ni dónde estábamos, ni quiénes éramos ni qué sentíamos el uno por el otro. Nunca en mi vida había sentido una química tan potente con nadie. Cuando estábamos juntos así, nada más importaba.

Bajé las manos por sus costados y le agarré el borde de la camiseta, se la subí y se la quité por la cabeza, rompiendo el beso solo durante un segundo. Para no quedarse atrás, ella me bajó la chaqueta por los hombros y la dejó caer en el suelo.

Dibujaba círculos con los pulgares por toda la piel mientras movía las manos hasta la cintura de los vaqueros. Se los abrí rápidamente y cayeron al suelo. Ella los apartó de una patada a la vez que se quitaba las sandalias. Yo bajé por su cuello y sus hombros sin dejar de besarla.

—Joder —gruñí. Al levantar la vista pude ver su cuerpo perfecto reflejado en el espejo. Había fantaseado con ella desnuda más veces de las que debería admitir, pero la realidad, a la luz del día, era mejor. Mucho mejor. Llevaba unas bragas negras transparentes que solo le cubrían la mitad del trasero y un sujetador a juego, y el pelo sedoso le caía por la espalda. Los músculos de sus piernas largas y musculosas se flexionaron cuando se puso de puntillas para alcanzarme el cuello. La imagen, junto con la sensación de sus labios, hizo que mi miembro empujara dolorosamente el confinamiento de los pantalones.

Ella me mordió la oreja y sus manos pasaron a los botones de mi camisa.

—Creo que a ti también te gusta el sexo duro.

Yo me solté el cinturón y los pantalones, los bajé hasta el suelo junto con los bóxer y después la empujé hacia el silloncito.

Un estremecimiento me recorrió cuando le acaricié las costillas con las manos en dirección al cierre de su sujetador. Tenía los pechos apretados contra mí como si quisiera meterme prisa y yo la besé por el cuello mientras le soltaba rápidamente el sujetador y le bajaba los tirantes. Me aparté un poco para dejar que el sujetador cayera y por primera vez pude tener una visión completa de sus pechos completamente desnudos ante mí. «Joder, son perfectos.» En mis fantasías les había hecho de todo: tocarlos, besarlos, chuparlos, follármelos, pero nada comparado con la realidad de simplemente quedarme mirándolos.

Sus caderas se sacudieron contra mí; nada aparte de sus bragas nos separaba ya. Enterré mi cabeza entre sus pechos y ella metió las manos entre mi pelo, acercándome.

—¿Quieres probarme? —me susurró mirándome fijamente. Me tiró del pelo con suficiente fuerza para apartarme de su piel.

No se me ocurrió ninguna respuesta ocurrente, nada hiriente que hiciera que dejara de hablar y simplemente se dedicara a follarme. Sí que quería probar su piel. Lo deseaba más de lo que había deseado nada en mi vida.

—Sí.

—Pídemelo con educación entonces.

—Y una mierda te lo voy a pedir con educación. Suéltame.

Ella gimió, inclinándose hacia delante para permitirme meterme un pezón perfecto en la boca, lo que hizo que me tirara aún más fuerte del pelo. Mierda, eso era genial.

Miles de pensamientos me pasaban por la mente. No había nada en este mundo que quisiera más que hundirme en ella, pero sabía que cuando acabara, nos iba a odiar a los dos: a ella por hacerme sentir débil y a mí por permitir que la lujuria anulara mi sentido común. Pero también sabía que no podía parar. Me había convertido en un yonqui que solo vivía para el siguiente chute. Mi vida perfectamente organizada se estaba rompiendo en pedazos y todo lo que me importaba era sentirla.

Deslicé la mano por sus costados y dejé que mis dedos rozaran el borde de sus bragas. Ella se estremeció y yo cerré los ojos con fuerza mientras agarraba la tela fuertemente con las manos, deseando poder parar.

—Vamos, rómpelas... Sabes que lo estás deseando —murmuró junto a mi oído y después me mordió con fuerza. Medio segundo después sus bragas no eran más que un montón de encaje tirado en una esquina del probador. Le agarré las caderas con fuerza, la levanté mientras sujetaba la base de mi miembro con la otra mano y la empujé hacia mí.

La sensación fue tan intensa que tuve que obligarla a dejar las caderas quietas para no explotar. Si perdía el control ahora, ella me lo echaría en cara más tarde. Y no le iba a dar esa satisfacción.

En cuanto recuperé el control otra vez, empecé a moverme. No lo habíamos hecho en esa postura nunca (ella encima, mirándonos a la cara) y aunque odiaba admitirlo, nuestros cuerpos encajaban a la perfección. Bajé las manos desde sus caderas hasta sus piernas, le agarré una con cada mano y me rodeé la cintura con ellas. El cambio de posición me hizo entrar más profundamente en ella y hundí la cara en su cuello para evitar que se me oyera gemir.

Era consciente del murmullo de voces a nuestro alrededor, con gente entrando y saliendo de los otros probadores. La idea de que podían pillarnos en cualquier momento solo mejoraba la situación.

Ella arqueó la espalda a la vez que ahogaba un gemido y dejó caer la cabeza. Esa forma engañosamente inocente con que se mordía el labio me estaba volviendo loco. Una vez más me vi mirando por encima de su hombro para vernos en el espejo. No había visto nada tan erótico en toda mi vida.

Ella me tiró del pelo otra vez para llevar mi boca hacia la suya y nuestras lenguas se deslizaron la una contra la otra, acompasadas con el movimiento de nuestras caderas.

—Estás increíble encima de mí —le susurré junto a la boca—. Gírate, tienes que ver una cosa. —Tiré de ella y la giré para que viera el espejo. Con su espalda contra mi pecho, ella se agachó un poco para volver a meterme en ella.

—Oh, Dios —dijo. Suspiró profundamente y dejó caer la cabeza sobre mi hombro y yo no estaba seguro de si era por notarme dentro de ella o por la imagen del espejo. O por ambas.

La agarré del pelo y la obligué a volver a levantarse.

—No, quiero que mires justo ahí —dije con voz ronca junto a su oído, mi mirada encontrando la suya en el espejo—. Quiero que lo veas. Y mañana, cuando te encuentres dolorida, quiero que te acuerdes de quién te lo hizo.

—Deja de hablar —me dijo, pero se estremeció y supe que disfrutaba con cada palabra. Sus manos subieron por su cuerpo y después se acercaron al mío hasta que se hundieron entre mi pelo.

Yo recorrí cada centímetro de su cuerpo y le cubrí de besos y mordiscos la parte posterior de los hombros. En el espejo podía ver cómo entraba y salía de ella y por mucho que no quisiera guardar esos recuerdos en mi cabeza, supe que esa era una imagen que no iba a olvidar. Bajé una mano hasta su clítoris.

—Oh, mierda —murmuró—. Por favor.

—¿Así? —le pregunté apretándolo y rodeándolo.

—Sí, por favor, más, por favor, por favor.

Nuestros cuerpos estaban ahora cubiertos por una fina capa de sudor, lo que hacía que el pelo se le pegara un poco a la frente. Su mirada no se apartaba del lugar donde estábamos unidos mientras seguíamos moviéndonos el uno contra el otro y supe que los dos estábamos cerca. Quería que nuestras miradas se encontraran en el espejo... pero inmediatamente pensé que eso le iba a revelar demasiado. No quería que viera tan claramente lo que me estaba haciendo.

Las voces que nos rodeaban seguían sonando, completamente ajenas a lo que estaba ocurriendo en esa minúscula habitación. Si no hacía algo, nuestro secreto no se iba a poder mantener mucho tiempo. Cuando sus movimientos se hicieron más frenéticos y sus manos se apretaron más y más en mi pelo, le puse la mano en la boca para amortiguar su grito cuando se corrió allí, rodeándome.

Yo acallé mis propios gemidos contra su hombro y tras unas pocas embestidas más, exploté en lo más profundo de ella. Su cuerpo cayó sobre mí y yo me apoyé contra la pared.

Necesitaba levantarme. Necesitaba levantarme y vestirme, pero no creía que mis piernas temblorosas pudieran sostenerme. Cualquier esperanza que hubiera tenido de que el sexo se volviera menos intenso con el tiempo y yo pudiera olvidarme de esa obsesión acababa de esfumarse.

La razón estaba empezando a volver lentamente a mí, junto con la decepción por haber vuelto a sucumbir a esa debilidad. La levanté y la aparté de mi regazo antes de agacharme para coger mis calzoncillos.

Cuando se giró para mirarme yo esperaba odio o indiferencia, pero vi algo vulnerable en sus ojos antes de que le diera tiempo a cerrarlos y a apartar la vista. Ambos nos vestimos en silencio; la zona de probadores de repente parecía demasiado pequeña y silenciosa y yo era consciente incluso de todas y cada una de sus respiraciones.

Me enderecé la corbata y recogí las bragas rotas del suelo, depositándolas en mi bolsillo. Fui a agarrar el picaporte y me detuve. Estiré la mano y la pasé lentamente por la tela de encaje de una prenda que colgaba de uno de los ganchos de la pared.

Sus ojos se encontraron con los míos y le dije:

—Compra el liguero también.

Y sin mirar atrás, salí del probador.

5

Había ochenta y tres agujeros, veintinueve tornillos, cinco aspas y cuatro bombillas en el ventilador de techo, que además era lámpara, que tenía en mi dormitorio encima de la cama. Me giré hacia un lado y ciertos músculos se burlaron de mí y me proporcionaron una prueba definitiva de por qué no podía dormir.

«Quiero que lo veas. Y mañana, cuando te encuentres dolorida, quiero que te acuerdes de quién te lo hizo.»

Y no estaba de broma.

Sin darme cuenta mi mano había bajado hasta mi pecho, haciendo rodar distraídamente un pezón entre los dedos por debajo de la camiseta. Al cerrar los ojos, el contacto de mis manos se convirtió en el suyo en mi memoria. Sus dedos largos y hábiles rozándome la parte baja de los pechos, sus pulgares acariciándome los pezones, cogiéndome los pechos con sus grandes manos... «Mierda.» Dejé escapar un profundo suspiro y le di una patada a una almohada de mi cama. Sabía exactamente adónde me llevaba esa línea de pensamiento. Había hecho exactamente lo mismo tres noches seguidas y tenía que parar enseguida. Con un resoplido me puse boca abajo y cerré los ojos con fuerza, deseando poder quedarme dormida. Como si eso me hubiera funcionado alguna vez.

Todavía recordaba, con total claridad, el día, casi un año y medio atrás, en que Elliott me había pedido que fuera a su despacho para hablar. Había empezado en Ryan Media Group trabajando como asistente junior de Elliott mientras estaba en la universidad. Cuando mi madre murió, Elliott me tomó bajo su protección, no tanto como una figura paterna, sino más bien como un mentor cariñoso y amable que me llevaba a su casa a cenar para comprobar mi estado emocional. Él insistió en que su puerta siempre estaría abierta para mí. Pero esa mañana en concreto, cuando llamó a mi despacho, sonaba extrañamente formal y francamente, eso me dio un miedo de muerte.

En su despacho él me explicó que su hijo menor había vivido en París durante los últimos seis años, trabajando como ejecutivo de marketing para L'Oréal. Este hijo del que hablaba, Bennett, iba a volver a casa por fin y dentro de seis meses iba a asumir el puesto de director de operaciones de Ryan Media. Elliott sabía que me quedaba un año de mi licenciatura en empresariales y que estaba buscando opciones para prácticas que me dieran la experiencia directa e importantísima que necesitaba. Insistió en que hiciera mis prácticas de máster en Ryan Media Group y que el más joven de los Ryan estaría más que encantado de tenerme en su equipo.

Elliott me pasó el memorándum para toda la empresa que iba a hacer circular la semana siguiente para anunciar la llegada de Bennett Ryan.

«Madre mía.» Eso fue lo único que pude pensar cuando volví a mí despacho y le eché un vistazo a aquel documento. Vicepresidente ejecutivo de marketing de productos en L'Oréal París. El nominado más joven que había aparecido nunca en la lista de «Los 40 de menos de 40» de *Crain's*, que se había publicado varias veces en el *Wall Street Journal*. Doble máster por la Stern School of Business de la Universidad de

Nueva York y la HEC de París, donde se especializó en finanzas corporativas y negocios globales, y en el que se graduó *summa cum laude*. Todo eso solo con treinta años. Dios mío.

¿Qué era lo que Elliott había dicho? «Extremadamente dedicado.» Eso era subestimarlo y mucho.

Henry había dejado caer que su hermano no tenía su personalidad relajada, pero cuando parecí algo preocupada, él me tranquilizó rápidamente.

—Tiene tendencia a ser un poco estirado y demasiado perfeccionista a veces, pero no te preocupes por eso, Chloe. Sabrás lidiar con sus arrebatos. Seguro que hacéis muy buen equipo. Vamos, mujer —me dijo rodeándome con su largo brazo—, ¿cómo no te va a adorar?

Odiaba admitirlo ahora, pero para cuando él llegó, incluso estaba un poco enamorada de Bennett Ryan. Estaba muy nerviosa por tener la oportunidad de trabajar con él, pero también estaba impresionada con todo lo que había conseguido y además tan rápido y tan pronto en su carrera. Y mirar su foto en internet tampoco es que me complicara las cosas: el tío era una maravilla. Nos comunicamos por correo electrónico para concertar asuntos sobre su llegada y aunque parecía bastante amable: nunca era demasiado amistoso.

El gran día, no se esperaba a Bennett hasta después de la reunión de la junta de la tarde, en la que se le iba a presentar oficialmente. Yo tuve todo el día para irme poniendo cada vez más nerviosa. Como Sara era tan buena amiga, subió para distraerme. Se sentó en mi silla y nos pasamos más de una hora hablando de los méritos de las películas de la saga *Clerks*.

Solo un rato después me estaba riendo tanto que las lágrimas me corrían por la cara. No me di cuenta de que Sara se ponía tensa cuando se abrió la puerta exterior del despacho, ni me fijé en que había alguien de pie detrás de mí. Y aunque

Sara intentó avisarme con un breve gesto de la mano pasando de un lado a otro de la garganta (el gesto universal para: «Corta y cierra la boca»), la ignoré.

Porque, aparentemente, soy una idiota.

—Y entonces —seguí diciendo mientras me reía y me abrazaba los costados— ella va y dice: «Anoté el pedido a uno al que hice una mamada después del baile de fin de curso» y él responde: «Sí, yo también he servido a tu hermano».

Otra oleada de carcajadas me embargó y me agaché dando un pequeño paso hacia atrás hasta que choqué con algo duro y cálido.

Me volví y me dio muchísima vergüenza darme cuenta de que acababa de restregar el trasero contra el muslo de mi nuevo jefe.

—¡Señor Ryan! —dije al reconocerlo de las fotos—. Lo siento mucho.

Él no parecía estar divirtiéndose.

En un intento de relajar la tensión, Sara se puso de pie y extendió la mano.

—Es un placer conocerlo por fin. Soy Sara Dillon, la asistente de Henry.

Mi nuevo jefe simplemente miró su mano sin devolverle el gesto y levantó una de sus cejas perfectas.

—¿No querrá decir del «señor Ryan»?

Sara dejó caer la mano mientras lo miraba, obviamente confusa. Había algo en su presencia tan intimidante que la había dejado sin palabras. Cuando se recuperó, balbució:

—Bueno... aquí somos algo informales. Nos tuteamos y nos llamamos por el nombre de pila. Esta es tu asistente, Chloe.

Él asintió.

—Señorita Mills, usted se dirigirá a mí como «señor Ryan». Y la espero en mi despacho dentro de cinco minutos para hablar del decoro adecuado en el lugar de trabajo. —Su voz sonaba seria cuando habló y asintió brevemente en dirección a Sara—. Señorita Dillon.

Después me miró a mí durante otro momento y se volvió hacia su nuevo despacho. Yo observé horrorizada cómo se cerraba la puerta del primer infausto portazo de nuestra historia.

—¡Qué cabrón! —murmuró Sara con los labios apretados.

—Un cabrón muy atractivo —respondí.

Esperando poder mejorar un poco las cosas, bajé a la cafetería a por una taza de café. Incluso le había preguntado a Henry cómo le gustaba el café a Bennett: solo. Cuando volví hecha un manojo de nervios al despacho, al llamar a la puerta me respondió con un brusco «adelante» y yo deseé que dejaran de temblarme las manos. Puse una sonrisa amistosa, intentando causarle una mejor impresión esta vez, y al abrir la puerta me lo encontré hablando por teléfono y escribiendo furiosamente en un cuaderno que tenía delante. Me quedé sin aliento cuando le oí hablar con una voz pausada y profunda en un perfecto francés.

—*Ce sera parfait. Non. Non, ce n'est pas nécessaire. Seulement quatre. Oui. Quatre. Merci, Ivan.*

Colgó pero no levantó la mirada del papel para mirarme. Cuando estuve de pie justo delante de su mesa, se dirigió a mí con el mismo tono duro de antes.

—En el futuro, señorita Mills, tendrá las conversaciones ajenas al trabajo fuera de la oficina. Le pagamos por trabajar, no por cotillear. ¿He sido lo bastante claro?

Me quedé de pie en silencio durante un momento hasta que me miró a los ojos y enarcó una ceja. Sacudí la cabeza para salir del trance, dándome cuenta justo en ese momento de la verdad sobre Bennett Ryan: aunque era mucho más guapo en persona que en las fotos, hasta incluso dejarte sin aliento, él no tenía nada que ver con lo que había imaginado. Y tampoco tenía nada que ver con su padre ni su hermano.

—Muy claro, señor —dije mientras daba la vuelta a la mesa para ponerle el café delante.

Pero justo cuando estaba a punto de llegar a su mesa, uno de mis tacones se quedó trabado en la alfombra y me caí hacia delante. Oí que un fuerte «¡Mierda!» salía de mis labios y el café se convertía en una mancha ardiente sobre su traje caro.

—Oh, dios mío, señor Ryan. ¡Lo siento muchísimo!

Corrí hacia el lavabo de su baño para coger una toalla, volví corriendo y me puse de rodillas delante de él para intentar quitarle la mancha. En mi precipitación y en medio de aquella humillación que yo creía que no podía ser peor, de repente me di cuenta de que le estaba frotando furiosamente la toalla contra la bragueta. Aparté los ojos y la mano, a la vez que sentía el rubor ardiente que me cubría la cara hasta el cuello, al darme cuenta del evidente bulto de la parte delantera de sus pantalones.

—Puede irse ahora, señorita Mills.

Asentí y salí corriendo de la oficina, avergonzada porque acababa de causar una primera impresión horrible.

Gracias a Dios después de eso había demostrado mi eficacia con bastante rapidez. Había veces en que él incluso parecía impresionado conmigo, aunque siempre era cortante y borde. Lo achaqué a que él era el mayor imbécil del mundo, pero siempre me pregunté si había algo específico en mí que nunca le había gustado.

Aparte de lo de la toalla, claro.

Cuando llegué al trabajo, me encontré con Sara de camino al ascensor. Hicimos planes para comer un día de la semana siguiente y me despedí de ella al llegar a su planta. Ya en la planta dieciocho me fijé en que la puerta del despacho del señor Ryan estaba cerrada como era habitual, así que no podía saber si ya había llegado o no. Encendí el ordenador e intenté prepararme mentalmente para el día. Últimamente la ansiedad se apoderaba de mí cada vez que me sentaba en esa silla.

Sabía que le iba a ver esa mañana; repasábamos la agenda de la semana siguiente todos los viernes. Pero no podía saber de qué humor iba a estar.

Aunque últimamente su humor había estado todavía peor de lo habitual, las últimas palabras que me había dicho el día anterior fueron: «Compra el liguero también». Y yo lo había hecho. Y lo llevaba puesto en ese mismo momento. ¿Por qué? No tenía ni idea. ¿Qué demonios había querido decir con eso? ¿Es que creía que me lo iba a ver? Ni de coña. Entonces ¿por qué me lo había puesto? «Juro por Dios que si me lo rompe...» Y frené antes de que pudiera acabar la frase.

Claro que no me lo iba a romper. No le iba a dar la oportunidad de hacerlo.

«No dejes de decirte eso, Mills.»

Responder unos cuantos emails, corregir el contrato sobre temas de propiedad intelectual del informe Papadakis y pedir presupuesto a varios hoteles apartó mi mente de la situación durante un rato, pero más o menos una hora después la puerta se abrió. Levanté la vista y me encontré con un señor Ryan muy profesional. Su traje oscuro de dos botones estaba impecable, complementado perfectamente por el toque de color que le daba la corbata de seda roja. Parecía tranquilo y completamente relajado. No quedaba ninguna señal de aquel salvaje que me había follado en el probador de La Perla unas dieciocho horas y treinta y seis minutos atrás. Y no es que estuviera contando el tiempo ni nada...

—¿Lista para empezar?

—Sí, señor.

Él asintió una vez y volvió a su despacho.

Vale, así que ahora iba a ser así. Por mí, bien. No estaba segura de lo que había estado esperando, pero en cierto modo estaba aliviada de que nada hubiera cambiado. Las cosas entre nosotros se estaban volviendo cada vez más intensas y sería un golpe mayor si todo acabara y yo tuviera que recoger además los trocitos de mi carrera. Esperaba poder pasar por todo eso sin mayores desastres al menos hasta que acabara el máster.

Le seguí a su despacho y tomé asiento. Empecé repasando la lista de tareas y citas que necesitaban de su atención. Él escuchó sin hacer ningún comentario, anotando cosas o introduciéndolas en su ordenador cuando era necesario.

—Hay una reunión con Red Hawk Publishing programada para las tres de esta tarde. Su padre y su hermano también van a asistir. Probablemente le llevará el resto de la tarde, así que he vaciado su agenda... —Y así seguimos hasta que finalmente llegamos a la parte que estaba temiendo—. Y por último, el congreso JT Miller Marketing Insight Conference es en San Diego el mes que viene —dije y de repente fijé la vista en los garabatos que estaba dibujando en mi agenda. La pausa que siguió pareció durar siglos y por fin levanté la vista para ver qué le estaba llevando tanto tiempo. Me estaba mirando fijamente, dando golpecitos con su pluma de oro sobre la mesa, sin ni la más mínima expresión en la cara.

—¿Me va a acompañar? —preguntó.

—Sí. —Mi única palabra creó un silencio sofocante en el despacho. No tenía ni idea de lo que estaba pensando mientras seguíamos mirándonos—. Está estipulado en las condiciones de mi beca que tengo que asistir. Y... eh... también creo que le vendrá bien tenerme allí... hum... para ayudarlo a llevar sus asuntos.

—Haga todos los preparativos necesarios —dijo con un aire tajante mientras acaba de escribir en su ordenador. Asumiendo que eso significaba que ya me podía ir, me puse de pie y empecé a caminar hacia la puerta.

—Señorita Mills.

Me volví para mirarlo y aunque nuestras miradas no se encontraron, me di cuenta de que él casi parecía nervioso. Bueno, eso sí era un cambio.

—Mi madre me ha pedido que la invite de su parte a cenar la semana que viene.

—Oh. —Sentí que el calor me subía a las mejillas—. Bueno, dígale por favor que tengo que consultar mi agenda. —Me di la vuelta para marcharme otra vez.

—Me ha dicho que tengo que... pedirle encarecidamente que vaya.

Me volví lentamente y vi que ahora sí que me estaba mirando fijamente y sin duda parecía incómodo.

—¿Y por qué exactamente tendría que hacerlo?

—Bueno —dijo y carraspeó—, aparentemente hay alguien que quiere que conozca.

Eso era algo nuevo. Conocía a los Ryan desde hacía años y, aunque Susan había mencionado de pasada algún nombre de vez en cuando, nunca había intentado activamente emparejarme con nadie.

—¿Tu madre está intentando encontrarme novio? —le pregunté volviendo hacia la mesa y cruzando los brazos sobre el pecho.

—Eso parece. —Algo en su cara no casaba con su respuesta desenfadada.

—¿Y por qué? —le pregunté con una ceja enarcada.

Él frunció la frente con una irritación evidente.

—¿Y cómo demonios quieres que lo sepa? No es que nos sentemos a la mesa a hablar de ti —refunfuñó—. Tal vez está preocupada porque, con esa personalidad tan brillante que tienes, acabes siendo una vieja solterona que lleve un vestido de flores y que viva en una casa llena de gatos.

Me incliné hacia delante con las palmas en su mesa y lo miré fijamente.

—Bueno, tal vez debería preocuparse de que su hijo se convierta en un viejo verde que se pasa el tiempo atesorando bragas y persiguiendo a chicas en tiendas de lencería.

Él saltó de la silla y se inclinó hacia mí con una expresión furiosa en la cara.

—¿Sabes? Eres la mujer más... —Tuvo que interrumpirse cuando sonó el teléfono.

Nos miramos duramente, ambos con la respiración acelerada. Por un instante creí que se iba a lanzar sobre mí por encima de la mesa. Y durante otro instante quise encarecidamente que lo hiciera. Sin dejar de mirarme a los ojos extendió la mano para coger el teléfono.

—¿Sí? —preguntó bruscamente por el auricular sin apartar la mirada—. ¡George! Sí, claro que tengo un momento.

Volvió a sentarse en su silla y yo me quedé allí por si necesitaba algo de mí mientras hablaba con el señor Papadakis. Levantó el dedo índice en mi dirección para que esperara antes de empezar a deslizarlo sobre su pluma, que hacía rodar por la mesa mientras escuchaba lo que le decían por el auricular.

—¿Necesitas que me quede? —le pregunté.

Él asintió una vez antes de hablar por el teléfono.

—No creo que haga falta ser tan específico en esta fase, George. —El tono profundo de su voz reverberó por toda mi columna—. Con solo un perfil general bastará. Necesitamos saber el alcance de esta propuesta antes de poder pasar a hacer borradores.

Me revolví un poco en el lugar donde estaba. Él era un

ególatra por hacer que me quedara allí de pie como si estuviera sujetando un plato de uvas y abanicándolo mientras hablaba con un colega.

Levantó la vista para mirarme y le vi bajar los ojos hasta mi falda, donde algo le llamó la atención. Al volver a levantar la vista sus ojos se abrieron un poco más de lo normal, como si quisiera preguntarme algo. Y entonces extendió la mano, sujetando el boli entre el índice y el pulgar, y utilizó la punta para levantarme el dobladillo de la falda a la altura del muslo.

Abrió los ojos de par en par cuando vio el liguero.

—Lo entiendo —murmuró por el teléfono mientras dejaba caer la falda—. Creo que estamos de acuerdo en que eso es un desarrollo positivo.

Sus ojos subieron por mi cuerpo y su mirada se fue oscureciendo poco a poco. El corazón empezó a latirme con fuerza. Cuando me miraba así yo solo quería subirme a su regazo y atarlo a la silla con su corbata.

—No, no. Nada tan amplio en este punto. Como le he dicho, solo estamos hablando de un perfil preliminar.

Di la vuelta a la mesa y me senté en una silla frente a él, que arqueó una ceja, interesado, y después se metió la punta del boli entre los dientes y la mordió.

El calor crecía entre mis piernas así que me cogí el borde de la falda y me la subí por los muslos, exponiendo la piel al aire fresco de la oficina y a los ojos deseosos que no se apartaban de mí desde el otro lado de la mesa.

—Sí, ya veo —dijo al teléfono, pero su voz era más profunda, casi ronca ahora, aunque seguía sonando tranquilo.

Seguí con los dedos los contornos de las tiras del liguero, pasando por mi piel y por la seda de la ropa interior. Nada (ni nadie) me habían hecho nunca sentir tan sexy como él. Era como si él cogiera todos mis pensamientos sobre el trabajo, mi vida y mis objetivos y me dijera: «Todo esto está muy bien, pero mira esto otro que yo te ofrezco. Puede que sea retorcido y muy peligroso pero lo estás deseando. Me estás deseando a mí».

Y si lo hubiera dicho en voz alta, habría tenido razón.

—Sí —repitió—. Creo que ese es el camino ideal.

«Eso crees, ¿eh?» Le sonreí, me mordí el labio y él me dedicó una media sonrisa diabólica en respuesta. Los dedos de una mano siguieron subiendo, me cubrí con ellos un pecho y apreté. Con la otra mano aparté la parte central de mis bragas y pasé dos dedos por la piel húmeda.

El señor Ryan tosió y se apresuró a coger su vaso de agua.

—Está bien, George. Le echaremos un vistazo cuando lo recibamos. Podemos hacerlo en ese plazo.

Empecé a mover la mano mientras pensaba en sus dedos largos haciendo rodar el bolígrafo y en esas mismas manos agarrándome las caderas y la cintura y los muslos mientras me empujaba en el probador de la tienda de lencería.

El movimiento se hizo más rápido, se me cerraron los ojos y deje caer la cabeza contra el respaldo de la silla. Intenté no hacer ruido mordiéndome el labio con fuerza pero se me escapó un leve gemido. Me estaba imaginando sus manos y sus antebrazos fibrosos, con los músculos tensándose bajo la piel, mientras sus dedos se movían dentro de mí. Sus piernas delante de mi cara la noche en la sala de reuniones, tensas y esculpidas, esforzándose para no embestirme.

Y esos ojos, fijos en mí, oscuros y suplicantes.

Levanté la cabeza y los vi justo como me los imaginaba, no mirando mi mano, sino con la expresión ávida centrada en mi cara mientras yo seguía con el movimiento y la sensación. Mi clímax fue a la vez abrumador e insatisfactorio: quería que fuera su contacto el que me hiciera todo aquello y no el mío.

En algún momento había colgado el teléfono y me di

cuenta de que mi respiración sonaba demasiado fuerte en la habitación en silencio. Él seguía sentado frente a mí, se le veían gotas de sudor en la frente y sus manos agarraban los brazos de la silla como si se estuviera resistiendo ante un fuerte vendaval.

—Pero ¿qué me estás haciendo? —preguntó en voz baja.

Le sonreí y me aparté el flequillo de los ojos de un soplido.

—Estoy bastante segura de que lo que acabo de hacer me lo he hecho a mí.

Él levantó ambas cejas.

—No, eso sin duda.

Me levanté colocándome la falda sobre los muslos.

—Si eso es todo, señor Ryan, vuelvo al trabajo.

Para cuando volví de refrescarme un poco en el baño, tenía un mensaje de texto del señor Ryan en el que me informaba de que debíamos encontrarnos en el aparcamiento para ir al centro. Menos mal que los otros ejecutivos y sus ayudantes también iban a la reunión con Red Hawk. Sabía por nuestros antecedentes que si tenía que sentarme en una limusina a solas con ese hombre durante veinte minutos (sobre todo después de lo que acababa de hacer) solo había dos posibles resultados. Y solo uno de ellos haría que él acabara como había llegado.

La limusina estaba esperando justo a la salida y mientras me acercaba a nuestro conductor, él me sonrió ampliamente y me abrió la puerta.

—Hola, Chloe, ¿qué tal el trabajo?

—Movido, divertido e interminable. ¿Qué tal los estudios? —Le devolví la sonrisa. Stuart era mi conductor favorito, y aunque tenía tendencia a flirtear un poco, siempre me hacía sonreír.

—Si pudiera dejar la física, todavía podría graduarme en biología, seguro. Qué pena que no seas científica; podrías darme clases particulares —me dijo subiendo y bajando las cejas.

—Si ustedes dos han terminado, tenemos un lugar importante al que ir. Debería dedicarse a flirtear con la señorita Mills en su tiempo libre. —Aparentemente el señor Ryan ya estaba dentro del coche esperándome y nos miró reprobatoriamente a ambos antes de retirarse de nuevo a la parte de atrás. Sonreí y puse los ojos en blanco en dirección a Stuart antes de entrar.

El coche estaba vacío a excepción del señor Ryan.

—¿Dónde están los demás? —pregunté confundida mientras iniciábamos la marcha.

—Tienen una cena más tarde así que han decidido ir en otro coche. —Estaba enfrascado en sus papeles. No pude evitar notar la forma en que daba golpecitos en el suelo con sus zapatos Oxford italianos a la última moda.

Lo miré suspicaz. No se le veía diferente. De hecho estaba súper sexy. Llevaba el pelo en su desastre calculado habitual. Cuando se llevó la pluma de oro a los labios distraídamente, justo como lo había hecho antes en el despacho, tuve que revolverme en el asiento para aliviar la repentina incomodidad.

Cuando levantó la vista y me miró, la media sonrisita de su cara me hizo saber que me había pillado comiéndomelo con los ojos.

—¿Has visto algo que te gusta? —preguntó.

—No, aquí no —respondí con una sonrisita yo también. Y como sabía que le iba a afectar, volví a cruzar las piernas a propósito, asegurándome de que se me subiera la falda un poco más de lo apropiado. Tal vez le hacía falta recordar quién tenía más posibilidades de ganar ese juego. Su ceño fruncido volvió un segundo después. Misión cumplida.

Los dieciocho minutos y medio que quedaban de nuestro viaje de veinte minutos los pasamos lanzándonos miradas lascivas en el coche mientras yo intentaba fingir que no estaba fantaseando con tener su atractiva cabeza entre las piernas.

Creo que no hace falta decir que, para cuando llegamos, ya estaba de mal humor.

Las tres horas siguientes se me hicieron eternas. Los otros ejecutivos llegaron y se hicieron las presentaciones. Una mujer particularmente llamativa pareció interesarse inmediatamente por mi jefe. Tendría treinta y pocos, con un grueso pelo pelirrojo, ojos oscuros muy brillantes y un cuerpo para morirse. Y, claro, esa sonrisa que era capaz de hacer que se le cayeran las bragas a cualquiera se puso en funcionamiento y estuvo a punto de dejarla inconsciente toda la tarde.

Gilipollas.

Cuando entramos en el despacho al final del día, después de un viaje de vuelta aún más tenso que el de ida, pareció que el señor Ryan todavía tenía algo que decir. Y si no lo soltaba pronto, iba a explotar. Cuando quería que se estuviera calladito, no podía mantener la boca cerrada. Pero cuando necesitaba que dijera algo, se quedaba mudo.

Una sensación de *déjà vu* y de terror me embargó al cruzar el edificio semidesierto en dirección al ascensor. En cuanto las puertas doradas se cerraron deseé estar en cualquier parte menos de pie a su lado. «¿Es que de repente hay menos oxígeno aquí?» Mientras miraba su reflejo en las puertas brillantes, me di cuenta de que era difícil adivinar cómo se sentía. Se había aflojado la corbata y tenía la chaqueta del traje colgada de un brazo. Durante la reunión se había subido las mangas de la camisa parcialmente sobre los antebrazos y yo intenté no quedarme mirando las líneas que formaban sus músculos por debajo de la piel. Aparte de la constante forma de apretar la mandíbula y la mirada baja, parecía totalmente relajado.

Cuando llegamos al piso dieciocho dejé escapar un enorme suspiro. Esos habían sido los cuarenta y dos segundos más largos de mi vida. Le seguí a través de la puerta intentando mantener la mirada lejos de él mientras entraba rápidamente en su despacho. Pero para mi sorpresa no cerró la puerta detrás de él. Y él siempre cerraba la puerta.

Comprobé rápidamente los mensajes y me ocupé de unos cuantos detalles de última hora antes de irme de fin de semana. Creo que nunca antes había tenido tanta prisa por salir de allí. Bueno, eso no era realmente cierto. La última vez que estuvimos solos en aquella planta también salí huyendo bastante rápido. Mierda, si había un momento para no pensar en eso era precisamente aquel, en la oficina vacía. Solos él y yo.

Él salió de su despacho justo cuando yo estaba recogiendo mis cosas. Colocó un sobre color marfil sobre mi mesa y se encaminó hacia la puerta sin detenerse. «¿Qué demonios era aquello?» Abrí deprisa el sobre y vi mi nombre en varias hojas de un elegante papel color marfil. Eran los formularios para abrir una cuenta de crédito privada en La Perla, con el nombre del señor Bennett Ryan como titular.

«¿Ha abierto una cuenta para mí?»

—¿Qué demonios es esto? —pregunté furiosa. Salté de la silla y continué—. ¿Me has abierto una línea de crédito?

Él se detuvo y, tras dudar un momento, se volvió para mirarme.

—Tras el espectáculo que has protagonizado hoy, hice una llamada y las gestiones necesarias para que puedas comprarte todo lo que... necesites. Por supuesto hay un límite en la cuenta —dijo con pragmatismo tras haber eliminado cualquier rastro de incomodidad de su cara. Por eso era tan bueno en lo que hacía. Tenía una capacidad asombrosa para recuperar el control en cualquier situación. Pero ¿creía realmente que podía controlarme?

—Vamos a ver, solo para que me quede claro —le dije sacudiendo la cabeza e intentando mantener cierta apariencia de calma—, ¿has hecho gestiones para comprarme lencería?

—Bueno, es para reemplazar las cosas que yo... —se detuvo, posiblemente para reconsiderar su respuesta—. Para reemplazar las cosas que han resultado estropeadas. Si no la quieres, no la uses, joder —bufó entre dientes antes de girarse para irse de nuevo.

—Eres un hijo de puta. —Me acerqué para quedarme de pie delante de él con el elegante papel ahora hecho una bola arrugada en mi puño—. ¿Te parece gracioso? ¿Es que crees que yo soy una muñeca que puedas vestir a tu conveniencia para divertirte? —No sabía con quién estaba más enfadada: con él por pensar eso de mí o conmigo por permitir que todo aquello hubiera tenido lugar.

—Oh, sí —se mofó—. Me parece algo para partirse.

—Toma esto y métetelo por donde te quepa. —Le tiré la bola de papel color marfil contra el pecho, cogí el bolso, giré sobre mis talones y literalmente salí corriendo hacia el ascensor. «Cabrón ególatra y mujeriego.»

Lógicamente yo sabía que su intención no era insultarme, al menos eso esperaba. Pero ¿aquello? Aquello era exactamente por lo que no había que tirarse al jefe y por lo que definitivamente no había que exhibirse y hacerle un numerito en su despacho.

Aparentemente yo me había perdido esa parte de los consejos de orientación.

—¡Señorita Mills! —gritó, pero lo ignoré y entré en el ascensor.

«Vamos», me dije mientras pulsaba repetidamente el botón del aparcamiento. Apareció justo cuando se cerraban las puertas y sonreí para mí mientras lo veía desaparecer. «Muy madura, Chloe.»

—¡Mierda, mierda, mierda! —grité dentro del ascensor vacío, a punto de golpear el suelo con el pie. Ese cabrón me había arrancado el último par de bragas.

Sonó el timbre del ascensor que indicaba que habíamos llegado al aparcamiento. Murmurando para mí me encaminé a mi coche. El aparcamiento estaba poco iluminado y mi coche era uno de los pocos que quedaban en esa planta, pero yo estaba demasiado furiosa para pararme un segundo a pensarlo. Cualquiera que quisiera tocarme las narices en ese momento iba a tener muy mala suerte. Justo en el momento en que ese pensamiento cruzó mi mente, oí la puerta de las escaleras abrirse estrepitosamente y el señor Ryan habló a mi espalda.

—¡Dios! ¿Podrías esperar, joder? —me gritó.

No dejé de fijarme en que estaba sin aliento. Supongo que bajar corriendo dieciocho pisos tenía ese efecto.

Abrí el coche y la puerta y tiré mi bolso en el asiento del acompañante.

—¿Qué coño quiere, señor Ryan?

—Vamos a ver, ¿puedes desconectar el modo arpía y escucharme durante dos segundos?

Me volví bruscamente para mirarlo.

—¿Es que crees que soy algún tipo de prostituta?

Cien emociones diferentes pasaron por su cara en un momento: enfado, impresión, confusión, odio y maldita sea, justo en ese momento estaba para comérselo. Se desabrochó el cuello de la camisa, su pelo era un desastre y una gota de sudor que le corría por un lado de la mejilla no me estaba poniendo las cosas fáciles. Pero estaba decidida a seguir furiosa.

Manteniendo una distancia de seguridad, él negó con la cabeza.

—Dios —dijo mirando a su alrededor en el aparcamiento—. ¿Crees que te veo como una prostituta? ¡No! Era solo por si acaso... —Se detuvo intentado organizar sus pensamientos. Pero pareció rendirse al poco, con la mandíbula tensa.

La rabia me recorría el cuerpo con tal fuerza que, antes de que pudiera detenerme, di un paso adelante y le di una bofetada fuerte en la cara. El sonido resonó en el aparcamiento vacío. Con una mirada sorprendida y furiosa, levantó una mano y se tocó el lugar donde le había pegado.

—Eres el jefe, pero tú no eres quien decide cómo funciona esto.

El silencio cayó sobre nosotros. Los sonidos del tráfico y del mundo exterior apenas se registraban en mi conciencia.

—¿Pues sabes qué? —empezó a decir con la mirada oscurecida y dando un paso hacia mí—. Hasta ahora no he oído ninguna queja.

«Oh, ese modo de hablar tan suave.»

—Ni contra la ventana. —Otro paso—. Ni en el ascensor ni en las escaleras. Ni en el probador mientras veías cómo te follaba. —Y otro—. Ni cuando has abierto las piernas esta mañana en mi despacho, no he oído ni una sola palabra de protesta salir de tu boca.

Mi pecho subía y bajaba rápidamente, sentía el frío metal del coche a través de la fina tela de mi vestido. Incluso con aquellos zapatos de tacón, él me sacaba una cabeza sin problemas y cuando se inclinó pude sentir su aliento cálido contra mi pelo. Solo tenía que mirar hacia arriba y nuestras bocas se encontrarían.

—Bueno, yo he acabado con todo eso —dije con los dientes apretados, pero cada respiración me traía un breve momento de alivio cuando mi pecho rozaba el suyo.

—Claro que sí —susurró negando con la cabeza y acercándose aún más, de forma que su erección quedó apretada contra mi vientre. Apoyó la mano en el coche, atrapándome—. Has acabado del todo.

—Excepto... Quizá... —dije, aunque no estaba segura de si tenía intención de decirlo en voz alta.

—¿Quizá solo una vez más? —Sus labios apenas rozaron los míos.

Fue demasiado suave, demasiado real.

Volví la cara hacia arriba y susurré contra su boca.

—No quiero desear esto. No es bueno para mí.

Él dilató las aletas de la nariz un poco y justo cuando pensaba que iba a volverme loca, me cogió el labio inferior con fuerza entre los suyos y me atrajo hacia él. Gimiendo en mi boca hizo más profundo el beso y me empujó bruscamente contra el coche. Como la última vez, levantó las manos y me quitó las horquillas del pelo.

Nuestros besos empezaron siendo provocadores y después más duros, acercándonos y alejándonos, las manos enredadas en el pelo y las lenguas deslizándose la una contra la otra. Solté una exclamación cuando él flexionó un poco las rodillas, clavándome su erección.

—Dios —gemí, rodeándole con una pierna y hundiéndole el tacón en el muslo.

—Lo sé —jadeó él contra mi boca. Bajó la vista hacia mi pierna, me cogió el trasero con las manos y me dio un fuerte apretón a la vez que murmuraba—. ¿Te he dicho lo sexis que son esos zapatos? ¿Qué intentas hacerme con esos lacitos tan traviesos?

—Bueno, llevo otro lazo en otro sitio, pero vas a necesitar un poco de suerte para encontrarlo.

Él se apartó.

—Métete en el maldito coche —me dijo con la voz ronca saliéndole de lo más profundo de la garganta a la vez que abría la puerta de un tirón.

Lo miré fijamente, deseando que algún pensamiento racional consiguiera colarse en mi cerebro confuso. ¿Qué debería hacer? ¿Qué quería? ¿Podía simplemente dejarle tomarme de esa forma otra vez? Estaba tan abrumada por todo aquello que todo mi cuerpo temblaba. La razón me abandonaba rápidamente mientras sentía su mano subir por mi cuello y meterse entre mi pelo.

Me lo agarró con fuerza, tiró de mi cabeza hacia él y me miró a los ojos.

—Ahora.

La decisión estaba tomada y una vez más enrollé su corbata alrededor de mi mano y le empujé hacia el asiento de atrás. Cuando la puerta se cerró tras él, no perdió el tiempo; se lanzó hacia el cierre de la parte delantera de mi vestido. Gemí al sentir que separaba la tela y me pasaba las manos por la piel desnuda. Me empujó hacia atrás para que me tumbara sobre la fresca piel y, poniéndose de rodillas entre mis piernas, me colocó la palma entre los pechos y la fue bajando lentamente por mi abdomen hasta el liguero de encaje. Sus dedos siguieron las delicadas cintas hasta el borde de mis medias y volvieron a subir para entretenerse en seguir todo el contorno de mis bragas. Los músculos de mi abdomen se tensaban con cada uno de sus movimientos y yo intentaba desesperadamente controlar mi respiración. Rozando con la punta de los dedos los lacitos blancos, levantó la vista y me dijo:

—La suerte no tiene nada que ver con esto.

Tiré de él, agarrándole por la camisa, y le metí la lengua en la boca, gimiendo cuando su palma se apretó contra mí. Nuestros labios se pusieron a buscar; nuestros besos se hicieron más largos y más profundos, ganando en urgencia con cada centímetro de piel que se iba descubriendo. Le saqué la camisa de los pantalones y exploré la piel lisa de sus costillas, la clara definición de los músculos de su cadera y la suave línea de vello que salía de su ombligo y me animaba a ir más abajo.

Como quería provocarlo de la forma que me estaba provocando él a mí, seguí su cinturón con mis dedos hasta la silueta dura que tenía debajo de los pantalones.

Él gimió dentro de mi boca.

—No sabes lo que me estás haciendo.

—Dímelo —le susurré. Estaba utilizando sus mismas palabras contra él y saber que se acababan de cambiar las tornas por el momento me excitaba—. Dímelo y te daré lo que quieres.

Él gimió y se mordió el labio, con la frente apoyada contra la mía, para después estremecerse.

—Quiero que me folles tú a mí.

Le temblaban las manos mientras me cogía las bragas nuevas y cerraba el puño y, aunque fuera una locura, estaba deseando que me las rompiera. La pura pasión entre nosotros era diferente a cualquier cosa que hubiera experimentado; no quería que se reprimiera. Sin una palabra me las arrancó y el dolor de la tela al dejar mi piel se sumó al placer.

Empujé hacia delante con la pierna para echarlo hacia atrás y apartarlo de mí. Me senté, lo tiré sobre el asiento trasero y me puse a horcajadas en su regazo. Le abrí la camisa de un tirón, lo que envió botones despedidos por todo el asiento.

Yo ya estaba perdida para todo el mundo excepto para él y para aquello: la sensación del aire contra mi piel, los sonidos irregulares de nuestras respiraciones, el calor de su beso y la idea de lo que estaba por venir. Frenéticamente le solté el cinturón y los pantalones y con su ayuda conseguí bajárselo por las piernas. La punta de su miembro me rozó y yo cerré los ojos y bajé lentamente sobre él, deslizándolo poco a poco en mi interior.

—Oh, Dios —gemí, la sensación de él dentro de mí solo hizo que el efecto agridulce se intensificara.

Levanté las caderas y empecé a cabalgar sobre él, sintiendo

cada movimiento más intenso que el anterior. El dolor que me estaban produciendo sus dedos ásperos en las caderas avivaba mi lujuria. Tenía los ojos cerrados y amortiguaba sus gemidos enterrando la cabeza en mi pecho. Movió los labios por encima de mi sujetador de encaje y me bajó una de las copas para cogerme el pezón endurecido entre los dientes. Le agarré el pelo con fuerza, lo que le provocó un gemido y su boca se abrió alrededor de mi piel.

—Muérdeme —le susurré.

Y él lo hizo, con fuerza, lo que me hizo gritar y tirarle más fuerte del pelo.

Mi cuerpo estaba en armonía con el suyo, reaccionaba a todas sus miradas, sus sonidos y sus contactos. Y ambos odiábamos y a la vez adorábamos cómo me hacía sentir. Yo nunca había sido una de esas mujeres que pierden fácilmente el control, pero cuando me tocaba así, yo estaba encantada de dejarme llevar.

—¿Te gusta sentir mis dientes? —me preguntó con la respiración entrecortada e irregular—. ¿Fantaseas con otros sitios en los que te puedo morder?

Me apoyé en su pecho para incorporarme y lo miré.

—No sabes cuándo debes cerrar la boca, ¿verdad?

Él me levantó y me tiró bruscamente sobre el asiento. Separándome las piernas, volvió a entrar en mi interior. Mi coche era demasiado pequeño para eso, pero no había nada que pudiera detenernos. Incluso con las piernas dobladas de una forma extraña debajo de él y con los brazos por encima de la cabeza para evitar que chocara con la puerta, aquello era demasiado.

Él se puso de rodillas y adoptó una posición más cómoda, me cogió una pierna y se la colocó sobre un hombro, lo que hizo que entrara más profundamente en mí.

—Oh, Dios, sí.

—¿Sí? —Me levantó la otra pierna para apoyarla sobre el otro hombro. Extendió el brazo y agarró el marco de la puerta para guardar el equilibrio y hacer las embestidas más profundas—. ¿Así es como te gusta?

El cambio de ángulo me hizo dar un respingo cuando las sensaciones más deliciosas se extendieron por todo mi cuerpo.

—No. —Apoyé las manos contra la puerta y levanté las caderas del asiento para ir al encuentro de cada movimiento de la suya—. Me gusta más fuerte.

—Joder —murmuró y volvió la cabeza un poco para que su boca abierta me fuera dejando besos húmedos por toda la pierna.

Nuestros cuerpos ya brillaban por el sudor, las ventanas estaban empañadas y nuestro gemidos llenaban el espacio en silencio del coche. La penumbra que producían las luces del aparcamiento resaltaba todas las hendiduras, que parecían esculpidas, y todos los músculos del hermoso cuerpo que tenía encima de mí. Lo miré embelesada, tenso por el esfuerzo y el pelo alborotado y pegado a su frente húmeda, los tendones de su cuello estirados como cuerdas.

Dejó caer la cabeza entre sus brazos estirados, cerró los ojos con fuerza y negó.

—Oh, Dios —jadeó—. Es que... no puedo parar.

Yo me arqueé para estar más cerca, con la necesidad de encontrar una forma de sentirlo más profunda, más completamente en mi interior. Nunca había tenido unas ganas tan intensas de consumir otro cuerpo como las que tenía cuando él estaba dentro de mí, pero incluso entonces, parecía que nunca podía estar lo bastante cerca de las partes de él que quería sentir. Y justo con ese pensamiento en mi mente, la deliciosa tensión en espiral que sentía en mi piel y en el vientre cristalizó para convertirse en una dolor tan profundo que bajé las piernas de sus hombros a la vez que tiraba de él para colocar todo su peso sobre mí mientras suplicaba: «Por favor, por favor, por favor», una y otra vez.

Estaba cerca, tan cerca.

Mis caderas empezaron a dibujar círculos y las suyas respondieron con fuerza y constancia, desatados tanto él, que estaba encima, como yo, que estaba debajo.

—Estoy tan cerca, joder, por favor.

—Lo que quieras —gimió él en respuesta, antes de inclinarse para morderme el labio y proseguir—. Quédate con lo que quieras.

Yo chillé al correrme, con las uñas hundidas en su espalda y el sabor de su sudor en mis labios.

Él soltó un juramento con la voz profunda y ronca y con una última embestida muy potente se tensó sobre mí.

Exhausto y temblando, se dejó caer con la cara contra mi cuello. No pude resistir la necesidad de pasarle las manos temblorosas por el pelo húmedo mientras estaba ahí tumbado, jadeando, con el corazón acelerado contra mi pecho. Tenía un millón de pensamientos cruzando por mi mente mientras pasaban los minutos.

Lentamente nuestras respiraciones se fueron calmando y estuve a punto de creer que se había dormido cuando apartó la cabeza.

Mi cuerpo cubierto de sudor sintió inmediatamente el frío cuando él empezó a vestirse. Lo observé durante un momento antes de incorporarme y ponerme el vestido, luchando con fuertes sentimientos encontrados. Además de algo que me satisfacía físicamente, el sexo con él era lo más divertido que había hecho en mucho tiempo.

Pero es que era tan estúpido...

—Asumo por lo que ha pasado que vas a ignorar la cuenta que te he abierto. Y me doy cuenta de que esto no puede volver a pasar —dijo, apartándome de mis propios pensamientos. Me volví para mirarlo. Se estaba poniendo la camisa rota con la mirada fija en algún punto delante de él.

Pasaron unos segundos antes de que se volviera a mirarme.

—Di algo para que sepa que me has oído.

—Dígale a Susan que iré a cenar, señor Ryan. Y sal inmediatamente de mi puto coche.

6

El ardor de mi pecho era casi suficiente para distraerme del lío que tenía en la cabeza. Pero solo «casi».

Aumenté la inclinación de la cinta de correr y me obligué a exigirme más. Los pies golpeando, los músculos ardiendo... eso siempre funcionaba. Así es como yo vivía mi vida. No había nada que no pudiera lograr si me exigía lo suficiente: los estudios, la carrera, la familia, las mujeres.

Mierda: mujeres.

Agobiado sacudí la cabeza y subí el volumen de mi iPod, esperando que eso pudiera distraerme lo suficiente para conseguir un poco de paz.

Debería haber sabido que no iba a funcionar. No importaba cuánto lo intentara, ella siempre estaba allí. Cerraba los ojos y todo volvía: tumbado sobre ella, sintiéndola envolviéndome, sudoroso, excitado, queriendo parar pero incapaz de hacerlo. Estar dentro de ella era la tortura más perfecta. Saciaba el hambre que sentía en ese momento, pero como un yonqui, me encontraba consumido por la necesidad de más droga en cuanto dejaba de tenerla. Era aterrador, pero cuando estaba con ella era capaz de hacer cualquier cosa que me pidiera. Y esa sensación estaba empezando a penetrar en momentos como ese también, en los que ni siquiera estaba a su lado pero seguía queriendo ser lo que ella necesitaba. Ridículo.

Alguien me quitó uno de los auriculares de un tirón y yo me volví hacia la fuente de la distracción.

—¿Qué? —pregunté mirando a mi hermano.

—Si sigues subiendo eso, vamos a tener que despegarte del suelo en cualquier momento, Ben —me respondió—. ¿Qué ha hecho ella estaba vez para fastidiarte tanto?

—¿Quién?

Él puso los ojos en blanco.

—Chloe.

Sentí que se me tensaba el estómago al oír su nombre y volví a centrar mi atención en la cinta de correr.

—¿Y qué te hace pensar que esto tiene algo que ver con ella?

Él rió sacudiendo la cabeza.

—No conozco a ninguna otra persona que produzca esta reacción en ti. Y sabes por qué es, ¿verdad?

Él había apagado su máquina y ahora tenía toda su atención centrada en mí. Mentiría si dijera que no me estaba poniendo un poco nervioso. Mi hermano era perceptivo, demasiado, a veces. Y si había algo que yo quería ocultarle era precisamente eso.

Mantuve la mirada fija adelante mientras seguía corriendo, intentando no cruzar la mirada con él.

—Ilumíname.

—Porque vosotros dos os parecéis bastante —dijo con aire de suficiencia.

—¿Qué? —Varias personas se volvieron para ver por qué estaba gritando en medio de un gimnasio lleno de gente. Dejé caer la mano sobre el botón de parada y lo miré—. Pero ¿cómo se te ha podido ocurrir eso? No nos parecemos en nada. —Estaba sudado, sin aliento y acelerado después de haber corrido más de quince kilómetros. Aunque justo en ese momento la subida de mi presión arterial no tenía nada que ver el ejercicio físico.

Le di un largo trago a la botella de agua mientras Henry no dejaba de sonreír burlón.

—¿Con quién crees que estás hablando? No he conocido a dos personas más parecidas en mi vida. Primero... —Hizo una pausa, carraspeó y levantó la mano para ir enumerando las cosas con los dedos—. Ambos sois inteligentes, determinados, trabajáis mucho y sois leales. Y... —continuó señalándome— ella es una bomba. De hecho es la primera mujer en toda tu vida que puede plantarte cara y que no te sigue a todas partes como un perrito perdido. Y odias profundamente cuánto necesitas eso.

¿Es que todo el mundo había perdido la cabeza? Claro que ella era alguna de esas cosas; ni siquiera yo podía negar que era increíblemente inteligente. Y trabajaba mucho y muy duro; a veces me sorprendía lo bien que se mantenía al día con todo. Y sin duda tenía determinación, aunque yo describiría esa cualidad algo más próxima a los adjetivos de cabezota y terca. Y no se podía poner en tela de juicio su lealtad. Podría haberme traicionado cien veces desde que empezamos con aquel juego enfermizo.

Me quedé de pie mirándolo mientras intentaba formular una respuesta.

—Bueno, sí, y también es una bruja de tomo y lomo.

«Muy bien, Bennett. Muy elaborada esa respuesta.»

Bajé de la máquina, la limpié y crucé el gimnasio intentando escapar.

Él se echó a reír encantado, detrás de mí.

—¿Ves? Sabía que te estaba afectando.

—Que te den, Henry.

Me dispuse a hacer unos abdominales pero él apareció por encima de mí, sonriendo como el gato que se comió al canario.

—Bueno, yo ya he acabado aquí —dijo frotándose las manos. Parecía cada vez más satisfecho consigo mismo—. Supongo que me voy a casa.

—Bien. Vete.

Riéndose se dio la vuelta.

—Oh, pero antes de que se me olvide, Mina me ha pedido

que me entere de si has conseguido convencer a Chloe para que venga a cenar.

Asentí, incorporándome para atarme mejor los cordones.

—Dijo que iría.

—¿Soy yo el único que cree que es gracioso que mamá esté intentando emparejarla con Joel Cignoli?

Ahí estaba esa sensación en el pecho otra vez. Henry y yo habíamos crecido con Joel y era un tío bastante decente, pero algo en la idea de ellos dos juntos me hacía sentir ganas de darle un puñetazo a algo.

—Bueno, Joel es genial —continuó—. Aunque Chloe es un poco demasiado para él, ¿no crees? —Noté que se quedaba mirándome más de la cuenta—. Pero, oye, que lo intente si cree que tiene alguna oportunidad.

Me tumbé y empecé a hacer abdominales un poco más rápido de lo necesario.

—Hasta luego, Benny.

—Sí, hasta luego —murmuré.

El domingo por la noche, tumbado en la cama, repetí el plan en mi cabeza. Estaba pensando en ella demasiado y de forma diferente. Tenía que ser fuerte y pasar una semana sin tocarla. Era una especie de desintoxicación. Siete días. Podría hacerlo. Siete días sin tocarla y todo eso se habría acabado. Podría seguir con mi vida. Solo tenía que tomar un par de precauciones.

Primero, no podía permitir verme empujado a discutir con ella. Por alguna razón, para nosotros dos discutir era como una especie de juego preliminar. Segundo: nada de volver a fantasear con ella, nunca. Eso significaba nada de volver a revivir encuentros sexuales, nada de imaginar otros nuevos y nada de visualizarla desnuda o con cualquiera de las partes de mi cuerpo en contacto con las suyas.

Y durante la mayor parte del tiempo las cosas parecieron ir conforme al plan. Estaba en un estado constante de quietud y la semana me pareció que duraba una eternidad, pero aparte de un montón de fantasías obscenas, pude mantener el control. Hice todo lo que pude para ocupar mi tiempo fuera de la oficina, pero durante los ratos que estábamos obligados a estar juntos, yo mantenía una distancia constante y la mayor parte del tiempo nos tratamos el uno al otro con la misma aversión educada que habíamos practicado antes.

Pero juro que ella no dejaba de intentar romper mi determinación. Cada día parecía que la señorita Mills estaba más atractiva que el anterior. Todos los días había algo de su ropa o de lo que hacía que llevaba mi mente a terreno prohibido. Hice el trato conmigo mismo de que no habría más «sesiones» a la hora de comer. Tenía que parar aquello e imaginármela mientras me masturbaba (mierda, imaginármela masturbándose) no me iba a ayudar.

El lunes se dejó el pelo suelto. Y todo en lo que podía pensar mientras estaba sentada al otro lado de la mesa durante una reunión era en enredar mis manos en su pelo mientras ella me la chupaba.

El martes llevaba una falda hasta la rodilla que le marcaba las curvas y esas medias con la costura detrás. Parecía una *pin up* caracterizada de secretaria sexy.

El miércoles se puso un traje. Eso resultó inesperadamente peor, porque no pude apartar mi mente de cómo sería bajarle esos pantalones por sus largas piernas.

El jueves llevaba una blusa sencilla con el cuello de pico pero las dos veces que se agachó para recogerme el boli le eché un buen vistazo a lo que tenía debajo. Y solo una de las veces fue a propósito.

Para cuando llegó el viernes creí que iba a explotar. No me había masturbado ni una vez en toda la semana e iba por ahí con el peor caso de dolor de huevos conocido por el hombre.

Cuando entré en la oficina el viernes por la mañana recé para que hubiera llamado para decir que estaba enferma. Pero de alguna forma sabía que no iba a tener esa suerte. Estaba cachondo y de un humor especialmente malo y cuando abrí la puerta del despacho estuve a punto de tener un ataque al corazón. Estaba agachada regando una planta, con un vestido de punto color carbón y botas hasta la rodilla. Todas las curvas de su cuerpo estaban allí delante de mí. Alguien ahí arriba tenía que odiarme mucho.

—Buenos días, señor Ryan —me dijo dulcemente cuando pasé a su lado, lo que hizo que me detuviera. Algo estaba ocurriendo. Nunca me decía nada con dulzura. La miré suspicaz.

—Buenos días, señorita Mills. Parece estar de un humor excelente esta mañana. ¿Es que ha muerto alguien?

La comisura de su boca se elevó con una sonrisa diabólica.

—Oh, no. Solo estoy contenta por la cena de mañana y por conocer a su amigo Joel. Henry me lo ha contado todo de él. Creo que tenemos mucho en común.

«Hijo de puta.»

—Oh, claro. La cena. Se me había olvidado por completo. Sí, usted y Joel... Bueno, como es un niño de mamá y un cabrón autoritario, los dos seguramente encontrarán una conexión amorosa muy sólida. Me vendría bien una taza de café si va a ir a por una para usted. —Me giré y me encaminé a mi despacho.

Se me ocurrió que tal vez no sería bueno para mí permitir que me hiciera café. Cualquier día me iba a echar algo en él. Arsénico o algo así.

Antes de que me diera tiempo a sentarme, ella llamó a mi puerta.

—Adelante.

Puso el café frente a mí con la fuerza suficiente para que se saliera un poco y cayera sobre lo que ella sabía perfectamente que era una mesa hecha a medida de quince mil dólares, y se volvió para mirarme.

—¿Vamos a hacer la reunión habitual sobre su agenda esta mañana? —Estaba de pie cerca de mi mesa en un lugar bañado por la luz del sol. Unas sombras se proyectaban sobre su vestido, acentuando la curva de sus pechos. Joder, quería meterme uno de sus pezones tensos en la boca. ¿Hacía frío en mi oficina? ¿Cómo podía tener frío ella si yo estaba sudando a mares?

Tenía que salir de allí.

—No. Se me había olvidado que tengo una reunión en el centro esta tarde. Así que me voy dentro de diez minutos y estaré todo el día fuera. Mándeme un email con todos los detalles —le respondí apresuradamente encaminándome a la seguridad y la cobertura de mi mesa.

—No sabía que tenía ninguna reunión fuera de la oficina hoy —dijo escéptica.

—No, no tiene por qué saberlo —le dije—. Es personal.

Cuando no respondió me atreví a mirarla y vi una expresión extraña en su cara. ¿Qué significaba esa cara? Obviamente se la veía enfadada, pero había algo más. Estaba... ¿estaba celosa?

—Oh —respondió mordiéndose el labio inferior—. ¿Es con alguien que yo conozca? —Ella nunca hacía preguntas sobre adónde iba—. Es por si su padre o su hermano le necesitan para algo.

—Bueno... —Hice una pausa para torturarla un poco más—. En estos tiempos, si alguien necesita localizarme para algo puede llamarme al móvil. ¿Algo más, señorita Mills?

Ella dudó un momento antes de levantar la barbilla y cuadrar los hombros.

—Como no va a estar aquí, estaba pensando que me gustaría empezar mi fin de semana un poco más pronto. Quiero hacer unas compras para mañana por la noche.

—No hay problema. La veré mañana.

Nuestras miradas se encontraron por encima de la mesa y la electricidad que había en el aire se hizo tan palpable que pude sentir que se me aceleraba el corazón.

—Espero que su «reunión» sea de lo más agradable —me dijo con los dientes apretados mientras salía y cerraba la puerta tras ella.

Sentí alivio cuando la oí marcharse quince minutos después. Decidí que ya estaba seguro y podía irme, recogí mis cosas y me encaminé hacia la puerta. Me detuvo un hombre que llevaba un enorme ramo de flores.

—¿Puedo ayudarlo en algo? —le pregunté.

Él levantó la vista de su portapapeles y miró a su alrededor antes de responder.

—Tengo una entrega para la señorita Chloe Mills.

«Pero ¿qué...? ¿Quién demonios le mandaba flores? ¿Es que estaba saliendo con alguien mientras nosotros...?» Ni siquiera pude terminar ese pensamiento.

—La señorita Mills ha salido a comer. Volverá dentro de una hora —mentí. Tenía que echarle un vistazo a la tarjeta—. Yo se lo firmaré y me aseguraré de que las reciba. —Él puso las flores sobre la mesa.

Firmé rápidamente, le di una propina y me despedí cuando se fue. Durante tres largos minutos me quedé allí de pie, mirando las flores, deseando poder dejar de ser tan idiota y no mirar la tarjeta.

Rosas. Ella odiaba las rosas. Solté una risita porque quien quiera que le hubiera mandado eso no la conocía en absoluto. Hasta yo sabía que no le gustaban las rosas. La había oído decírselo a Sara un día, cuando hablaba de que una de sus citas le había mandado un ramo. Se las había regalado a alguien porque no le gustaba su olor tan fuerte. Finalmente mi curiosidad pudo conmigo y arranqué la tarjeta del ramo.

Estoy deseando que llegue la cena.

JOEL CIGNOLI

Esa extraña sensación empezó a expandirse lentamente por mi pecho de nuevo mientras arrugaba la tarjeta en mi puño cerrado.

Recogí las flores de la mesa, salí por la puerta, cerré con llave y caminé por el pasillo hasta el ascensor.

Justo cuando se abrieron las puertas, pasé junto a una papelera y, sin pensármelo dos veces, tiré el jarrón con todo su contenido dentro.

No sabía qué demonios me estaba pasando. Pero sí sabía que de ninguna de las manera ella acabaría saliendo con Joel Cignoli.

7

Me pasé la mayor parte del sábado corriendo en el lago, tratando de airearme un poco, de tomar distancia y aclarar mis pensamientos. Pero aun así el viaje de una hora en coche hasta la casa de mis padres me dio mucho tiempo para que volviera la maraña de frustraciones a mi cabeza: la señorita Mills, cómo la odiaba, cuánto la deseaba, las flores que le había enviado Joel. Me arrellané un poco más en el asiento e intenté que el ruido sordo del motor del coche me serenara. Sin embargo, no funcionó.

Los hechos eran los siguientes: me sentía posesivo con ella. No de una forma romántica, sino más bien del tipo: «Darle un golpe en la cabeza, arrastrarla del pelo y follármela», por así decirlo. Como si ella fuera mi juguete y yo no quisiera que ninguno de los demás niños del parque jugaran con él. ¿No era eso muy enfermizo? Si ella me oyera alguna vez admitir tal cosa, me cortaría los huevos y me los haría comer.

Ahora la cuestión era saber cómo proceder. Obviamente Joel estaba interesado. ¿Cómo no iba a estarlo? Todo lo que le había llegado era información de segunda mano de mi familia, que obviamente la adoraba, y estaba seguro de que le habían enseñado por lo menos una fotografía. Si yo solo supiera eso de ella, también estaría interesado. Pero no había forma de que él llegara a tener una conversación con ella y la encontrara igual de atractiva.

«A menos que solo quiera follársela...»

El sonido del cuero del volante chirriando bajo mis manos me dejó claro que era mejor que no pensara en eso.

Él no habría accedido a conocerla en la casa de mis padres si no quisiera de ella más que sexo, ¿verdad? Sopesé esa idea. Tal vez sí que quería conocerla mejor. Mierda, incluso yo tenía que admitir que estuve un poco intrigado antes de que llegáramos a hablar. Por supuesto eso no me duró mucho y después ella ha demostrado ser una de las personas más exasperantes que he conocido en la vida. Desgraciadamente para mí, el sexo con ella es el mejor que he tenido.

Joder, mejor que él no llegara tan lejos con ella. No estaba seguro de tener un buen sitio para esconder un cuerpo por allí.

Todavía recuerdo el momento en que la vi por primera vez. Mis padres vinieron a visitarme por Navidad cuando todavía vivía en el extranjero y uno de mis regalos fue un marco de fotos digital. Mientras miraba las fotos con mi madre, paré la presentación en una de mis padres de pie junto a una chica muy guapa de pelo castaño.

—¿Quién es la que está contigo y con papá? —le pregunté.

Mamá me dijo que se llamaba Chloe Mills y que trabajaba de asistente para mi padre y empezó a contarme todo tipo de maravillas. No tendría más de veinte años en la foto, pero su belleza natural era deslumbrante.

A lo largo de los años su cara aparecía de vez en cuando en las fotos que me enviaba mi madre: recepciones de la empresa, fiestas de Navidad e incluso fiestas en la casa. Su nombre también salía ocasionalmente cuando me contaba historias de los contratiempos habituales del trabajo y la familia.

Así que cuando se tomó la decisión de que volvería a casa y me ocuparía de la dirección de operaciones, mi padre me explicó que Chloe acababa de terminar su licenciatura en empresariales en la Universidad Northwestern, que había obtenido una beca para un máster que requería experiencia en el mundo real y que mi trabajo era la posición perfecta para ser su tutor durante un año. Mi familia la quería y confiaba en ella, y el hecho de que ni mi padre ni mi hermano tuvieran ninguna reserva sobre su capacidad para desempeñar el puesto a mí me lo decía todo. Accedí inmediatamente. Estaba un poco preocupado porque mi opinión sobre su apariencia interfiriera con mi capacidad para ser su jefe, pero me tranquilicé rápidamente diciéndome que el mundo estaba lleno de mujeres preciosas y que me resultaría fácil separar ambos aspectos.

Oh, qué estúpido fui.

Y ahora podía ver perfectamente todos los errores que había cometido durante los últimos meses, cómo, incluso desde aquel primer día, todo me había llevado al punto en el que me encontraba entonces.

Para complicar aún más las cosas, últimamente parecía que no podía llegar a nada con nadie sin pensar en ella. Solo pensar lo que había pasado la última vez me provocaba una mueca de dolor.

Había sido unos días antes del «incidente de la ventana», como yo lo llamaba. Yo tenía que asistir a una gala de una organización benéfica. Al entrar en el despacho me quedé impresionado al ver a la señorita Mills con un vestido azul increíblemente sexy que no le había visto nunca antes. En cuanto la vi, quise tirarla sobre la mesa y follármela sin parar.

Toda esa noche, con mi bellísima acompañante rubia a mi lado, estuve distraído. Sabía que estaba llegando al final de mi resistencia y que en algún momento todo iba a volar por los aires. No tenía ni idea de lo pronto que iba a ser eso.

Traté de probarme a mí mismo que la señorita Mills no se me estaba metiendo así en la cabeza, yéndome a casa con la rubia. Entramos a trompicones en su apartamento y nos besamos y nos desnudamos muy rápido, pero todo se enfrió. No es que ella no fuera lo bastante sexy e interesante, pero cuando la tumbé en la cama era castaño el pelo que yo veía esparcido sobre la almohada. Al besarle los pechos lo que quería sentir era unos pechos suaves y abundantes, no aquellos de silicona. Incluso mientras me estaba poniendo el condón y acercándome a ella, sabía que era un cuerpo sin cara que estaba utilizando para satisfacer mis propias necesidades egoístas.

Intenté mantener a Chloe lejos de mis pensamientos pero fui incapaz de detener esas imágenes prohibidas de cómo sería tenerla debajo de mí. Solo entonces conseguí empalmarme del todo y me puse rápidamente encima de aquella chica, odiándome al instante por ello. Ahora me sentaba peor ese recuerdo que cuando pasó, porque ahora la había dejado meterse en mi cabeza y quedarse allí.

Si podía soportar aquella noche, las cosas iban a ser más fáciles. Aparqué el coche y empecé a repetirme mentalmente: «Puedes hacerlo. Puedes hacerlo».

—¿Mamá? —llamé mientras miraba en todas las habitaciones.

—Aquí fuera, Bennett.

Oí que la respuesta llegaba desde el patio trasero.

Abrí las puertas y me saludó la sonrisa de mi madre que estaba dándole los últimos toques a la mesa que había puesto fuera.

Me incliné para que pudiera darme un beso.

—¿Por qué vamos a cenar aquí esta noche?

—Hace una noche preciosa y he pensado que estaríamos todos más cómodos aquí que sentados en un comedor atestado. No creo que le moleste a nadie, ¿tú qué crees?

—No, claro que no —respondí—. Se está muy bien aquí. No te preocupes.

Y realmente se estaba muy bien. El patio estaba cubierto por una enorme pérgola blanca con las vigas envueltas por enredaderas trepadoras muy tupidas. En el medio había una gran mesa rectangular en la que cabían ocho personas, cubierta con un suave mantel color marfil y la porcelana favorita de mi madre. Había velas y flores azules sobresaliendo de pequeños recipientes plateados por toda la mesa y un candelabro de hierro forjado emitía una luz vacilante por encima de nuestras cabezas.

—Sabes que ni yo voy a ser capaz de evitar que Sofía acabe tirando todo esto de la mesa, ¿verdad? —dije metiéndome una uva en la boca.

—Oh, se va a quedar con los padres de Mina esta noche. Y menos mal —continuó—, porque si estuviera aquí acapararía toda la atención.

«Mierda.» Si estuviera Sofía poniéndome caritas desde el otro lado de la mesa al menos tendría algo con lo que distraerme de la presencia de Joel.

—Esta noche es para Chloe. Me encantaría que ella y Joel conectaran. —Ella siguió yendo de acá para allá por el patio, encendiendo velas y haciendo ajustes de última hora, completamente ajena a mi angustia.

Estaba jodido. Contemplé un segundo la idea de huir de todo aquello cuando oí a Henry... Puntual por una vez.

—¿Dónde está todo el mundo? —gritó y su voz profunda resonó en la casa vacía.

Le abrí la puerta a mi madre y al entrar encontramos a mi hermano en la cocina.

—¿Y qué, Ben? —dijo mientras apoyaba su cuerpo larguirucho contra la encimera—. ¿Ansioso por lo de esta noche?

Esperé hasta que mi madre volvió a salir de la habitación para mirarlo con escepticismo.

—Supongo que sí —respondí intentando parecer muy informal—. Creo que mamá ha hecho barritas de limón. Mis favoritas.

—Pero qué mentiroso eres. Yo estoy deseando ver a Cignoli intentando ligar con Chloe delante de todo el mundo. Va a ser una noche entretenida, ¿no crees?

Justo cuando Henry estaba arrancando un trozo de pan, entró Mina y le apartó las manos.

—¿Es que quieres que tu madre se enfade porque le estropeas la cena que ha planeado? Haz el favor de ser agradable esta noche, Henry. Nada de provocar a Chloe ni de bromear con ella. Seguro que está muy nerviosa por todo esto. Dios sabe que ya tiene bastante con soportar a este —dijo señalándome.

—Pero ¿qué dices? —Ya me estaba cansando de aquel club de fans enfervorecidos de Chloe Mills—. Yo no le hago nunca nada.

—Bennett. —Mi padre estaba de pie en el umbral haciéndome un gesto para que me acercara a él. Salí de la cocina y lo seguí a su estudio—. Por favor compórtate lo mejor que puedas esta noche. Sé que tú y Chloe no os lleváis bien, pero está en nuestra casa, no en tu oficina, y espero que aquí la trates con respeto.

Apreté la mandíbula con fuerza y asentí mientras pensaba en todas las formas en que la había faltado al respeto durante las últimas semanas.

Fui al baño un momento y justo entonces llegó Joel, con una botella de vino y unas cuantas variaciones de sus efusivos saludos: «¡Oh, estás fantástica!» para mamá, «¿Cómo está la niña?» para Mina, y una recia combinación de apretón de manos y abrazo para Henry y papá.

Yo me quedé algo separado de los demás en el vestíbulo, preparándome mentalmente para la noche que me esperaba.

Habíamos sido muy amigos de Joel mientras crecíamos y en el instituto, pero no le había visto desde que volví a casa. No había cambiado mucho. Era un poco más bajo que yo, con una constitución delgada, pelo muy negro y ojos azules. Supongo que algunas mujeres lo considerarían atractivo.

—¡Bennett! —Apretón de manos, abrazo masculino—. Dios, tío. ¿Cuánto tiempo ha pasado?

—Mucho, Joel. Creo que desde justo después del instituto —le respondí estrechándole la mano con fuerza—. ¿Qué tal estás?

—Genial. A mí me han ido las cosas muy bien. ¿Y a ti? He visto fotos tuyas en revistas, así que supongo que a ti también te ha ido bastante bien. —Me dio unas palmaditas en el hombro amistosamente.

«Qué idiota.»

Yo asentí y le devolví una sonrisa forzada. Decidí que necesitaba unos minutos más para pensar, me disculpé y subí arriba, a lo que había sido mi antigua habitación.

Nada más cruzar la puerta me sentí más tranquilo. La habitación había cambiado poco desde que yo tenía dieciocho. Incluso cuando estaba en el extranjero, mis padres la mantuvieron prácticamente igual que cuando me fui a la universidad. Me senté en mi antigua cama y pensé en cómo me sentiría si la señorita Mills tuviera algo que ver con Joel. Realmente era un tío majo, y aunque odiaba admitirlo, había una posibilidad real de que congeniaran. Pero solo pensar en otro hombre tocándola hacía que todos los músculos de mi cuerpo se pusieran en tensión. Volví mentalmente al momento en el coche en el que le había dicho a ella que no podía parar. Incluso ahora, a pesar de todas mis bravuconerías falsas, seguía sin saber si podía hacerlo.

Oí que volvían los saludos y la voz de Joel en el piso de abajo y decidí que era hora de ser un hombre y enfrentarme a lo que estuviera por venir.

Cuando llegué al último rellano la vi. Me daba la espalda, pero me quedé sin aire en los pulmones.

Llevaba un vestido blanco.

¿Por qué tenía que ser blanco?

Era una especie de vestidito de verano muy de niña, que le llegaba justo por encima de la rodilla y dejaba a la vista sus largas piernas. La parte de arriba era de la misma tela y tenía lacitos que se ataban encima de los hombros. No podía pensar en otra cosa que en cuánto me gustaría soltar esos lacitos y ver la prenda caerle hasta la cintura. O tal vez hasta el suelo.

Nuestras miradas se encontraron desde diferentes extremos de la habitación y ella sonrió con una sonrisa tan genuina y feliz que durante un segundo incluso me la creí.

—Hola, señor Ryan.

Mis labios se elevaron un poco al verla hacer su papel delante de mi familia.

—Señorita Mills —respondí con un gesto de la cabeza. Nuestras miradas no se separaron ni cuando mi madre llamó a todo el mundo para que saliera al patio a tomar algo antes de cenar.

Cuando pasó a mi lado, hablé en un tono tan bajo que solo ella pudo oír.

—¿Una buena tarde de compras ayer?

Sus ojos se encontraron con los míos con esa sonrisa angelical en la cara.

—Eso te gustaría a ti saber. —Me rozó al pasar y sentí que todo mi cuerpo se tensaba—. Por cierto, ha llegado una nueva línea de ligueros —me susurró antes de seguir a los demás al exterior.

Me quedé parado y la boca se me abrió a la vez que mi mente volvía acelerada a nuestro escarceo en el probador de La Perla.

Un poco más adelante, Joel se acercó a ella.

—Espero que no te importara que te mandara flores ayer a la oficina. Admito que tal vez es un poco excesivo, pero estaba deseando conocerte.

Sentí que se me hacía un nudo en el estómago cuando las palabras de Joel me sacaron de mi ensoñación lujuriosa.

Ella se volvió hacia mí.

—¿Flores? ¿Me llevaron flores?

Yo me encogí de hombros y negué con la cabeza.

—Me fui pronto, ¿se acuerda?

Salí a prepararme un gimlet de vodka Belvedere.

Según fue avanzando la noche, no pude evitar estar pendiente de ella por el rabillo del ojo. Cuando la cena por fin empezó, era evidente que las cosas entre ella y Joel iban muy bien. Incluso flirteaba con él.

—Chloe, el señor y la señora Ryan me han contado que eres de Dakota del Norte. —La voz de Joel interrumpió otra fantasía, esta vez de mi puño golpeando su mandíbula. Levanté la vista para ver cómo le sonreía cálidamente.

—Así es. Mi padre es dentista en Bismarck. Nunca he sido una chica de ciudad. Hasta Fargo me parecía demasiado grande. —Se me escapó una risita y su mirada se dirigió directamente hacia mí—. ¿Le divierte, señor Ryan?

Reí entre dientes mientras le daba un sorbo a mi bebida, mirándola por encima del borde del vaso.

—Lo siento, señorita Mills. Es que me resulta fascinante que no le gusten las ciudades grandes, pero que haya escogido la tercera ciudad más importante de Estados Unidos para ir a la universidad y... todo lo que ha venido después.

La expresión de sus ojos me dijo que, en otras circunstancias, yo ya estaría desnudo y encima de ella o tumbado en el suelo sobre un charco de mi propia sangre.

—La verdad, señor Ryan —dijo con la sonrisa volviendo a su cara—, es que mi padre volvió a casarse y como mi madre nació aquí, vine a pasar un tiempo con ella hasta que murió.

Me miró fijamente durante un momento y tengo que admitir que sentí una punzada de culpa en el pecho. Pero desapareció en cuanto volvió a mirar a Joel y se mordió el labio de esa forma tan inocente que solo ella podía hacer parecer tan sexy.

«Deja de flirtear con él.»

Cerré los puños mientras los dos seguían hablando. Pero varios minutos después me quedé helado. «¿Podía ser?» Sí, eso sin duda era su pie subiendo por la pernera de mi pantalón. Menuda pícara diabólica estaba hecha, tocándome a mí mientras mantenía una conversación con un hombre que ambos sabíamos que no podría satisfacerla. Observé sus labios que se cerraban alrededor del tenedor y se me puso dura cuando se pasó la lengua lentamente por los labios para eliminar los restos de salsa marinera que le había dejado el pescado.

—Vaya, del mejor cinco por ciento de tu clase en Northwestern. ¡Qué bien! —dijo Joel y después me miró—. Seguro que estás contento de tener a alguien tan increíble trabajando para ti, ¿no?

Chloe tosió levemente, trayendo la servilleta que tenía en el regazo para cubrirse la boca. Yo sonreí y la miré a ella y después a Joel.

—Sí, es increíble tener a la señorita Mills a mis órdenes. Ella siempre consigue acabar todo el trabajo.

—Oh, Bennett. Qué amable por tu parte —exclamó mi madre y yo vi cómo la cara de la señorita Mills empezaba a enrojecer. Mi sonrisa desapareció cuando sentí su pie encima de mi entrepierna. Entonces presionó muy levemente contra mi erección. «Madre de Dios.» Ahora me tocó toser a mí, a punto de atragantarme con mi cóctel.

—¿Está bien, señor Ryan? —me preguntó con fingida preocupación y yo asentí mirándola fijamente como si quisiera matarla. Ella se encogió de hombros y volvió a Joel—. ¿Y tú? ¿Eres de Chicago?

Continuó frotando suavemente contra mí el dedo del pie y yo intenté mantener el control de mi respiración y mi expresión neutral. Cuando Joel empezó a contarle cosas sobre su infancia y la época en que fue al colegio con nosotros, para acabar hablándole de su negocio de contabilidad que iba viento en popa, vi que su expresión cambiaba de una de fingido interés a una de genuina intriga.

«Mierda, no.»

Metí la mano izquierda debajo del mantel y encontré la piel de su tobillo. La vi sobresaltarse un poco por mi contacto. Empecé a mover los dedos en leves círculos, le pasé el pulgar por el arco del pie y me sentí satisfecho cuando la oí pedirle a Joel que le repitiera lo que acababa de decir.

Pero entonces él dijo que le gustaría quedar con ella algún día de esa semana para comer. Mi mano pasó a cubrirle la parte superior del pie y a apretarlo con más fuerza contra mi erección

Ella sonrió burlona.

—Podrás prescindir de ella durante la comida ¿no, Bennett? —me preguntó Joel con una sonrisa alegre y el brazo descansando sobre el respaldo de la silla de Chloe.

Necesité todo mi autocontrol para no saltar por encima de la mesa y arrancárselo.

—Oh, hablando de citas para comer, Bennett —interrumpió Mina tocándome el brazo con la mano—. ¿Te acuerdas de mi amiga Megan? La conociste el mes pasado en nuestra casa. Veintitantos, de mi altura, pelo rubio, ojos azules. Bueno, me ha pedido tu número. ¿Te interesa?

Miré a Chloe cuando sentí los tendones de su pie tensarse y la vi tragar lentamente mientras esperaba mi respuesta.

—Claro. Ya sabes que prefiero las rubias. Puede ser un cambio agradable.

Tuve que contenerme para no chillar cuando bajó el talón y me apretó los testículos contra la silla. Los mantuvo allí durante un segundo, levantó la servilleta y se limpió la boca.

—Disculpadme, tengo que ir al servicio.

Cuando ella entró en la casa, toda mi familia me miró con el ceño fruncido.

—Bennett —dijo mi padre con los dientes apretados—. Creía que ya habíamos hablado de esto.

Cogí mi copa y me la llevé a los labios.

—No sé a qué te refieres.

—Bennett —añadió mi madre—, creo que deberías ir a pedirle disculpas.

—¿Por qué? —pregunté dejando mi copa sobre la mesa con demasiada fuerza.

—¡Ben! —exclamó mi padre levantando la voz, lo que no dejaba posibilidad alguna de discusión.

Tiré la servilleta sobre mi plato y me aparté de la mesa. Crucé la casa como una flecha buscándola en los baños de las dos primeras plantas, hasta que al llegar a la tercera vi que la puerta del baño estaba cerrada.

De pie al otro lado de la puerta, con la mano apoyada en el picaporte, luché conmigo mismo. Si entraba ahí, ¿qué iba a ocurrir? Solo había una cosa que me interesaba a mí y sin duda no era disculparme. Pensé en llamar, pero sabía con seguridad que ella no me iba a invitar a entrar. Escuché con atención, esperando algún ruido o señal de movimiento del interior. Nada. Por fin giré el picaporte y me sorprendió encontrarlo abierto.

Había estado en ese baño muy pocas veces desde que mi madre lo remodeló. Ahora era una habitación preciosa y moderna, con una encimera de mármol hecha a medida y un amplio espejo que cubría una pared. Encima del tocador había una pequeña ventana por la que se veía el patio y los terrenos que había más abajo. Ella estaba sentada en el banco acolchado, delante del tocador, mirando al cielo.

—¿Has venido a humillarme? —preguntó. Le quitó la tapa a su pintalabios y se lo fue aplicando con pequeños toques.

—Me han enviado para comprobar que están intactos tus delicados sentimientos. —Me volví para poner el pestillo en la puerta del baño y el chasquido resonó en el silencio de la habitación.

Ella se rió y su mirada se encontró con la mía en el espejo. Se la veía muy serena, pero me fijé en su pecho que subía y bajaba; su respiración estaba tan acelerada como la mía.

—Te aseguro que estoy bien. —Volvió a ponerle la tapa al pintalabios y lo metió en el bolso. Se levantó e intentó pasar a mi lado hacia la puerta—. Estoy acostumbrada a que seas un capullo. Pero Joel parece muy agradable. Debería volver abajo.

Puse la mano en la puerta y me acerqué a su cara.

—Me parece que no. —Le rocé con los labios un lugar debajo de la oreja y ella se estremeció por el contacto—. ¿Sabes? Él quiere algo que es mío y no puede tenerlo.

Ella se me quedó mirando fijamente.

—Pero ¿en qué época te crees que estamos? Déjame salir. Yo no soy tuya.

—Puede que tú te creas eso —le susurré mientras mis labios bajaban levemente por su cuello—, pero tu cuerpo —dije metiéndole las manos bajo la falda y presionando la mano contra el encaje húmedo que tenía entre las piernas— piensa otra cosa.

Ella cerró los ojos y dejó escapar un gemido bajo cuando mis dedos se movieron haciendo círculos lentos contra su clítoris.

—Que te jodan.

—Déjame que te ayude a hacerlo —dije contra su cuello.

Ella dejó escapar una carcajada temblorosa y yo la empujé contra la puerta del baño. Le cogí ambas manos y se las levanté por encima de la cabeza, manteniéndoselas sujetas con las mías, y me incliné para besarla. Sentí que luchaba sin muchas fuerzas contra mi sujeción y negué con la cabeza, apretando más las manos.

—Déjame —repetí apretando mi miembro endurecido contra ella.

—Oh, Dios —dijo con la cabeza ladeada para darme acceso a su cuello—. No podemos hacer esto aquí.

Bajé mis labios por su cuello y por su clavícula hasta el hombro. Le sujeté ambas muñecas con una mano y bajé la mano libre para soltar lentamente una de las cintas que le sujetaban la parte de arriba, besándole la piel que acababa de quedar expuesta. Me pasé al otro lado y al repetir la acción me vi recompensado con que la parte de delante de su vestido se deslizó hacia abajo revelando un sujetador sin tirantes de encaje blanco. «Joder.» ¿Tenía alguna pieza de lencería aquella mujer que no me hiciera quedarme a punto de correrme en los pantalones? Bajé la boca hasta sus pechos mientras le desabrochaba el sujetador. No me iba a perder la visión de sus pechos desnudos esta vez. Se abrió con facilidad y el encaje cayó, revelando la imagen que llenaba mis fantasías más obscenas. Cuando me metí un pezón rosado en la boca, ella gimió y sus rodillas cedieron un poco.

—Chis —susurré contra su piel

—Más —me dijo—. Otra vez.

La levanté y ella me rodeó la cintura con las piernas, lo que unió más nuestros cuerpos. Le solté las manos y ella inmediatamente me las llevó al pelo y tiró de mí con brusquedad para que me acercara. Joder, me encantaba que hiciera eso. Volví a empujarla contra la puerta pero entonces me di cuenta de que había demasiada ropa por medio; quería sentir el calor de su piel contra la mía, quería enterrarme por completo en ella y mantenerla aplastada contra la pared hasta mucho después de que todos se hubieran ido a dormir.

Ella pareció leerme el pensamiento porque sus dedos bajaron por mis costados y empezaron a sacarme frenéticamente el polo de los pantalones, levantándomelo y quitándomelo por la cabeza.

El sonido de las risas que llegaba del exterior se coló por la ventana abierta y sentí que ella se tensaba contra mí. Pasó un largo momento antes de que su mirada se encontrara con la mía y estaba claro que le costaba decir lo que quería decir.

—No deberíamos hacer esto —dijo por fin, negando con la cabeza—. Él me está esperando. —Ella intentó con poco entusiasmo apartarme, pero yo no me moví.

—Pero ¿tú quieres estar con él? —le pregunté sintiendo una oleada de posesión abriéndose en mi interior. Ella me sostuvo la mirada pero no respondió.

La bajé y la dirigí hacia el tocador, parando solo para colocarme justo detrás de ella. Desde donde estábamos teníamos una visión perfecta del patio de abajo.

Acerqué su espalda desnuda a mi pecho y puse la boca junto a su oreja.

—¿Lo ves? —le pregunté deslizando las manos por sus pechos—. Mírale. —Bajé las manos por su abdomen, por toda la falda, y hasta sus muslos—. ¿Te hace sentir así?

Mis dedos la rozaron al subir por un muslo y meterse debajo de sus bragas. Un siseo bajo escapó de su boca y yo sentí su humedad y entré en ella.

—¿Conseguiría alguna vez que te mojaras así?

Ella gimió y apretó las caderas contra mí.

—No...

—Dime lo que quieres —susurré contra su hombro.

—Yo... No lo sé.

—Mírate —le dije mientras mis dedos no dejaban de entrar y salir de ella—. Sí sabes lo que quieres.

—Quiero sentirte dentro de mí, ahora. —No hizo falta que me lo pidiera dos veces. Me desabroché los pantalones en un segundo y me los bajé hasta la cadera, apretándome contra su trasero antes de levantarle la falda y agarrarle las bragas con las manos.

—Rómpelas —me susurró.

Antes nunca había podido ser tan salvaje y tan primitivo con nadie, en cambio con ella parecía justo lo que había que hacer. Tiré con fuerza y las sutiles bragas se rasgaron con facilidad. Las lancé al suelo y le pasé las manos por la piel, bajando los dedos por sus brazos hasta sus manos, donde le apreté las palmas contra la mesa que teníamos delante.

En ese momento era una visión absolutamente maravillosa: agachada, con la falda subida hasta las caderas y su trasero perfecto a la vista. Ambos gemimos cuando yo me coloqué y me deslicé en su interior profundamente. Me incliné, le di un beso y volví a decir «chis» contra su espalda.

Más risas nos llegaron del exterior. Joel estaba ahí abajo. Joel, que en el fondo era un buen tío pero que quería apartarla de mí. Ese pensamiento bastó para hacerme empujar aún con más fuerza.

Sus ruidos estrangulados me hicieron sonreír y la recompensé aumentando el ritmo. Un parte muy retorcida de mí sintió cierta reafirmación al ver a Chloe silenciada por lo que le estaba haciendo.

Soltaba exclamaciones ahogadas y buscaba con los dedos algo a lo que agarrarse mientras tenía mi miembro en su interior, duro, más duro, cada vez que intentaba hacer algún sonido pero no podía.

Le hablé suavemente junto a su oído, y le pregunté si quería que la follara. Le pregunté si le gustaba que le dijera esas guarradas, si le gustaba verme así de sucio, follándola tan fuerte que le iba a dejar cardenales.

Ella consiguió balbucear un sí y cuando empecé a moverme más rápido y más fuerte, ella me suplicó que le diera más.

Los botes de la mesa estaban tintineando y volcándose por la fuerza de nuestros movimientos, pero a mí no me importaba. La agarré del pelo y tiré para incorporarla y que su espalda quedara contra mi pecho.

—¿Crees que él puede hacerte sentir así?

Seguí embistiéndola, obligándola a mirar por la ventana.

Sabía que me estaba poniendo en evidencia. Mi mundo se estaba cayendo a pedazos a mi alrededor. Necesitaba que ella pensara en mí esa noche cuando estuviera en su cama. Quería que ella me sintiera cuando cerrara los ojos y se tocara, recordando la forma en que habíamos follado. Mi mano libre subió por su costado hasta sus pechos, cubriéndolos y retorciéndole los pezones.

—No —gimió—. Así nunca. —Bajé de nuevo la mano por el costado y se la coloqué detrás de la rodilla para subírsela hasta la mesa, lo que la abrió aún más a mí y me permitió entrar más profundamente en ella.

—¿Has visto lo bien que me envuelves? —gruñí contra su cuello—. Te siento tan bien... Cuando bajes, quiero que recuerdes esto. Recuerda lo que me haces.

La sensación se estaba volviendo abrumadora y sabía que cada vez estaba más cerca. Estaba más que desesperado. La necesitaba como una droga y ese sentimiento consumía todos mis pensamientos. Le cogí la mano, entrelacé nuestros dedos y las bajé por su cuerpo hasta su clítoris, ambas manos acariciando y provocando. Gemí por la sensación que tuve al entrar y salir de ella con tanta facilidad.

—¿Sientes eso? —le susurré al oído, abriendo los dedos para que quedaran uno a cada lado de mí.

Ella volvió la cabeza y gimió contra la piel de mi cuello. No era suficiente, necesitaba mantenerla en silencio. Aparté la mano de su pelo, le tapé la boca con cuidado y le di un beso sobre la piel enrojecida de la mejilla. Ella dejó escapar un grito amortiguado, posiblemente mi nombre, cuando su cuerpo se tensó y después se apretó a mi alrededor.

Cuando ella cerró los ojos y sus labios se relajaron por fin en un suspiro satisfecho, empecé a buscar lo que yo necesitaba: cada vez más rápido, mirando nuestro reflejo en el espejo para poder ver cómo mis últimas embestidas hacían que se movieran sus pechos.

El clímax empezó a desgarrarme. Ella dejó caer la mano de mi pelo para taparme la boca a mí ahora y yo cerré los ojos y dejé que la ola me embargara. Unas embestidas finales más profundas y fuertes y me derramé dentro de ella.

Abrí los ojos y le di un beso en la palma antes de apartarla de mi boca y apoyé la frente contra su hombro. Las voces que llegaban desde abajo, ajenas a todo, seguían llegándonos. Ella se apoyó contra mí y se quedó allí en silencio unos momentos.

Lentamente empezó a apartarse y yo fruncí el ceño por la pérdida del contacto. Miré cómo se colocaba de nuevo la falda, recuperaba el sujetador e intentaba volver a atar los lazos del vestido. Yo bajé la mano para subirme los pantalones, recogí el encaje desgarrado de sus bragas y me lo metí en el bolsillo. Ella seguía peleándose con el vestido y yo me acerqué, le aparté las manos y le até de nuevo los lazos evitando su mirada.

De repente la habitación era demasiado pequeña y ambos nos miramos en un silencio incómodo. Cogí el picaporte, deseando decir algo para arreglarlo, cualquier cosa. ¿Cómo podía pedirle que follara conmigo y solo conmigo y esperar que no cambiara nada más? Incluso yo sabía que pedirle eso era ganarme una buena patada en los huevos. Pero las palabras sobre lo que sentía al verla con Joel no habían cristalizado aún. Tenía la mente en blanco. Frustrado, abrí la puerta. Y los dos nos quedamos de piedra al ver lo que había ante nosotros.

Allí, de pie ante la puerta, con los brazos cruzados y las cejas elevadas por la sorpresa, estaba Mina.

8

Cuando abrió la puerta y ambos nos encontramos cara a cara con Mina, me quedé helada.

—¿Qué era exactamente lo que estabais haciendo los dos ahí dentro? —preguntó mientras su mirada pasaba de uno a otro.

Una recapitulación de todo lo que podía haber oído me pasó en un segundo por la cabeza y sentí un calor que se extendía por toda mi piel.

Me atreví a mirar al señor Ryan justo cuando él hacía lo mismo. Después me volví hacia Mina y negué con la cabeza.

—Nada, teníamos que hablar. Eso es todo. —Intenté fingir, pero sabía que el temblor de mi voz me delataba.

—Oh, he oído algo ahí dentro y no tengo la más mínima duda de que no era hablar —dijo sonriendo burlonamente.

—No seas ridícula, Mina. Estábamos discutiendo un tema de trabajo —dijo él intentando pasar a su lado.

—¿En el baño? —preguntó.

—Sí. Me habéis mandado aquí arriba para que viniera a buscarla y ahí es donde la he encontrado.

Ella se puso delante de él para bloquearle el camino.

—¿Crees que soy tonta? No es ningún secreto que vosotros no «habláis», ¡gritáis! ¿Y ahora? ¿Estáis saliendo?

—¡No! —gritamos los dos a la vez y nuestras miradas se encontraron durante un breve momento antes de apartarlas rápidamente.

—Vale... así que solo estáis follando —dijo y ninguno de los dos fue capaz de encontrar las palabras para responder. La tensión en ese pasillo era tan densa que llegué a considerar brevemente cuánto daño podía provocar un salto desde una ventana del tercer piso—. ¿Cuánto tiempo lleváis así?

—Mina... —empezó él negando con la cabeza y por una vez llegué a sentirme mal por su incomodidad. Nunca le había visto así antes. Era como si en todo ese tiempo no se le hubiera ocurrido que podía haber consecuencias aparte de nuestra propia confusión.

—¿Cuánto tiempo, Bennett? ¿Chloe? —dijo mirándonos a los dos.

—Yo... nosotros solo... —empecé, pero ¿qué iba a decir? ¿Solo qué? ¿Cómo podía explicar aquello?—. Nosotros...

—Cometimos un error. Ha sido un error.

Su voz cortó de raíz mis pensamientos y lo miré en shock. ¿Por qué me molestaba tanto que hubiera dicho eso? Había sido un error, pero oírselo decir... me dolía.

No pude apartar los ojos de él aunque ella empezó a hablar.

—Error o no, tenéis que parar. ¿Y si hubiera sido Susan? Y Bennett, ¡eres su jefe! ¿Es que se te ha olvidado eso? —Suspiró profundamente—. Mirad, vosotros dos sois adultos y no sé lo que está pasando aquí, pero sea lo que sea, que no se entere Elliott.

Una oleada de náuseas me embargó ante la idea de que Elliott se enterara de aquello y lo decepcionado que iba a estar. No podía soportarlo.

—Eso no será un problema —dije evitando a propósito la mirada de Bennett—. Pretendo aprender de mi error. Disculpadme.

Pasé al lado de ambos y me dirigí a las escaleras, el enfado y el dolor me provocaban un peso muerto en el fondo del estómago. La fuerza de mi ética del trabajo y mi motivación siempre me habían mantenido a flote en los peores momentos de mi vida: las rupturas, la muerte de mi madre, los malos momentos con los amigos. Mi valor como empleada de Ryan Media Group ahora estaba manchado por mis propias dudas. ¿Le estaba haciendo verme de forma diferente porque me lo estaba tirando? Ahora que parecía haber registrado (por fin) que si los demás se enteraban de lo nuestro podía ser algo malo para él, ¿empezaría a cuestionar mi juicio a nivel global?

Yo era más inteligente que todo aquello. Y ya era hora de que empezara a actuar en consecuencia.

Me recompuse antes de salir afuera y volver a mi asiento junto a Joel.

—¿Va todo bien? —me preguntó.

Volví la cabeza y me permití mirarlo durante un momento. Realmente era bastante mono: pelo oscuro bien peinado, una cara amable y los ojos azules más bonitos que había visto en mi vida. Tenía todo lo que yo debería estar buscando. Levanté la mirada un segundo después cuando el señor Ryan volvió a la mesa con Mina, pero la aparté rápidamente.

—Sí, es que no me encuentro muy bien —dije volviéndome otra vez hacia Joel—. Creo que voy a tener que retirarme ya.

—Vamos —dijo Joel levantándose para apartarme la silla—. Te acompañaré al coche.

Me despedí sintiendo, incómoda, la palma de Joel en la parte baja de mi espalda mientras salíamos de la casa. Una vez en la entrada, me dedicó una sonrisa tímida y me cogió la mano.

—Ha sido un placer conocerte, Chloe. Me gustaría poder llamarte alguna vez y tal vez salir a comer como te he dicho.

—Déjame tu teléfono —le dije.

Una parte de mí se sentía mal por hacer aquello; estar con un hombre en el piso de arriba no hacía ni veinte minutos y ahora darle mi número a otro. Pero ya era hora de dejar atrás aquello y una cita para comer con un chico agradable parecía un buen punto de partida.

Su sonrisa se ensanchó cuando le devolví el teléfono y él me dio su tarjeta. Me cogió la mano y se la llevó a los labios.

—Te llamo el lunes. Con suerte las flores no se habrán marchitado del todo.

—Lo que importa es la intención —le dije sonriendo—. Gracias.

Parecía tan sincero, tan feliz por la simple posibilidad de volver a verme que se me ocurrió que yo debería estar sonriendo como una tonta o sintiendo mariposas en el estómago. Pero la verdad es que tenía ganas de vomitar.

—Debería irme.

Joel asintió y me abrió la puerta del coche.

—Claro. Espero que te mejores. Conduce con cuidado y que tengas buenas noches, Chloe.

—Buenas noches, Joel.

Cerró la puerta. Encendí el motor y con la mirada fija adelante me alejé de la casa de la familia de mi jefe.

A la mañana siguiente, en yoga, consideré la posibilidad de abrirle mi corazón a Julia. Antes estaba bastante segura de que podía manejar las cosas yo sola, pero después de pasar una noche entera mirando al techo y volviéndome loca, me di cuenta de que necesitaba desfogarme con alguien.

Estaba Sara, y ella mejor que nadie podría entender lo desquiciante que podía ser mi jefe macizo. Pero también trabajaba para Henry y no quería ponerla en una posición incómoda, pidiéndole que guardara un secreto tan grande como aquel. Sabía que Mina no tendría ningún problema en hablar conmigo si se lo pedía, pero había algo en el hecho de que ella fuera parte de la familia, y además sabiendo lo que podía haber oído, que me hacía sentir bastante incómoda.

Había veces que realmente deseaba que mi madre siguiera viva. Solo pensar en ella me produjo un profundo dolor en el pecho y se me llenaron los ojos de lágrimas. Mudarme allí para pasar los últimos años de su vida con ella había sido la mejor decisión que había tomado en mi vida. Y aunque vivir tan lejos de mi padre y mis amigos había sido duro a veces, sabía que todo ocurre por una razón. Solo deseaba que esa razón se diera prisa y se manifestara de una vez.

¿Podría decírselo a Julia? Tenía que admitir que estaba aterrada por lo que podía pensar de mí. Pero más que eso, estaba aterrada por decírselo en voz alta a alguien.

—Vale, no dejas de mirarme —me dijo—. O tienes algo en mente o te estoy avergonzando porque estoy sudada y horrible.

Intenté no decirle nada, intenté no darle importancia y dejar que pensara que estaba diciendo tonterías. Pero no pude. El peso y la presión de las últimas semanas me estaban aplastando y antes de que pudiera controlarlo, mi barbilla empezó a temblar y empecé a berrear como un bebé.

—Eso era lo que me parecía. Vamos, Chloe. —Me ofreció la mano, me ayudó a levantarme y, recogiendo todas nuestras cosas, me llevó hacia la puerta.

Veinte minutos, dos mimosas y una crisis nerviosa después, estaba mirando la expresión de espanto de Julia en nuestro restaurante favorito. Se lo conté todo: lo de romperme las bragas, que me gustaba que me rompiera las bragas, los diferentes sitios, los «te odio» de la mitad de las sesiones, que Mina nos había pillado, mi culpa por sentir que estaba traicionando a Elliott y a Susan, lo de Joel, las declaraciones trogloditas del señor Ryan y, por fin, mi miedo a estar en la relación más insana de la historia del mundo y, sin ningún poder en absoluto.

Cuando levanté la vista para mirarla, hice una mueca de dolor; ella tenía una cara como si acabara de ver un accidente de coche.

—Vale, vamos a ver si lo he entendido bien.

Asentí mientras esperaba que continuara.

—Te estás acostando con tu jefe.

Me encogí un poco.

—Bueno, técnicamente no...

Ella levantó la mano para que no terminara la frase.

—Sí, sí. Eso lo he entendido. ¿Y ese es el mismo jefe al que te refieres cariñosamente como «el atractivo cabrón»?

Suspiré profundamente y asentí de nuevo.

—Pero lo odias.

—Correcto —murmuré apartando la mirada—. Odio. Eso es lo que siento: mucho odio.

—No quieres estar con él, pero no puedes mantenerte alejada.

—Dios, suena mucho peor oírselo decir a otra persona —gruñí y escondí la cara entre las manos—. Suena ridículo.

—Pero los momentos sexis... Son buenos —dijo con un toque de humor en la voz.

—«Buenos» no es suficiente para describirlos, Julia. Ni fenomenales, intensos, alucinantes y asombrosos como de multiorgasmo es suficiente para describirlos.

—¿«Asombrosos como de multiorgasmo» existe?

Me froté la cara con las manos y volví a suspirar.

—Cállate.

—Bueno —respondió pensativa y carraspeó—. Supongo que lo de la polla pequeña no era un problema después de todo...

Dejé que mi cabeza cayera sobre mis brazos que estaban encima de la mesa.

—No. No, sin duda eso no es un problema. —Levanté la vista un poco al oír el sonido de risas ahogadas—. ¡Julia! ¡Esto no tiene ninguna gracia!

—Perdona que discrepe. Hasta tú tienes que ver la gran locura que es esto. De todas las personas que he conocido, eres la última que yo habría imaginado que podía acabar en esta situación. Siempre has sido tan seria, con todos y cada uno de los pasos de tu vida planificados. Vamos, has tenido muy pocos novios de verdad y has estado con ellos lo que todo el mundo consideraba una cantidad absurda de tiempo antes de acostaros. Este hombre tiene que ser algo de otro mundo.

—Sé que no hay nada malo en tener una relación puramente sexual con alguien... puedo con eso. Sé que a veces puedo ser demasiado controladora, pero lo peor es el hecho que siento que no tengo control sobre mí misma cuando estoy con él. Es que ni siquiera me gusta y aun así... sigo cayendo.

Julia le dio un sorbo a su mimosa y prácticamente pude ver los engranajes de su cerebro trabajando mientras reflexionaba sobre lo que le acababa de decir.

—¿Qué es lo que te importa?

Levanté la vista para mirar a Julia, comprendiendo por dónde iba.

—Mi trabajo. Mi vida después de esto. Mi valor como empleada. Saber que mi contribución marca la diferencia.

—¿Puedes sentirte bien en todos esos aspectos y follártelo a la vez?

Me encogí de hombros, incapaz de desenmarañar mis pensamientos sobre ese tema.

—No lo sé. Si yo sintiera que son cosas independientes, tal vez. Pero nuestras únicas interacciones se producen en el trabajo. No hay ningún momento en que esto no vaya tanto de trabajo como de sexo.

—Entonces tienes que encontrar una forma de dejar de hacerlo. Necesitas mantener la distancia.

—No es tan fácil —respondí, negando con la cabeza y empecé a divagar—. Trabajo para él. No puedo evitar fácilmente todos los momentos a solas con él. He jurado varias veces que no volveríamos a tener sexo y he vuelto a tenerlo a las pocas horas; es ridículo. Y además, tenemos que ir a un congreso dentro de dos semanas. El mismo hotel, muy cerca todo el tiempo. ¡Y con camas!

—Chloe, pero ¿qué te ocurre? —me preguntó Julia con un tono asombrado—. ¿Es que quieres que esto continúe?

—¡No! ¡Claro que no!

Ella me miró escéptica.

—Lo que pasa... es que soy diferente con él. Es como si quisiera cosas que nunca había querido antes y tal vez debería permitirme querer esas cosas. Solo desearía que fuera otra persona la que me hiciera desearlas, alguien agradable, como Joel por ejemplo. Mi jefe no tiene nada de agradable.

—¿Tu jefe te hace querer qué? ¿Qué te den azotes y esas cosas? —inquirió Julia con una risita, pero cuando yo aparté la vista oí que soltaba una exclamación ahogada—. Oh, Dios mío, ¿te ha dado azotes?

La miré con los ojos como platos.

—Julia, ¿no puedes decirlo más alto? Creo que el tío del fondo no te ha oído. —En cuanto me aseguré de que nadie nos estaba mirando, me aparté unos mechones sueltos de la frente y respondí—. Mira, ya sé que tengo que parar esto, pero yo...

Me detuve porque sentí que se me ponía toda la piel de gallina. Se me quedó el aliento atravesado en la garganta y me volví lentamente para mirar hacia la puerta. Era él, desaliñado y vestido con una camiseta negra y vaqueros, zapatillas de deporte y el pelo más despeinado que de costumbre. Me di la vuelta para mirar a Julia mientras sentía que toda la sangre había abandonado mi cara.

—Chloe, ¿qué ocurre? Parece que hubieras visto un fantasma —dijo Julia extendiendo la mano por encima de la mesa para tocarme el brazo.

Tragué con dificultad en un intento por recuperar mi voz, y después la miré.

—¿Ves a ese hombre que hay junto a la puerta? ¿El alto y guapo? —Ella levantó un poco la cabeza para mirar y yo le di una patada por debajo de la mesa—. ¡No seas tan descarada! Es mi jefe.

Julia abrió mucho los ojos y se quedó con la boca abierta.

—¡Madre mía! —exclamó y negó con la cabeza mientras le miraba de arriba abajo—. No lo decías en broma, Chloe. Es un cabrón realmente atractivo. No sería yo la que lo echara de mi cama. O mi coche. O el probador. O el ascensor o...

—¡Julia! ¡No me estás ayudando!

—¿Quién es la rubia? —preguntó señalándola.

Me volví para ver cómo un camarero llevaba hasta su mesa al señor Ryan con una rubia alta con las piernas muy largas. La mano de él estaba apoyada en la parte baja de la espalda de la chica. Sentí en el pecho una terrible punzada de celos.

—Pero qué cabrón —exclamé entre dientes—. Después de lo que hizo anoche... Tiene que estar de broma.

Justo cuando estaba a punto de responderme, el teléfono de Julia sonó y ella lo buscó en su bolso. El saludo de «¡Hola, cariño!» me comunicó que era su prometido y que esa llamada le iba a llevar un rato.

Volví a mirar al señor Ryan, hablando y riéndose con la rubia. No podía apartar los ojos de ellos. Él estaba todavía más atractivo en ese ambiente relajado: sonreía y le bailaban los ojos cuando se reía. «¡Gilipollas!» Como si hubiera podido oír mis pensamientos, él levantó la cabeza y nuestras miradas se encontraron. Apreté la mandíbula y aparté la vista, tirando la servilleta sobre la mesa. Tenía que salir de allí.

—Ahora vuelvo, Julia.

Ella asintió y me despidió con la mano distraídamente, sin dejar su conversación. Me levanté y pasé junto a su mesa asegurándome de evitar su mirada. Acababa de doblar la esquina y ya veía la seguridad del baño de señoras cuando sentí una mano fuerte en mi antebrazo.

—Espera.

Esa voz provocó un relámpago en mi interior.

«Muy bien, Chloe, puedes hacerlo. Simplemente vuélvete, míralo y dile que se vaya a la mierda. Es un cabrón que dijo anoche que tú eras un error y hoy aparece con una rubia delante de tus narices.»

Cuadré los hombros y me giré para mirarlo. «Mierda.» De cerca estaba aún más guapo. Nunca le había visto de otra forma que no fuera perfectamente arreglado, pero obviamente no se había afeitado aquella mañana y yo sentí la necesidad desesperada de notar cómo su barba me raspaba las mejillas.

O los muslos.

—¿Qué coño quieres? —le escupí, arrancando el brazo de su mano. Sin la ventaja que me daban los tacones, él era mucho más alto que yo. Tenía que levantar la vista para mirarlo a la cara, pero pude ver unas leves ojeras bajo sus ojos. Parecía cansado. Bueno, le estaba bien empleado. Si pasaba las noches tan mal como yo, eso me alegraba.

Se pasó las manos por el pelo y miró a nuestro alrededor incómodo.

—Quería hablar contigo. Para explicarte lo de anoche.

—¿Y qué hay que explicar? —pregunté señalando con la cabeza hacia el comedor y la rubia que todavía estaba sentada en su mesa. Sentí una presión aguda en el pecho—. «Un cambio de ambiente.» Ya veo. Me alegro de haberte encontrado aquí así... Me recuerda por qué esto que hay entre nosotros es una mala idea. No quiero estar follándome indirectamente a todas las demás mujeres.

—Pero ¿de qué demonios estás hablando? —me preguntó mirándome—. ¿Hablas de Emily?

—¿Así se llama? Bueno, pues que usted y Emily tengan una comida muy agradable, señor Ryan. —Me di la vuelta para irme pero me detuvo de nuevo agarrándome el brazo—. Suéltame.

—¿Y por qué te importa?

Nuestra discusión había empezado a atraer la atención del personal que pasaba de camino a la cocina. Después de echar un vistazo alrededor, él me metió en el baño de señoras y cerró la puerta con el pestillo.

«Fantástico, otro baño.»

Le aparté de un empujón cuando se acercó.

—Pero ¿qué crees que estás haciendo? ¿Y qué quieres decir con que por qué me importa? «Follaste» conmigo anoche, diciéndome que no podía querer salir con Joel y ahora estás aquí con otra. No sé por qué he permitido que se me olvidara que eres un mujeriego. Tu comportamiento es justo el que cabía esperar... Con quien estoy enfadada es conmigo. —Estaba tan furiosa que prácticamente me estaba clavando las uñas en las palmas de las manos.

—¿Es que crees que estoy aquí con una «cita»? —Soltó el aire lentamente y negó con la cabeza—. Esto es increíble, joder. Emily es una amiga. Dirige una organización sin ánimo de lucro que Ryan Media apoya. Eso es todo. Tenía que haber quedado con ella el lunes para firmar unos papeles pero ha tenido un cambio de última hora en un vuelo y se va del país esta tarde. No he estado con nadie desde el... —Hizo una pausa para pensar mejor sus palabras—. Desde que nosotros... ya sabes... —Terminó haciendo un movimiento impreciso señalándonos a ambos.

«¿Qué?»

Nos quedamos allí de pie, mirándonos el uno al otro mientras intentaba dejar que me calaran aquellas palabras. No se había acostado con nadie más. Pero ¿eso era posible? Sabía con seguridad que era un donjuán. Yo personalmente había visto la colección siempre creciente de mujeres florero que llevaba a los eventos corporativos, eso sin mencionar las historias sobre él que iban de boca en boca por todo el edificio. E incluso si lo que estaba diciendo era cierto, eso no cambiaba el hecho de que seguía siendo mi jefe y que todo aquello estaba muy mal.

—¿Todas esas mujeres que se lanzan a tus brazos y no te has tirado a ninguna? Oh, estoy conmovida. —Me volví hacia la puerta.

—No es tan difícil de creer —gruñó y pude sentir su mirada atravesándome la espalda.

—¿Sabes qué? No importa. Todo ha sido un error, ¿no?

—De eso es de lo que quería hablarte. —Se acercó y su olor (a miel y a salvia) me envolvió. De repente me sentí atrapada, como si no hubiera suficiente oxígeno en aquella diminuta habitación. Necesitaba salir de allí inmediatamente. ¿Qué me había dicho Julia hacía menos de cinco minutos? Que no me quedara a solas con él. Buen consejo. Me gustaban mucho estas bragas en concreto y no quería verlas hechas jirones y en su bolsillo.

«Vale, eso no es más que una mentira.»

—¿Vas a volver a ver a Joel? —me preguntó desde detrás de mí. Tenía la mano en el picaporte. Todo lo que tenía que hacer era girarlo y estaría a salvo. Pero me quedé helada, mirando aquella maldita puerta durante lo que me parecieron varios minutos.

—¿Y eso importa?

—Creía que ya habíamos hablado de eso anoche —dijo y noté su aliento cálido en mi pelo.

—Sí, dijimos muchas cosas anoche. —Sus dedos subieron por mi brazo y deslizaron el fino tirante de la camiseta por mi hombro.

—No quería decir que fue un error —susurró contra mi piel—. Me entró el pánico.

—Eso no significa que no sea verdad. —Mi cuerpo se apoyó instintivamente contra él y ladeé un poco la cabeza para permitirle un mejor acceso—. Y ambos lo sabemos.

—De todas formas no debería haberlo dicho. —Me colocó la coleta por encima del hombro y sus suaves labios bajaron por mi espalda—. Vuélvete.

Una palabra. ¿Cómo era posible que esa simple palabra me hiciera cuestionármelo todo? Una cosa era que me apretara contra una pared o me agarrara por la fuerza, pero ahora lo estaba dejando todo a mi elección. Me mordí el labio con fuerza e intenté obligarme a girar el picaporte. De hecho la mano me tembló antes de caer derrotada contra mi costado.

Me volví y levanté la vista para mirarlo a los ojos.

Él apoyó la mano en mi mejilla, rozándome el labio inferior con el pulgar. Nuestras miradas se unieron y justo cuando pensaba que no podría esperar un segundo más, él me acercó a su cuerpo y apretó su boca contra la mía.

En cuanto nos besamos, mi cuerpo dejó de resistirse y de repente parecía que no podía estar lo bastante cerca. El bolso cayó sobre el suelo de baldosas a mis pies y enterré las manos en su pelo, tirando de él hacia mí. Él me apoyó contra la pared y me pasó las manos por el cuerpo, levantándome un poco. Me las metió dentro de los pantalones de yoga y las dejó sobre mi trasero.

—Joder, pero ¿qué llevas? —Se quejó contra mi cuello,

con las palmas pasando una y otra vez sobre el satén rosa. Me levantó del todo, yo le rodeé la cintura con las piernas y él me apretó más contra la pared. Gimió y me cogió el lóbulo de la oreja entre los dientes.

Me bajó un lado de la camiseta y se metió uno de mis pezones en la boca. Yo dejé caer la cabeza, que golpeó contra la pared, cuando sentí el roce de su cara sin afeitar contra mi pecho. Un sonido estridente se oyó, sacándome de mi ensimismamiento. Oí que él soltaba un juramento. Era mi teléfono. Me bajó y se apartó. En su cara ya había aparecido su habitual ceño fruncido.

Me arreglé la ropa rápidamente, cogí mi bolso e hice una mueca cuando vi la foto que aparecía en la pantalla.

—Julia —respondí sin aliento.

—Chloe, ¿estás en el baño follándote a ese hombre macizo?

—Ahora mismo vuelvo, ¿vale? —colgué y metí el teléfono en el bolso. Lo miré y sentí que mi lado racional volvía tras la breve interrupción—. Tengo que irme.

—Mira, yo... —Le cortó mi teléfono que volvió a sonar.

Contesté sin molestarme en mirar la pantalla.

—¡Dios, Julia! ¡No estoy aquí follándome a ningún macizo!

—¿Chloe? —la voz confundida de Joel fue la que me llegó a través del teléfono.

—Oh... hola. —«Mierda.» No podía estar pasándome esto a mí.

—Me alegro de oír que no te... estás follando... a ¿un macizo? —dijo Joel riéndose tenso.

—¿Quién es? —preguntó Bennett con un gruñido.

Le puse la mano sobre los labios y le dediqué la mirada más sucia que pude.

—Oye, no puedo hablar ahora mismo.

—Sí, siento molestarte un domingo, pero es que no podía dejar de pensar en ti. No quiero crearte ningún problema ni nada, pero justo después de que te fueras comprobé mi correo y tenía una confirmación de que habían entregado tus flores.

—¿Ah, sí? —pregunté con fingido interés. Tenía los ojos fijos en los de Bennett.

—Sí, y parece que quien firmó la entrega fue Bennett Ryan.

9

La observé mientras varias expresiones cruzaban su cara: vergüenza, irritación y después... ¿curiosidad? Conseguí distinguir vagamente la voz de un hombre al otro lado y sentí que el troglodita de mi interior se despertaba de nuevo. ¿Quién demonios la estaba llamando?

De repente ella entornó los ojos y algo en mi interior me dijo que debería ponerme nervioso.

—Bueno, muchas gracias por decírmelo. Sí. Sí, lo haré. Vale. Sí, te llamaré cuando me decida. Gracias por llamar, Joel.

¿Joel? «El cabrón de Cignoli.»

Ella colgó y volvió a meter el teléfono en el bolso lentamente. Mirando al suelo negó con la cabeza y se le escapó una breve carcajada antes de que una sonrisa malévola apareciera en sus labios.

—¿Hay algo que quiera decirme, señor Ryan? —me preguntó dulcemente y no sé por qué eso me puso aún más nervioso.

Rebusqué en mi cerebro, pero no se me ocurría nada. «¿De qué estará hablando?»

—He tenido una conversación de lo más extraña —me dijo—. Parece que Joel ha comprobado su correo esta mañana y tenía una confirmación de entrega de sus flores. ¿Y a que no sabes lo que decía en ella?

Ella se acercó un paso hacia mí e instintivamente yo di un paso atrás. No me gustaba la dirección que estaba tomando aquello.

—Parece que alguien firmó la entrega.

«Oh, mierda.»

—El nombre que había en la confirmación era Bennett Ryan.

«Jo-der.» ¿Por qué demonios firmé con mi nombre? Intenté pensar una respuesta, pero de repente tenía la mente en blanco. Obviamente mi silencio le dijo a ella todo lo que necesitaba saber.

—¡Hijo de puta! Firmaste la entrega y después me mentiste. —Me dio un empujón en el pecho y sentí el instinto repentino de protegerme los huevos—. ¿Por qué has hecho eso?

Tenía la espalda contra la pared y buscaba frenéticamente una salida alternativa.

—Yo... ¿qué? —balbuceé. Parecía que el corazón se me iba a salir del pecho.

—En serio. ¿Por qué demonios lo has hecho?

Necesitaba una respuesta y la necesitaba rápido. Me pasé las manos por el pelo por enésima vez en los últimos cinco minutos y decidí que probablemente lo mejor era confesar.

—No lo sé, ¿vale? —le grité—. Solo es que... ¡joder!

Ella sacó su teléfono y pareció mandar un mensaje a alguien.

—¿Qué haces? —pregunté.

—No es que sea asunto tuyo, pero le estoy diciendo a Julia que siga sin mí. No pienso salir de aquí hasta que me digas la verdad. —Me miró fijamente y sentí la furia que la estaba consumiendo. Pensé durante un segundo en decirle a Emily lo que estaba pasando, pero ella me había visto salir detrás de Chloe; seguro que se lo había imaginado para entonces.

—¿Y bien?

La miré a los ojos y dejé escapar un profundo suspiro. No había forma de que yo pudiera explicarlo sin que pareciera que había perdido la cabeza.

—Vale, sí, yo las recogí.

Se me quedó mirando con la respiración acelerada y los puños cerrados con tanta fuerza que tenía los nudillos blancos.

—¿Y?

—Y... las tiré. —Mientras estaba allí de pie delante de ella me di cuenta de que me merecía toda su furia. Había estado siendo injusto. No le estaba ofreciendo nada pero seguía poniéndome en el camino de alguien que podría hacerla feliz.

—Joder, eres increíble —dijo entre dientes.

Supe que estaba haciendo todo lo que podía para no lanzarse hacia mí y darme una paliza.

—Explícame por qué hiciste eso —añadió.

Y ahí llegaba la parte que no sabía explicar.

—Porque... —Me rasqué la parte de atrás de la cabeza. Odiaba haberme metido en aquella situación—. Porque no quiero que salgas con Joel.

—De todos los imbéciles, machistas... Pero ¿quién demonios te crees que eres? Que nos enrollemos no significa que puedas tomar decisiones sobre mi vida. No somos pareja, no estamos saliendo. Dios, ¡si ni siquiera nos caemos bien! —gritó.

—¿Y crees que eso yo no lo sé? No tiene sentido, lo sé, ¿vale? Pero es que cuando vi las flores... Vamos, ¡pero si eran putas rosas!

Puso una expresión como si estuviera a punto de hacer que me mandaran a prisión inmediatamente.

—Pero ¿es que te estás metiendo algo? ¿Y qué tiene que ver el hecho de que fueran rosas con nada de esto?

—¡Tú odias las rosas! —Cuando dije eso, su cara se quedó seria y su mirada se volvió suave y oscura. Yo seguí divagando—. Las vi y reaccioné, sin más. No me paré a pensarlo. Solo imaginar que él pudiera tocarte... —Cerré los puños junto a los costados y dejé la frase sin terminar mientras intentaba recuperar la compostura. Me estaba enfadando más y más por segundos: conmigo por ser débil y dejar que las emociones se me fueran de las manos, otra vez, y con ella por tenerme así de esa forma inexplicable.

—Vale, mira —dijo inspirando hondo para calmarse—. No voy a decir que estoy de acuerdo con lo que has hecho, pero lo entiendo... hasta cierto punto.

La miré asombrado.

—Mentiría si dijera que yo no me he sentido igualmente posesiva contigo —dijo reticente.

No me podía creer lo que estaba oyendo. ¿Acababa de admitir que se sentía igual que yo?

—Pero eso no cambia el hecho de que me mentiste. Y en mi propia cara. Puede que seas un gilipollas arrogante la mayor parte del tiempo, pero hasta ahora siempre has sido alguien que confiaba en que iba a ser sincero conmigo.

Hice una mueca de dolor. Tenía razón.

—Lo siento. —Mi disculpa se quedó en el aire y no sé cuál de los dos se mostró más sorprendido por ella.

—Demuéstralo.

Me miró totalmente serena, ni una pizca de emoción se veía en sus facciones. ¿Qué quería decir? Entonces lo entendí. «Demuéstralo.» No podíamos hablar porque las palabras solo nos llevaban a tener más problemas. Pero ¿esto? Esto era lo que éramos y si ella iba a darme esa oportunidad de compensarla por lo que había hecho, yo iba a aprovecharla.

La odiaba tanto en aquel momento... Odiaba que tuviera razón y yo no, y odiaba que me estuviera obligando a elegir. Y odiaba cuánto la deseaba, eso era lo que más odiaba de todo.

Crucé la distancia que había entre los dos y le coloqué la mano en la nuca. La atraje hacia mí, mirándola a los ojos mientras acercaba su boca a la mía. Había un desafío no expresado allí. Ninguno de los dos se iba a echar atrás ni a admitir que esto (fuera lo que fuera) estaba más allá de nuestro control.

O tal vez ya lo habíamos admitido los dos.

En cuanto nuestros labios se tocaron, me llenó ese rumor familiar que me recorría todo el cuerpo.

Metí las manos profundamente entre su pelo, obligándola a echar la cabeza hacia atrás y a aceptar todo lo que le estaba dando. Puede que todo aquello fuera por ella, pero sin duda yo iba a ser quien lo controlara. Apreté mi cuerpo contra el suyo y gemí al notar como cada una de sus curvas encajaban contra las mías. Quería que esa necesidad desapareciera, quedarme satisfecho y seguir adelante; pero cada vez que la tocaba era mejor de lo que recordaba.

Me puse de rodillas, le agarré las caderas y la acerqué más a mí mientras mis labios seguían la línea de la cintura de sus pantalones. Le subí la camiseta y le besé cada centímetro de piel visible, disfrutando de cómo se le tensaban los músculos mientras yo exploraba. Levanté la vista para mirarla, metiendo los dedos por dentro de la cintura del pantalón. Sus ojos estaban cerca y se estaba mordiendo el labio inferior. Sentí como se me endurecía por la anticipación de lo que estaba a punto de hacer.

Le bajé los pantalones y vi cómo se le ponía la piel de gallina al hacer descender los dedos por sus piernas. Metió los dedos entre mi pelo y tiró con fuerza y yo gemí y volví a mirarla. Seguí el borde de la delicada ropa interior de seda y me detuve en las finas cintas de sus caderas.

—Son casi demasiado bonitas para estropearlas —dije enredándome una cinta en cada mano—. Casi. —Con un breve tirón se rompieron con facilidad, lo que me permitió tirar de la tela rosa para quitársela y poder metérmela en el bolsillo.

Una sensación de urgencia me embargó entonces y liberé rápidamente una de sus piernas para colocarla sobre mi hombro y besarle la suave piel del interior del muslo.

—Oh, mierda —dijo exhalando y pasándome las manos por el pelo—. Oh, mierda, por favor.

Cuando por primera vez le acaricié y después le lamí lentamente el clítoris, ella me agarró el pelo con fuerza y movió las caderas contra mi boca. Unas palabras ininteligibles salieron de sus labios en un susurro ronco, y ver cómo se deshacía del todo delante de mis ojos hizo que me diera cuenta de que ella estaba tan indefensa ante todo aquello como yo. Estaba enfadada conmigo, tan enfadada que probablemente parte de ella quería enrollarme la pierna alrededor del cuello y estrangularme, pero al menos me estaba dejando hacerlo algo que era, de muchas formas, mucho más íntimo que solamente follar. Yo estaba de rodillas, pero ella estaba desnuda y vulnerable.

Estaba caliente y húmeda y sabía tan dulce como parecía.

—Podría devorarte entera —le susurré apartándome lo justo para poder ver su expresión. Le di un beso en la cadera y murmuré—: Esto sería mucho mejor si pudiera tumbarte en alguna parte. En la mesa de la sala de reuniones, tal vez.

Ella me tiró del pelo para acercarme otra vez a ella.

—Por ahora esto está bien así para mí. No te atrevas a parar.

Estuve a punto de admitir en voz alta que no podía y que estaba empezando a detestar la idea de siquiera intentarlo, pero pronto me vi perdido en su piel otra vez. Quería memorizar todas las súplicas y las maldiciones que salían de su boca sabiendo que yo era la razón de las mismas. Gemí contra ella, lo que la hizo soltar una exclamación y retorcer el cuerpo para acercarlo. Deslicé dos dedos en su interior y le tiré de la cadera con la otra mano para animarla a que encontrara su ritmo junto conmigo. Ella empezó a mover las caderas, lentamente al principio, apretándose contra mí, y después más rápido. Pude sentir cómo se tensaba: las piernas, el abdomen y las manos en mi pelo.

—Estoy muy cerca —jadeó y sus movimientos se volvieron titubeantes, irregulares y un poco salvajes y, joder, yo no me sentía nada salvaje en ese momento.

Quería morderla y chuparla, enterrar mis dedos en su interior y volverla loca. Me preocupé por si me estaba volviendo demasiado brusco, pero su respiración pasó a unos leves jadeos y después a unas súplicas tensas. Entonces giré la muñeca y empujé más adentro y ella gritó, sus piernas temblaron y el clímax la embargó.

Frotándole la cadera le bajé lentamente la pierna y me quedé observando sus pies por si acaso intentaba darme una patada de todas formas. Me pasé un dedo por el labio y contemplé cómo ella volvía a la realidad.

Me apartó y se colocó la ropa rápidamente, mirándome arrodillado delante de ella. La realidad volvió cuando los diferentes sonidos de gente comiendo al otro lado de la puerta se mezclaron con el sonido de nuestra respiración trabajosa.

—No te he perdonado —me dijo, se agachó para coger su bolso, quitó el pestillo de la puerta y salió del baño.

Yo me levanté despacio y vi cómo la puerta se cerraba tras ella mientras intentaba entender lo que acababa de pasar. Debería estar furioso. Pero sentí que la comisura de la boca se me elevaba para formar una sonrisa y estuve a punto de echarme a reír por lo absurdo de todo aquello.

Maldita sea, lo había vuelto a hacer. Me estaba ganando y eso que estábamos jugando a mi propio juego.

La noche fue un infierno. Apenas dormí ni comí y sufría una erección prácticamente constante desde que salí del restaurante el día anterior. Cuando me dirigí al trabajo, sabía que lo tenía muy crudo. Ella iba a hacer todo lo que pudiera para torturarme y castigarme por haberla mentido; lo enfermizo era que... yo lo estaba deseando.

Me sorprendió encontrar su mesa vacía cuando llegué. «Qué raro», pensé, ella casi nunca llegaba tarde. Entré en mi despacho y empecé a poner las cosas en orden para empezar el día. Quince minutos después estaba hablando por teléfono cuando oí que la puerta exterior se cerraba de un portazo. Bueno, sin duda ella no me iba a decepcionar; oí que se cerraban de golpe cajones y archivadores y supe que iba a ser un día interesante.

A las diez y cuarto me interrumpió mi intercomunicador.

—Señor Ryan —su voz tranquila llenó la habitación y a pesar de su obvia irritación, me vi sonriendo mientras pulsaba el botón para responder.

—¿Sí, señorita Mills? —le contesté y oí que la sonrisa se reflejaba en mi tono.

—Tenemos que estar en la sala de reuniones dentro de quince minutos. Y usted tiene que salir a mediodía para comer con el presidente de Kelly Industries a las doce y media. Stuart lo esperará en el aparcamiento.

—¿Usted no me acompaña? —Parte de mí se preguntó si estaba evitando quedarse a solas conmigo. No sabía muy bien cómo sentirme por eso.

—No, señor. Solo la dirección. —Oí el ruido de papeles mientras ella seguía hablando—. Además, hoy tengo que hacer algunos preparativos para el viaje a San Diego.

—Saldré dentro de un momento —solté el botón y me puse de pie para ajustarme la corbata y la chaqueta.

Cuando salí de mi despacho, mis ojos se posaron en ella inmediatamente. Si tenía alguna duda sobre si me iba a hacer sufrir, se disipó justo en ese momento. Ella estaba inclinada sobre su mesa con un vestido de seda azul que mostraba sus largas piernas delgadas de una forma perfecta. Tenía el pelo recogido sobre la cabeza y cuando se giró hacia mí, vi que llevaba las gafas puestas. ¿Cómo iba a ser capaz de hablar de forma coherente con ella sentada a mi lado?

—¿Listo, señor Ryan? —Sin esperar respuesta, cogió sus cosas y empezó a caminar por el pasillo. De repente, parecía que sus caderas se movían más. La muy descarada me estaba provocando.

De pie en el ascensor lleno de gente, nuestros cuerpos se vieron apretados el uno contra el otro involuntariamente y yo tuve que reprimir un gemido. Pudo ser mi imaginación, pero me pareció ver el principio de una sonrisa cuando ella rozó «accidentalmente» mi miembro semierecto. Dos veces.

Durante las dos horas siguientes pasé mi propio infierno personal. Cada vez que la miraba, estaba haciendo algo para volverme loco: lanzaba miradas traviesas, se lamía el labio inferior, cruzaba y descruzaba las piernas o se retorcía con aire ausente un mechón con el dedo. Incluso se le cayó un boli y puso la mano despreocupadamente en mi muslo cuando se agachó para recogerlo.

En la comida que tenía después, me sentí a la vez agradecido por librarme del tormento que estaba suponiendo, y desesperado por volver a sufrirlo. Asentí y hablé en los momentos apropiados, pero no estaba realmente allí. Y por supuesto que mi padre fue consciente de que estaba de un humor especialmente silencioso y hosco. Cuando íbamos de vuelta a la oficina, empezó a sermonearme.

—Durante tres días tú y Chloe vais a estar juntos en San Diego sin la pantalla que supone el trabajo de oficina, y no va a haber nadie para meterse entre ambos. Espero que la trates con el máximo respeto. Y antes de que te pongas a la defensiva —añadió levantando ambas manos en cuanto notó que iba a rebatirle—, también he hablado de esto con Chloe.

Abrí mucho los ojos y lo miré. ¿Había hablado con la señorita Mills sobre «mi» conducta profesional?

—Sí, soy consciente de que no eres solo tú —dijo mientras entrábamos en un ascensor vacío—. Ella me ha asegurado que hace todo lo que puede. ¿Por qué crees que, desde el principio, te propuse como su tutor para las prácticas? No tenía ni la más mínima duda de que estaría a la altura de tus expectativas.

Henry estaba en silencio a su lado, con una sonrisa de suficiencia en la cara. «Gilipollas.»

Fruncí un poco el ceño al darme cuenta de lo que pasaba: ella había hablando en mi defensa. Podía haberme hecho parecer un déspota sin problema, pero en vez de eso ella había aceptado parte de la culpa.

—Papá, admito que mi relación con ella es poco convencional —empecé, rezando para que no supiera lo cierta que era en realidad esa frase—. Pero te aseguro que eso no interfiere de ninguna forma en mi capacidad para llevar el negocio. No tienes nada de qué preocuparte.

—Bien —dijo mi padre cuando llegamos a mi despacho.

Entré y me encontré a la señorita Mills al teléfono, de espaldas a la puerta, hablando en un tono casi inaudible.

—Bueno, tengo que dejarte, papá. Tengo que ocuparme de unas cosas y te cuento en cuanto pueda. Duerme un poco, ¿vale? —dijo en voz baja. Tras una breve pausa rió, pero no dijo nada más durante en momento. Ni yo ni los dos hombres que estaban a mi lado nos atrevimos a decir nada—. Yo también te quiero, papá.

Mi estómago se tensó al oír aquellas palabras y la forma en que tembló su voz al decirlas. Cuando se volvió en su silla, se sobresaltó al encontrarnos ahí a los tres. Empezó a recoger unos papeles que había sobre su mesa rápidamente.

—¿Qué tal ha ido la reunión?

—Perfectamente, como siempre —dijo mi padre—. Tú y Sara habéis hecho un gran trabajo ocupándoos de todo. No sé que harían mis hijos sin vosotras dos.

Ella levantó un poco una ceja y vi que se esforzaba por no mirarme y regodearse. Pero entonces su cara mostró una expresión de desconcierto y me di cuenta de que yo estaba sonriéndole de oreja a oreja, esperando ver un poco de su típico descaro. De repente puse la mejor cara que pude y me dirigí a mi despacho. Solo entonces me percaté de que no la había visto sonreír ni una sola vez desde que habíamos vuelto y la encontramos hablando por teléfono.

10

Mi cabeza no estaba funcionando en ese momento. Tenía que enseñarle unas cosas al señor Ryan antes de que se fuera, tenía unos documentos que tenía que firmar, pero sentía como si estuviera caminando por arenas movedizas, la conversación con mi padre dándome vueltas sin parar en la cabeza. Cuando entré en el despacho del señor Ryan me quedé mirando los papeles que llevaba en las manos, dándome cuenta de todas las cosas que tenía que organizar ese día: billetes de avión, alguien que se ocupara de mi correo, tal vez la contratación de un trabajador temporal para el tiempo que estuviera fuera. Pero ¿cuánto tiempo iba a estar fuera?

Me di cuenta de que el señor Ryan estaba comentando algo (en voz alta) en mi dirección. Pero ¿qué estaba diciendo? Apareció en mi visión y oí el final de lo que decía:

—... apenas está prestando atención. Dios, señorita Mills, ¿es que necesito escribírselo?

—¿Podemos dejar este jueguecito por hoy? —le pregunté cansada.

—El... ¿el qué?

—Esta rutina de jefe gilipollas.

Él abrió mucho los ojos y frunció el ceño.

—¿Perdón?

—Me he dado cuenta de que te encanta ser un cabrón de los que hacen historia conmigo, y reconozco que es algo sexy a veces, pero llevo un día terrible y de verdad te agradecería que simplemente te limitaras a no hablarme. A mí. —Estaba a punto de echarme a llorar y sentía una presión dolorosa en el pecho—. Por favor.

Parecía que alguien le hubiera deslumbrado con unos faros, mirándome fijamente a la vez que parpadeaba. Por fin dijo:

—¿Qué ha pasado?

Tragué saliva, arrepintiéndome de mi salida de tono. Las cosas siempre iban mejor con él cuando conseguía mantener la compostura.

—He reaccionado mal cuando me ha gritado. Discúlpeme.

Él se levantó y empezó a caminar hacia mí, pero en el último minuto se detuvo y se sentó en la esquina de su mesa, jugueteando incómodo con un pisapapeles de cristal.

—No, quiero decir que ¿por qué llevas un día tan horrible? ¿Qué está pasando? —Su voz era muy suave y nunca le había oído hablar así aparte de en los momentos de sexo. Esta vez hablaba en voz baja y no era para mantener en secreto la conversación, parecía realmente preocupado.

No quería hablar con él de aquello porque en parte esperaba que se burlara de mí. Pero una parte mayor estaba empezando a sospechar que no lo haría.

—Le han hecho unas pruebas a mi padre. Tenía problemas para comer.

El señor Ryan se puso serio.

—¿Comer? ¿Es una úlcera?

Le expliqué lo que sabía, que era algo que había empezado de repente y que las primeras pruebas mostraban una pequeña masa en el esófago.

—¿Puedes ir a casa?

Me lo quedé mirando.

—No lo sé. ¿Puedo?

Él hizo una mueca de dolor y parpadeó.

—¿Tan cabrón soy en realidad?

—A veces. —Me arrepentí inmediatamente, porque no, nunca había hecho que me hiciera pensar que me impidiera acompañar a mi padre enfermo.

Asintió y tragó con dificultad mientras miraba por la ventana.

—Te puedes tomar todo el tiempo que necesites, por supuesto.

—Gracias.

Me quedé mirando al suelo, esperando que continuara con la lista de tareas del día. Pero el silencio llenó el despacho. Podía ver por el rabillo del ojo que había vuelto a girarse y ahora me miraba.

—¿Estás bien? —dijo en voz tan baja que ni siquiera estaba segura de haberlo oído.

Pensé en mentirle para acabar con aquella conversación tan extraña. Pero en vez de eso le dije:

—La verdad es que no.

Estiró la mano y me la metió entre el pelo.

—Cierra la puerta del despacho —me pidió.

Asentí, un poco decepcionada por que me echara de esa forma.

—Le traeré los contratos del departamento legal...

—Quería decir que cierres la puerta pero que te quedes.

Oh.

«Oh.»

Me volví y caminé por la gruesa alfombra en completo silencio. La puerta del despacho se cerró con un sonoro clic.

—Pon el pestillo.

Giré el pestillo y sentí que se acercaba hasta que noté su respiración cálida en la nuca.

—Déjame tocarte. Déjame hacer algo.

Él lo había entendido. Sabía lo que podía darme: distracción, alivio, placer ante esa oleada de dolor. Yo no respondí porque sabía que no necesitaba hacerlo. Había ido a cerrar la puerta después de todo.

Pero entonces sentí sus labios apretándose suavemente contra mi hombro y subiendo por mi cuello.

—Hueles... tan bien —me dijo soltándome el vestido donde lo llevaba atado detrás del cuello—. Siempre se me queda tu olor impregnado durante horas.

No dijo si eso era algo bueno o malo y yo me di cuenta de que no me importaba. Me gustaba que oliera como yo cuando ya no estaba.

Cuando bajó las manos hasta las caderas, me volví para mirarlo y él se inclinó para besarme en un solo movimiento fluido. Esto era diferente. Su boca era suave, casi pidiéndome permiso. No había nada de indecisión en el beso (nunca había nada de indecisión en él), pero ese beso parecía más un gesto de cariño y menos la señal de una batalla perdida.

Me bajó el vestido por los hombros y cayó al suelo. Él se apartó un poco, dándome solo el espacio para dejar que el aire fresco de la oficina me refrescara su calor de la piel.

—Eres preciosa.

Antes de que pudiera procesar la forma tan suave en que había dicho esas nuevas palabras, él puso una sonrisita y se inclinó para besarme a la vez que me agarraba las bragas, las retorcía y las rompía.

Eso ya era habitual.

Bajé las manos hasta sus pantalones, pero él se apartó negando con la cabeza. Metió la mano entre mis piernas y encontró la piel suave y húmeda. Su respiración se aceleró contra mi mejilla. Sus dedos, no sabía cómo, eran fuertes y a la vez cuidadosos, y le salían palabras sucias con voz profunda:

me decía que era preciosa y muy guarra. Me decía que era una tentación y cómo lo hacía sentir.

Me dijo cuántas ganas tenía de oír el sonido que hacía al correrme.

E incluso cuando lo hice, boqueando y agarrando las hombreras de su traje, lo único que podía pensar era en que yo también quería tocarlo. Que quería, igual que él, oírlo perderse en mí. Y eso me aterraba.

Él sacó los dedos, rozando con ellos mi sensible clítoris al hacerlo, y se estremeció involuntariamente.

—Lo siento, lo siento —me susurró en respuesta, besándome la mandíbula, la barbilla, el...

—No lo sientas —le dije apartando la boca de la suya. La repentina intimidad que me ofrecía, además de todo lo que había pasado ese día, era muy desconcertante, demasiado.

Apoyó su frente contra la mía durante unos segundos antes de asentir una sola vez. Me sentí devastada de repente porque me di cuenta de que siempre había asumido que él tenía todo el poder y yo ninguno, pero en ese momento supe que podía tener tanto poder sobre él como quisiera. Solo tenía que ser lo bastante valiente para ejercerlo.

—Me iré de la ciudad este fin de semana. Y no sé cuánto tiempo estaré fuera.

—Bueno, entonces vuelva al trabajo mientras aún está aquí, señorita Mills.

11

Cuando amaneció el jueves, supe que teníamos que hablar. Yo iba a estar fuera de la oficina todo el viernes, así que el jueves era nuestro último día juntos antes de que se fuera. Había estado con su tutor del máster toda la mañana, y yo, según pasaban los minutos, me iba poniendo cada vez más nervioso acerca de... todo. Estaba bastante seguro de que la interacción en mi despacho del día anterior nos había revelado a ambos que ella estaba lentamente llegándome cada vez más. Quería estar con ella casi todo el tiempo y no solo en plan «desnudos y salvajes». Quería estar cerca de ella y mi propia necesidad de autoconservación llevaba toda la semana dándome la lata.

¿Qué había dicho ella? «No quiero querer esto. No es bueno para mí.» Y solo cuando nos descubrió Mina, al salir del baño, entendí de verdad lo que quería decir Chloe. Había estado odiando mi deseo por ella porque era la primera vez en mi toda vida que era incapaz de sacar algo de mi cabeza a la fuerza y centrarme en el trabajo, pero nadie (ni siquiera mi familia) me culparía por sentirme atraído por Chloe. Por el contrario, ella siempre se vería afectada por la mala reputación de ser una mujer que se había acostado con el jefe para ascender. Para alguien tan brillante y tan dedicada como ella, esa asociación sería una constante y dolorosa espina.

Hacía bien en poner distancia entre nosotros. Esa necesidad que sentíamos cuando estábamos juntos era totalmente insana. Nada bueno podía salir de ahí y decidí una vez más utilizar el tiempo que íbamos a estar separados para volver a centrarme. Cuando entré en mi despacho después de comer, me sorprendió encontrarla sentada en su mesa, muy ocupada trabajando en algo en su ordenador.

—No sabía que iba a venir esta tarde —dije intentando mantener mi voz alejada de cualquier emoción.

—Sí, tenía que ocuparme de unos preparativos de última hora para San Diego y todavía tengo que hablar de mi ausencia con usted —dijo sin apartar la vista del monitor del ordenador.

—¿Por qué no viene a mi despacho entonces?

—No —me dijo rápidamente—. Creo que podemos hablar de esto aquí fuera. —Me lanzó una mirada traviesa y me hizo un gesto para señalar la silla que tenía delante—. ¿Por qué no se sienta, señor Ryan?

«Ah, la ventaja de jugar en casa.» Me senté frente a ella.

—Sé que mañana no va a estar, así que no hay razón para que yo venga entonces. Me he dado cuenta de que no le gusta tener asistente, pero he buscado un reemplazo temporal para las dos semanas que voy a estar ausente y ya le he dado a Sara una lista detallada de su agenda y las cosas que necesita. Dudo que vaya a haber ningún problema, pero, por si acaso, ella me ha prometido estar pendiente de usted también. —Levantó una ceja desafiante y yo puse los ojos en blanco.

Ella continuó:

—Tiene todos mis números, incluyendo el de la casa de mi padre en Bismarck, por si necesita algo.

Comprobó una lista que tenía delante y me di cuenta de lo serena y eficiente que se estaba mostrando. No es que no supiera que era todas esas cosas, pero me resultó aún más evidente entonces. Nuestras miradas se encontraron y ella prosiguió:

—Llegaré a California unas horas antes que usted, así que lo recogeré en el aeropuerto.

Seguimos mirándonos unos minutos más y yo estuve casi seguro de que ambos estábamos pensando lo mismo: San Diego iba a ser una prueba tremenda.

La atmósfera del despacho empezó a cambiar lentamente, el silencio diciendo mucho más de lo que cualquier palabra podía decir. Apreté con fuerza la mandíbula cuando noté que se le había acelerado la respiración. Necesité toda mi fuerza de voluntad para no rodear su mesa y acercarme a besarla.

—Que tenga buen viaje, señorita Mills —le dije satisfecho de que mi voz no traicionara mi agitación interna. Me puse de pie, y añadí—: La veré en San Diego entonces.

—Sí.

Asentí y entré en mi despacho, cerrando la puerta detrás de mí. No la vi durante el resto del día y por una vez, nuestra tensa despedida me pareció algo completamente inadecuado.

Estuve todo el fin de semana pensando cómo viviría su ausencia durante dos semanas. Por un lado sería agradable estar en el trabajo sin distracciones, pero por otro me pregunté si me sentiría raro al no tenerla. Ella había sido una constante en mi vida durante casi un año y, a pesar de nuestras diferencias, saber que estaba por allí se había convertido en algo reconfortante.

Sara entró en el despacho a las nueve en punto, sonriendo ampliamente al acercarse a mí. La seguía una morena atractiva de veintitantos que me presentó como Kelsey, mi asistente temporal. Ella me miró con una sonrisa tímida y vi cómo Sara le ponía una mano en el hombro para tranquilizarla.

Decidí que iba a utilizar aquello como una oportunidad. Le iba a demostrar a todo el mundo que mi reputación solo era resultado de trabajar con alguien tan cabezota como la señorita Mills.

—Encantado de conocerte, Kelsey —dije sonriendo y ofreciéndole la mano para estrechar la suya. Ella me miró extrañada, con los ojos un poco vidriosos.

—Encantada de conocerlo también, señor —dijo mirando a Sara. Ella miró mi mano desconcertada y después me miró a mí antes de dirigirse a Kelsey.

—Está bien. Ya hemos repasado todo lo que dejó Chloe. Ahí está tu mesa. —Llevó a la chica a la silla de la señorita Mills.

Sentí una extraña sensación al ver la imagen de otra persona sentada allí. Sentí que mi sonrisa vacilaba y me volví hacia Sara.

—Si necesita algo, ya te lo hará saber. Estaré en mi despacho.

Kelsey dimitió antes de comer. Aparentemente «fui un poco brusco» cuando ella provocó un pequeño incendio en el microondas de la sala de descanso. La última vez que la vi estaba llorando y salía corriendo por la puerta chillando algo sobre un entorno de trabajo hostil.

El segundo asistente temporal, un chico que se llamaba Isaac, llegó a eso de las dos de la tarde. Isaac parecía muy inteligente y yo estaba deseando trabajar con alguien que no fuera una chica emotiva. Pronto me encontré sonriendo ante el repentino giro que habían dado los acontecimientos. Por desgracia, me alegré demasiado pronto.

Todas las veces que pasaba junto a Isaac, sentado ante su ordenador, él estaba conectado a internet viendo fotos de gatitos o algún vídeo musical. Minimizaba rápidamente la ventana, pero desafortunadamente para Isaac, yo no soy un idiota integral. Le dije diplomáticamente que no se molestara en venir al día siguiente.

La tercera no resultó mucho mejor. Se llamaba Jill; hablaba demasiado, llevaba la ropa demasiado ceñida y la forma con que masticaba la tapa de su bolígrafo me recordaba a un animal que intentara liberarse de una trampa. No tenía nada que ver con la forma en que la señorita Mills sujetaba pensativamente el extremo del boli entre los dientes cuando estaba muy enfrascada en sus pensamientos. Eso era algo sutil y sexy; esto era obsceno. Inaceptable. El martes por la tarde ya no estaba.

La semana continuó más o menos igual. Pasé por diferentes asistentes. Oí la risa atronadora de mi hermano en el pasillo al lado de mi despacho más de una vez. «Imbécil.» Él ni siquiera trabajaba en esta planta. Empecé a sentir que la gente estaba disfrutando demasiado con mi infortunio e incluso empecé a verlo incluso como un caso de recoger lo que había sembrado.

Aunque no tenía ninguna duda de que Sara había informado a la señorita Mills de mis pesadillas con los asistentes temporales, recibí varios mensajes de texto de ella durante la primera semana para ver cómo iban las cosas. Empecé a esperarlos con ansiedad, mirando incluso mi teléfono periódicamente para comprobar que no me había perdido la alerta de llegada. Odiaba admitirlo, pero en este punto habría vendido hasta mi coche para tenerla de vuelta a ella y a sus maneras de arpía.

Además de echar de menos su cuerpo, algo que necesitaba desesperadamente, también echaba de menos el fuego que había entre nosotros. Ella sabía que yo era un cabrón y lo aguantaba. No tenía ni idea de por qué, pero lo hacía. Durante esa primera semana que estuvimos separados empezó a crecer el respeto que tenía por su profesionalidad.

Cuando pasó la segunda semana sin un solo mensaje de ella, me encontré preguntándome qué estaría haciendo y con quién. También me pregunté si habría intercambiado más llamadas con Joel. Estaba bastante seguro de que no habían vuelto a verse y de que ella y yo habíamos llegado a una precaria tregua con respecto al incidente de las flores. Aun así, no sabía si él habría vuelto a llamarla para ver cómo iban las cosas y si intentaría empezar algo mientras ella estaba en su casa.

Su casa. ¿Estaba en su casa ahora, con su padre? ¿O ya consideraba Chicago como su casa? Por primera vez se me pasó por la cabeza que si su padre estaba muy enfermo, ella podría decidir volver a Dakota del Norte para estar con él.

Joder.

Empecé a hacer la maleta para el vuelo del domingo por la noche cuando oí que mi teléfono sonaba en la cama, al lado de mi maletín. Al leer el nombre de la pantalla sentí un leve escalofrío.

Lo recogeré mañana a las 11.30. Terminal B, cerca de los monitores de llegadas. Mándeme un mensaje cuando aterrice.

Me quedé quieto un momento mientras me hacía a la idea de que íbamos a estar juntos al día siguiente.

Lo haré. Gracias.

De nada. ¿Ha ido todo bien?

Me quedé un poco sorprendido de que me preguntara por el resto de la semana. Estábamos en un territorio desconocido. Mientras trabajábamos ella me escribía mensajes y correos electrónicos con frecuencia, pero normalmente nos limitábamos a simples respuestas de sí y no. Nunca nada personal. ¿Era posible que ella hubiera pasado una semana tan frustrante como la mía?

Muy bien. ¿Y tú? ¿Cómo está tu padre?

Me reí y pulsé «Enviar»; esa situación se estaba volviendo cada vez más extraña. Menos de un minuto después recibí otro mensaje.

Todo bien. Lo he echado de menos pero tengo ganas de volver a casa.

«A casa.» Me fijé en las palabras que había elegido y tragué saliva; de repente sentía mucha tensión en el pecho.

Mañana nos vemos.

Puse el despertador del teléfono, lo coloqué en la mesita de noche y me senté en la cama al lado de mi equipaje. Iba a verla en menos de doce horas.

Y no estaba muy seguro de cómo me hacía sentir eso.

12

Como esperaba, el vuelo a San Diego me dio tiempo para pensar. Me sentía querida y descansada después de la visita a mi padre. Tras su cita con el gastroenterólogo, que nos tranquilizó diciéndonos que el tumor era benigno, nos pasamos el resto del tiempo hablando y recordando a mamá, incluso planeando un viaje para que viniera a verme a Chicago.

Para cuando me despidió con un beso, yo me sentía lo más preparada posible, teniendo en cuenta la situación. Estaba muy nerviosa por volver a ver cara a cara al señor Ryan, pero me había dado a mí misma la mejor charla de preparación posible, y había hecho varias compras por internet y tenía la maleta llena de nuevas «braguitas poderosas». Había pensado mucho en mis opciones y estaba bastante segura de que tenía un plan.

El primer paso era admitir que este problema venía de algo más que de la tentación que producía la cercanía. Estar separados por miles de kilómetros de distancia no había servido para calmar mi necesidad. Había soñado con él casi cada noche, despertándome cada mañana frustrada y sola. Había pasado demasiado tiempo pensando en lo que estaría haciendo, preguntándome si estaría tan confundido como yo e intentando arrancarle a Sara toda la información que podía sobre cómo iban las cosas por allí.

Sara y yo tuvimos una interesante conversación cuando me llamó para informarme de cómo iba lo de mi sustitución temporal. Me reí como una histérica cuando me enteré de la sucesión de asistentes. Por supuesto que a Bennett le estaba costando mantener a alguien cerca de él. Era un gilipollas.

Yo estaba acostumbrada a sus cambios de humor y a su actitud hosca; profesionalmente nuestra relación funcionaba como un reloj. Pero el lado personal era una pesadilla. Casi todo el mundo lo sabía, aunque no conocían el alcance de la situación.

Muchas veces recordé nuestros últimos días juntos. Algo en nuestra relación estaba cambiando y yo no estaba segura de cómo me hacía sentir eso. No importaba cuántas veces nos dijéramos que no iba a volver a pasar, porque lo haría. Estaba aterrada de que ese hombre, que era mucho más que malo para mí, tuviera más control sobre mi cuerpo de lo que lo tenía yo, no importaba cuánto intentara convencerme a mí misma de lo contrario.

No quería ser una mujer que sacrificaba sus ambiciones por un hombre.

De pie en la zona de llegadas, me di una última charla de preparación. Podía hacerlo. Oh, Dios, esperaba poder hacerlo. Las mariposas de mi estómago no paraban de revolotear y me preocupé brevemente por si acababa vomitando.

Su avión se había retrasado en Chicago y eran más de las seis y media cuando por fin aterrizó en San Diego. Aunque el tiempo en el avión me había venido bien para pensar, las otras siete horas de espera posteriores solo habían vuelto a poner en funcionamiento mis nervios.

Me puse de puntillas intentando ver mejor entre la multitud, pero no lo vi. Volví a mirar mi móvil y leí otra vez su mensaje.

Acabo de aterrizar. Nos vemos en unos minutos.

No había nada sentimental en ese mensaje, pero hizo que me diera un vuelco el estómago. Nuestros mensajes de la noche anterior habían sido igual; nada de lo que dijimos era especial, solo le pregunté qué tal había ido el resto de la semana. Eso no se consideraría inusual en ninguna otra relación, pero era algo totalmente nuevo para nosotros. Tal vez había una posibilidad de que pudiéramos dejar a un lado la animosidad constante y acabar siendo... ¿qué, amigos?

Con el estómago hecho un nudo empecé a caminar arriba y abajo, deseando que mi mente cambiara de marcha y se calmaran los latidos de mi corazón. Sin pensarlo me paré a medio paso y me volví hacia la multitud que se acercaba, buscándolo entre la marea de caras desconocidas. Me quedé sin aliento cuando una mata de pelo conocido destacó entre las demás.

«Por Dios, compórtate, Chloe.»

Intenté una vez más mantener mi cuerpo bajo control y volví a levantar la vista. «Joder, estoy hecha una mierda.» Ahí estaba, mejor de lo que nunca le había visto. ¿Cómo demonios consigue una persona mejorar su aspecto en nueve días y bajar de un avión sin haber perdido ni un ápice de encanto?

Era casi una cabeza más alto que las personas que lo rodeaban, ese tipo de altura que resalta entre la multitud, y yo le di gracias al universo por eso. Su pelo oscuro estaba tan alborotado como siempre; sin duda se había pasado las manos por el pelo cien veces durante la última hora. Llevaba pantalones de sport oscuros, un blazer color carbón y una camisa blanca con el cuello desabrochado. Parecía cansado y se veía un principio de barba en su cara, pero eso no fue lo que hizo que mi corazón se pusiera a mil por hora. Él iba mirando al suelo, pero en cuanto nuestras miradas se encontraron, su cara se dividió con la sonrisa más abiertamente feliz que le había visto nunca. Antes de que pudiera evitarlo, sentí explotar también mi sonrisa, amplia y nerviosa.

Él se detuvo frente a mí, con una expresión un poco más tensa de lo normal; los dos esperábamos que el otro dijera cualquier cosa.

—Hola —dije algo violenta, intentando liberar algo de la tensión que había entre nosotros.

Todas las partes de mi cuerpo querían empujarlo hacia el baño de señoras, pero no sé por qué me pareció que no era la mejor manera de saludar al jefe. Aunque no es que eso nos hubiera importado nunca antes.

—Eh... Hola —respondió con la frente un poco arrugada.

«¡Joder, despierta, Chloe!»

Ambos nos volvimos para dirigirnos a la cinta de equipajes y yo sentí que se me ponía toda la piel de gallina solo por estar cerca de él.

—¿Qué tal el vuelo? —le pregunté aunque sabía cuánto odiaba volar en compañías aéreas comerciales, aunque fuera en primera clase. Aquella situación era tan ridícula... Estaba deseando que dijera alguna estupidez para que pudiera contestarle con un grito.

Él pensó un momento antes de responder.

—Bueno, no ha estado mal una vez que hemos logrado despegar. No me gusta lo llenos que van los aviones. —Se detuvo y esperó, rodeado por el bullicio de la gente, pero lo único que yo noté fue la tensión que crecía entre nosotros y cada centímetro de espacio que había entre nuestros cuerpos—. ¿Y cómo se encuentra tu padre? —preguntó un momento después.

Asentí.

—Era benigno. Gracias por preguntar.

—De nada.

Pasaron varios minutos en un incómodo silencio y yo me sentí más que aliviada al ver salir su equipaje por la cinta. Ambos fuimos a cogerlo al mismo tiempo y nuestras manos se tocaron brevemente sobre el asa. Me aparté y al levantar la vista me encontré con su mirada.

Se me cayó el alma a los pies al ver en sus ojos el ansia que tan bien conocía. Ambos murmuramos unas disculpas y yo aparté la mirada, pero no antes de ver la sonrisita que aparecía en su cara. Afortunadamente ya era el momento de ir a recoger el coche de alquiler y ambos nos dirigimos hacia el aparcamiento.

Pareció satisfecho cuando nos acercamos al coche, un Mercedes Benz SLS AMG. Le encantaba conducir (bueno, lo que le gustaba era ir rápido) y yo, siempre que necesitaba un coche, intentaba alquilarle alguno con el que pudiera divertirse.

—Muy bonito, señorita Mills —dijo pasando la mano sobre el capó—. Recuérdeme que me plantee subirle el sueldo.

Sentí que el deseo familiar de darle un puñetazo recorría mi cuerpo y eso me calmó. Todo era mucho más fácil cuando él se comportaba como un gilipollas integral.

Al pulsar el botón para abrir el maletero le dediqué una mirada de reproche y me aparté para que metiera sus cosas. Se quitó la chaqueta y me la dio. Yo la tiré en el maletero.

—¡Ten cuidado! —me reprendió.

—Yo no soy tu botones. Guarda tú tu propia chaqueta.

Él se rió y se agachó para coger su maleta.

—Dios, solo quería que me la sujetaras un momento.

—Oh. —Con las mejillas ruborizadas por mi reacción exagerada, estiré el brazo, recogí la chaqueta y la doblé sobre mi brazo—. Perdón.

—¿Por qué asumes siempre que me voy a comportar como un capullo?

—¿Porque normalmente lo eres?

Con otra carcajada, metió la maleta en el maletero.

—Debes de haberme echado mucho de menos.

Abrí la boca para contestar pero me distraje mirándole los músculos de la espalda que le tensaron la camisa al colocar su equipaje en el maletero al lado del mío. De cerca me di cuenta de que la camisa blanca tenía un sutil estampado gris y que estaba hecha a medida para ceñir sus anchos hombros y su estrecha cintura sin que le sobrara tela por ninguna parte. Los pantalones eran gris oscuro y estaban perfectamente planchados. Estaba segura de que él nunca se hacía su propia colada y, maldita sea, ¿quién iba a echárselo en cara cuando estaba tan sexy con las prendas a medida que le limpiaban en la tintorería?

«¡Para ya!»

Cerró el maletero con un golpe, sacándome de mi ensoñación, y yo le di las llaves cuando me tendió la mano. Él dio la vuelta, abrió mi puerta, y esperó a que me sentara antes de cerrarla. «Sí, eres un verdadero caballero...», pensé.

Condujo en silencio; los únicos sonidos eran el ronroneo del motor y la voz del GPS dándonos direcciones para llegar al hotel. Yo me entretuve repasando la agenda e intentando ignorar al hombre que tenía al lado.

Quería mirarlo, estudiar su cara. Estaba deseando estirar la mano y tocar la sombra de barba de su mandíbula, decirle que parara y me tocara.

Todos esos pensamientos no dejaban de pasar por mi mente, lo que me hizo imposible concentrarme en los papeles que tenía delante. El tiempo que habíamos pasado separados no había aplacado en absoluto el efecto que tenía sobre mí. Quería preguntarle cómo habían ido las dos últimas semanas. La verdad es que lo que quería saber era cómo estaba.

Con un suspiro cerré la carpeta que tenía en el regazo y me volví para mirar por la ventanilla.

Debimos pasar junto al océano, buques de la Marina y gente pasando por las calles, pero yo no vi nada. Lo único que había en mi mente era lo que había en el interior del coche. Sentía cada movimiento, cada respiración. Sus dedos daban golpecitos contra el volante. La piel chirriaba cuando se movía en el asiento. Su olor llenaba el espacio cerrado y me hacía imposible recordar por qué necesitaba resistirme. Él me envolvía completamente.

Tenía que ser fuerte para probar que era yo quien controlaba mi vida, pero todas las partes de mí me pedían a gritos sentirlo. Necesitaría recomponerme en el hotel antes del congreso, pero con él tan cerca, todas esas buenas intenciones me abandonaron.

—¿Está bien, señorita Mills? —El sonido de su voz me sobresaltó y me volví para encontrarme con sus ojos color avellana. Mi estómago se llenó otra vez de mariposas al ver la intensidad que había tras ellos. ¿Cómo había podido olvidar lo largas que eran sus pestañas?

—Ya hemos llegado. —Señaló el hotel y me sorprendí de que ni siquiera me hubiera dado cuenta—. ¿Va todo bien?

—Sí —respondí con rapidez—. Es que ha sido un día muy largo.

—Hummm —murmuró sin dejar de mirarme. Vi que su mirada pasaba a mi boca y Dios, cómo quería que me besara. Echaba de menos el dominio de sus labios sobre los míos, como si no hubiera nada en el mundo que pudiera desear más que saborearme. Y sospechaba que a veces eso podía incluso ser cierto.

Como si me viera de alguna forma atraída por él, me incliné hacia su asiento. La electricidad se puso en funcionamiento entre nosotros y volvió a mirarme a los ojos. Él también se inclinó para acercarse a mí y sentí su aliento caliente contra la boca.

De repente mi puerta se abrió y yo di un salto en el asiento, sobresaltada al ver al botones del hotel allí de pie, expectante, con la mano tendida. Salí del coche e inspiré hondo el aire que no estaba lleno de su olor intoxicante. El botones cogió las maletas y el señor Ryan se disculpó para ir a contestar una llamada mientras nos registrábamos.

El hotel estaba lleno de otros asistentes al congreso y vi varias caras que me eran familiares. Había hecho planes para quedar con un grupo de alumnos de mi máster en algún momento de aquel viaje. Saludé con la mano a una mujer que reconocí. Estaría muy bien poder ver a amigos mientras estábamos allí. Lo último que necesitaba era sentarme sola en mi habitación del hotel y fantasear con el hombre que estaría abajo, en la sala.

Después de que me dieran las llaves y de decirle al botones que subiera las maletas a nuestras habitaciones, me dirigí al salón en busca del señor Ryan. La recepción de bienvenida estaba en su apogeo y, tras examinar la gran estancia, lo encontré al lado de una morena muy alta. Estaban bastante juntos, con la cabeza de él un poco inclinada para escucharla.

Su cabeza no me dejaba ver la cara de la mujer y entorné los ojos cuando me di cuenta de que ella levantaba la mano y le agarraba el antebrazo. Se rió por algo que él dijo y se apartó un poco, lo que me dejó verla mejor.

Era guapísima, con un pelo liso y negro que le llegaba por los hombros. Mientras la miraba, ella le puso algo en la mano y le cerró los dedos sobre ello. Una expresión extraña cruzó la cara del señor Ryan cuando miró lo que tenía en la mano.

«Tiene que estar de coña. ¿Le acaba... Le acaba de dar la llave de su habitación?»

Los observé un momento más y entonces algo dentro de mí saltó al ver que seguía mirando la llave como si estuviera pensándose si metérsela o no en el bolsillo. Solo pensar en él mirando a otra mujer con la misma intensidad, deseando a otra, hizo que el estómago se me retorciera por la furia. Antes de poder detenerme, crucé con decisión la sala hasta llegar junto a ambos.

Le puse la mano en el antebrazo y él parpadeó al mirarme, con una expresión de duda en la cara.

—Bennett, ¿ya podemos subir a la habitación? —le pregunté en voz baja.

Él abrió mucho los ojos y también la boca por el asombro. Nunca le había visto tan mudo como en ese momento.

Y entonces me di cuenta: yo nunca antes le había llamado por su nombre de pila.

—¿Bennett? —volví a preguntar y algo pasó como un relámpago por su cara. Lentamente la comisura de su boca se elevó hasta formar una sonrisa y nuestras miradas se encontraron un momento.

Al volverse hacia ella, él sonrió con condescendencia y habló en una voz tan suave que hizo que me estremeciera.

—Discúlpanos —dijo, devolviéndole discretamente su llave—. Como ves, no he venido solo.

El pulso acelerado provocado por la victoria eclipsó completamente el horror que debería estar sintiendo en ese momento. Él colocó su mano cálida en la parte baja de mi espalda mientras me guiaba hacia la salida del salón y después cruzamos el vestíbulo. Pero cuando nos acercábamos a los ascensores, mi euforia se fue viendo reemplazada por otra cosa. Me empezó a entrar el pánico cuando me di cuenta de lo irracional de mi comportamiento.

Recordar nuestro constante juego del gato y el ratón me agotaba. ¿Cuántas veces al año viajaba él? ¿Cuántas veces le habrían puesto una llave en la mano? ¿Iba a estar allí todas las veces para alejarle de la tentación? Y si no estaba, ¿se metería tranquilamente en la habitación de otra?

Y, además, ¿quién demonios creía que podría ser para él? ¡Y a mí no debería importarme!

Tenía el corazón a mil por hora y la sangre me atronaba en los oídos. Otras tres parejas se metieron con nosotros en el ascensor y yo recé para poder llegar a mi habitación antes de explotar. No me podía creer lo que acababa de hacer. Levanté la vista y le vi con una sonrisita triunfante.

Inspiré hondo e intenté recordarme que eso era exactamente lo que necesitaba para permanecer alejada. Lo que había pasado en el salón no era algo propio de mí y sí, algo muy poco profesional por parte de ambos, sobre todo en un lugar público de trabajo. Quería gritarle, hacerle daño, enfurecerlo como él me había hecho enfurecer a mí, pero cada vez me costaba más encontrar la voluntad para hacerlo.

Subimos en un silencio tenso hasta que la última pareja salió del ascensor y nos dejó solos. Cerré los ojos, intentando centrarme solo en respirar, pero, por supuesto, todo lo que podía oler allí era a él. No quería que estuviera con nadie más y ese sentimiento era tan abrumador que me dejaba sin aliento. Y era aterrador, porque si tenía que ser sincera conmigo misma, él podía destrozarme el corazón.

Podría destrozarme a mí.

El ascensor paró con un timbrazo suave y las puertas se abrieron en nuestra planta.

—¿Chloe? —me dijo con la mano en mi espalda.

Me volví y salí apresuradamente del ascensor.

—¿Adónde vas? —gritó desde detrás de mí. Oí sus pasos y supe que iba a haber problemas—. ¡Chloe, espera!

No podía huir de él para siempre. Ni siquiera estaba segura de que quisiera seguir haciéndolo.

13

Un millón de pensamientos cruzaron por mi mente en ese preciso segundo. No podíamos seguir haciendo eso. Teníamos que seguir adelante o parar. «Ahora.» Estaba interfiriendo con mis negocios, mi sueño, mi cabeza... toda mi maldita vida.

Pero no importaba cuánto intentara engañarme, yo sabía lo que quería. No podía dejarla ir.

Ella prácticamente salió corriendo por el pasillo, pero yo fui tras ella.

—¡No puedes hacer algo como eso y después esperar que te deje largarte sin más!

—¿Cómo que «no puedes»? —me gritó por encima del hombro. Llegó a su habitación e intentó torpemente meter la llave en la cerradura hasta que lo consiguió.

Llegué a su puerta justo cuando la estaba abriendo y nuestras miradas se encontraron durante un breve momento antes de que entrara corriendo e intentara cerrarla a la fuerza. Metí la mano y abrí la puerta de un empujón tan violento que golpeó con fuerza la pared que tenía detrás.

—Pero ¿qué coño crees que estás haciendo? —me chilló.

Entró en el baño que estaba justo enfrente de la puerta y se volvió para mirarme.

—¿Vas a dejar de huir de mí? —pregunté y la seguí. Mi voz

resonaba en aquel pequeño espacio—. Si esto es por esa mujer de abajo...

Ella pareció más furiosa al oír mis palabras, si es que eso era posible, y dio un paso hacia mí.

—No te atrevas a seguir por ese camino. Yo nunca he actuado como una novia celosa. —Negó con la cabeza indignada antes de girarse hacia el lavabo y buscar algo en su bolso.

La miré mientras me iba frustrando cada vez más. ¿Y a qué más podía deberse aquello? Estaba totalmente desconcertado. Cuando se enfadaba así, a estas alturas ya debería haberme empujado contra la pared y tenerme medio desnudo. Pero esta vez parecía realmente preocupada.

—¿Crees que me voy a interesar por cualquier mujer que me ponga la llave de su habitación en la mano? Pero ¿qué tipo de tío crees que soy?

Ella golpeó un cepillo contra la superficie del lavabo y levantó la vista para mirarme furiosa.

—¿No estarás hablando en serio? Sé que tú has hecho esto antes. Solo sexo, nada de compromisos... Estoy segura de que te dan llaves de habitación continuamente.

Abrí la boca para responder; para ser sincero, sí que había tenido relaciones que no se basaban más que en el sexo, sin embargo lo que tenía con Chloe hacía tiempo que no era «solo sexo».

Pero ella me interrumpió antes de que pudiera hablar.

—Yo nunca he hecho nada ni parecido a esto y ya no sé cómo llevarlo —me dijo y su voz iba subiendo con cada palabra—. Pero cuando estoy contigo, es como si nada más importara. Esto... Esto —continuó haciendo un gesto que nos incluía a ambos— ¡no tiene nada que ver conmigo! Es como si me convirtiera en una persona diferente cuando estoy contigo, y lo odio. No puedo hacerlo, Bennett. No me gusta la persona en la que me estoy convirtiendo. Trabajo mucho. Me importa mi trabajo. Soy inteligente. Y nada de eso importará si la gente se entera de lo que está pasando entre nosotros. Búscate a otra.

—Ya te lo he dicho, no he estado con nadie desde que empezamos con esto.

—Eso no significa que no vayas a coger una llave si te la ponen en la mano. ¿Qué habrías hecho si no hubiera aparecido?

—Devolvérsela —dije sin dudarlo.

Pero ella solo se rió; claramente no me creía.

—Mira, todo esto me tiene agotada ahora mismo. Solo quiero darme una ducha y meterme en la cama.

Era casi imposible siquiera pensar en irme de allí y dejar aquello sin resolver, pero ella ya se había apartado de mí y estaba abriendo el grifo de la ducha. Cuando fui a abrir la puerta que daba al pasillo, la miré, ya envuelta en vapor y mirando cómo me iba. Y parecía tan confusa como yo, maldita sea.

Sin pensarlo, crucé la habitación, le cogí la cara entre las manos y la acerqué a mí. Cuando nuestros labios se encontraron, ella dejó escapar un sonido estrangulado de rendición e inmediatamente hundió las manos en mi pelo. La besé con más fuerza, reclamando sus sonidos como míos, haciendo míos también sus labios y su sabor.

—Firmemos una tregua por una noche —le dije dándole tres breves besos en los labios, uno a cada lado y uno un poco más largo en el centro, en el corazón de su boca—. Dámelo todo de ti por una noche, no te guardes nada. Por favor, Chloe, te dejaré en paz después de eso, pero no te he visto durante casi dos semanas y... necesito esta noche al menos.

Ella se quedó mirándome durante varios dolorosos minutos, claramente luchando consigo misma. Y entonces, con un suave sonido de súplica, levantó los brazos y me atrajo hacia a ella, poniéndose de puntillas para acercarse tanto como fuera posible.

Mis labios eran duros e implacables pero ella no se apartó, apretando sus curvas contra mí. Yo estaba perdido para todo excepto para ella. Nos dimos un golpe con la pared, con la encimera, con la puerta de la ducha, retorciéndonos y tirando el uno del otro en nuestra desesperación. La habitación estaba totalmente llena de vapor para entonces y nada parecía real. Podía olerla, saborearla y sentirla, pero nada de eso parecía suficiente.

Nuestros besos se hicieron más profundos, nuestras caricias más salvajes. Le agarré el trasero, los muslos, subí las manos hasta sus pechos y los acaricié, necesitando notar todas y cada una de las partes de su cuerpo en mis palmas simultáneamente. Ella me empujó contra la pared y repentinamente una calidez cayó por mi hombro y por mi pecho, sacándome de mi ensoñación. Habíamos entrado en la ducha con la ropa todavía puesta. Nos estábamos empapando.

Pero no nos importó.

Sus manos me recorrían el cuerpo frenéticamente, tirando de la camisa para sacármela de los pantalones. Con las manos temblorosas me la desabrochó, arrancándome algunos botones por las prisas, antes de bajarme la tela mojada por los hombros y tirarla fuera de la ducha.

La seda húmeda de su vestido se le pegaba al cuerpo, acentuando cada curva. Le rocé la tela sobre los pechos y noté los pezones tensos debajo. Ella gimió y puso su mano sobre la mía guiando mis movimientos.

—Dime lo que quieres. —Mi voz sonaba ronca por la necesidad—. Dime qué quieres que te haga.

—No lo sé —susurró contra mi boca—. Solo quiero ver cómo te vas deshaciendo.

Quería decirle que ya podía ver eso ahora y, para ser totalmente sincero, llevaba viéndolo durante semanas, pero me faltaron las palabras al bajarle las manos por los costados y meterlas bajo el vestido. Nos estuvimos provocando con la boca el uno al otro y el sonido de la ducha ahogó nuestros gemidos. Metí las manos dentro de sus bragas y sentí el calor contra mis dedos.

Como necesitaba ver más de ella, saqué los dedos y los llevé al dobladillo de su vestido. Con un solo movimiento se lo levanté y se lo saqué por la cabeza. Me quedé helado al ver lo que había debajo. «Dios Santo.» Estaba intentado matarme.

Di un paso atrás y me apoyé contra la pared de la ducha. Ella estaba delante de mí, calada hasta los huesos, con unas bragas de encaje blanco que se ataban a ambos lados de su cadera con un lazo de seda. Tenía los pezones duros y se veían bajo el sujetador a juego y no pude evitar estirar la mano para tocarlos.

—Joder, eres tan hermosa —dije pasándole las yemas de los dedos por los pechos tensos. Un estremecimiento visible la recorrió y mi mano subió por su cuerpo, por encima de su clavícula, por el cuello y hasta su mandíbula.

Podíamos follar justo allí, húmedos y resbaladizos contra los azulejos y tal vez lo hiciéramos más adelante, pero ahora mismo quería tomarme mi tiempo. Mi corazón se aceleró al pensar que teníamos toda la noche por delante. Nada de apresurarse ni de esconderse. Nada de peleas amargas ni de culpas. Teníamos toda la noche para estar solos y me iba a pasar toda la noche con ella... en una cama.

Metí la mano por detrás de ella y cerré la ducha. Ella se apretó contra mí, acercando su cuerpo todo lo que pudo. Yo le cogí la cara y la besé profundamente, con mi lengua deslizándose contra la suya. Sus caderas se movieron contra las mías y abrí la puerta de la ducha, sin dejar de abrazarla mientras salíamos.

No podía dejar de tocarle la piel: por la espalda, sobre la suave curva al final y volviendo a subir por sus costados hasta sus pechos. Necesitaba sentir, saborear cada centímetro de su piel.

Nuestro beso no se rompió mientras salíamos del baño, tropezando torpemente mientras nos íbamos quitando con desesperación lo que nos quedaba de la ropa. Me quité de una patada los zapatos mojados mientras la llevaba hacia el dormitorio, y ella me acariciaba el estómago en busca de mi cinturón. La ayudé y pronto me liberé también de los pantalones y los bóxer. Acelerado, los aparté a un lado de una patada y aterrizaron un poco más allá en un montoncito húmedo.

Seguí la línea de sus costillas con los nudillos antes de deslizar las manos hacia el cierre de su sujetador, lo solté y prácticamente se lo arranqué del cuerpo. Acercándola a mí, gemí dentro de su boca cuando sus pezones duros rozaron mi pecho. Las puntas de su cabello húmedo me hacían cosquillas en las manos mientras se las pasaba por la espalda desnuda, y sentí electricidad contra mi piel.

La habitación estaba a oscuras, la única iluminación venía de la escasa cuña de luz que se escapaba por la puerta del baño y de la luna del cielo nocturno. La parte de atrás de sus rodillas chocó con la cama y yo me dirigí a la última prenda que quedaba entre nosotros. Mi boca subió hasta sus labios y después bajó por su cuello, por ambos pechos y por su torso. Le fui dando breves besos y mordiscos por el estómago y finalmente llegué al encaje blanco que escondía el resto de ella.

Me puse de rodillas delante de ella, levanté la vista y encontré su mirada. Tenía las manos en mi pelo y pasaba los dedos entre los mechones mojados y alborotados.

Estiré la mano y cogí el delicado lazo de seda entre los dedos, tiré y vi cómo se deshacía en su cadera. Una expresión de confusión cruzó su cara mientras yo pasaba los dedos por todo el borde de encaje hasta el otro lado y hacía lo mismo. La tela cayó de su cuerpo sin daños y ella quedó completamente desnuda delante de mí. No las había roto, pero podía estar más que segura de que tenía intención de llevarme esa preciosidad conmigo.

Ella rió; parecía que me había leído la mente.

La empujé un poco para atrás para que quedara sentada en el borde de la cama y, todavía de rodillas delante de ella, le abrí las piernas. Le acaricié la piel sedosa de las pantorrillas y le besé el interior de los muslos y entre las piernas. Su sabor invadió mi boca y se me subió a la cabeza, borrando todo lo demás. Joder, qué cosas me hacía esa mujer.

La empujé otra vez para que se tumbara sobre las sábanas y por fin me acerqué para unirme a ella, pasándole los labios y la lengua por el cuerpo, con sus manos todavía enredadas en mi pelo, guiándome hacia donde ella me necesitaba más. Le metí el pulgar en la boca porque deseaba que me lamiera algo mientras yo ponía mi boca en sus pechos, sus costillas, su mandíbula.

Sus suspiros y gemidos llenaron la habitación y se mezclaron con los míos. Era más difícil de lo que había sido nunca y solo quería enterrarme en ella una y otra vez. Alcancé su boca y le saqué mi pulgar húmedo para pasárselo por la mejilla. Entonces ella tiró de mí y cada centímetro de nuestros cuerpos desnudos quedó alineado.

Nos besamos con pasión, las manos buscando y agarrando, intentando acercarnos todo lo posible. Nuestras caderas se encontraron y mi miembro se deslizó contra su calor húmedo. Cada vez que pasaba sobre su clítoris, ella emitía un gemido. Con un leve movimiento podría estar en lo más profundo de ella.

Quería eso más que nada en el mundo, pero necesitaba oír algo de ella primero. Cuando había dicho mi nombre abajo, había provocado algo dentro de mí. No lo había comprendido del todo todavía, no sabía si significaba algo que no estaba totalmente preparado para explorar, pero sabía que necesitaba oírlo, oír que era a mí a quien quería. Necesitaba saber que, por esa noche, era mía.

—Joder, me muero por estar dentro de ti ahora mismo —le susurré al oído. Ella se quedó sin aliento pero se le escapó un profundo suspiro entre los labios—. ¿Es eso lo que tú quieres?

—Sí —lloriqueó con la voz suplicante y sus caderas se separaron de la cama buscando las mías. La punta de mi pene rozó su entrada y yo apreté la mandíbula porque quería prolongar aquello. Sus talones me recorrían las piernas arriba y abajo, hasta que al final pararon cuando me rodeó la cintura. Le cogí las dos manos y se las coloqué por encima de la cabeza a la vez que entrelazaba nuestros dedos.

—Por favor, Bennett —me suplicó—. Estoy a punto de perder la cabeza.

Bajé la cabeza de forma que nuestras frentes se tocaran y finalmente empujé para entrar en su interior.

—Oh, joder —gimió.

—Dilo otra vez. —Me estaba quedando sin aliento al empezar a moverme para entrar y salir de ella.

—Bennett... ¡joder!

Quería oírlo una y otra vez. Me puse de rodillas y empecé a empujar hacia su interior con un ritmo más constante. Teníamos las manos todavía entrelazadas.

—No voy a tener bastante de esto nunca.

Estaba cerca y necesitaba aguantar. Llevaba separado de ella demasiado tiempo y nada de lo que había en las fantasías que había tenido con ella podía compararse con aquello.

—Te quiero así todos los días —dije contra su piel húmeda—. Así y agachada sobre mi mesa. De rodillas chupándomela.

—¿Por qué? —dijo con los dientes apretados—. ¿Por qué te encanta hablarme así? Eres un capullo.

Bajé sobre ella otra vez, riéndome contra su cuello.

Nos movimos a la vez sin esfuerzo, una piel cubierta de sudor deslizándose contra otra. Con cada embestida ella elevaba las caderas para encontrarse conmigo y sus piernas, que me rodeaban la cintura, me empujaban más adentro. Estaba tan perdido en ella que pareció que se paraba el tiempo. Teníamos las manos fuertemente agarradas por encima de la cabeza y empezó a apretarme más fuerte. Ella estaba cada vez más cerca, sus gritos eran cada vez más fuertes y mi nombre no dejaba de salir de sus labios, acercándome al abismo.

—Ríndete. —Mi voz era irregular por la desesperación que sentía. Estaba muy cerca pero quería esperarla—. Suéltate, Chloe, córrete.

—Oh, Dios, Bennett —gimió—. Dime algo más. —Joder, a mi chica le ponía que le dijera guarradas—. Por favor.

—Estás tan caliente y tan húmeda. Cuando estás cerca —jadeé—, se te enrojece la piel de todo el cuerpo y tu voz se vuelve ronca. Y, joder, no hay nada más perfecto que tu cara cuando te corres.

Ella me apretó con más fuerza con las piernas y sentí que su respiración se aceleraba a la vez que se tensaba a mi alrededor.

—Esos labios tan retorcidos se abren y se ponen suaves cuando jadeas por mí y cuando me suplicas que te dé placer y, no hay nada mejor que el sonido que haces cuando por fin llegas.

Y eso fue todo lo que hizo falta. Hice las embestidas más profundas, levantándola de la cama con cada empujón. Yo ya estaba justo al borde en ese momento y cuando ella gritó mi nombre no pude contenerme más.

Ella amortiguó sus gritos contra mi cuello mientras sentía que se dejaba ir, apretándose salvajemente debajo de mí (nada en el mundo era tan bueno como aquello, dejar que la espiral fuera creciendo en nuestro interior y después se hiciera pedazos a la vez, los dos juntos) y yo también hice lo mismo.

Después acerqué mi cara a la suya y nuestras narices se tocaron. Nuestras respiraciones seguían siendo rápidas y trabajosas. Tenía la boca seca, me dolían los músculos y estaba agotado. Le solté las manos que estaba agarrando con fuerza y le froté los dedos suavemente, intentando que les volviera la circulación.

—Madre mía —dijo. Todo parecía tan diferente, pero a la vez muy poco definido. Rodé para apartarme de ella, cerré los ojos e intenté bloquear la maraña de pensamientos que tenía en la cabeza.

A mi lado, ella se estremeció.

—¿Tienes frío? —le pregunté.

—No —respondió negando con la cabeza—. Solo estoy muy abrumada.

Tiré de ella hacia mí y estiré el brazo para cubrirnos a ambos con las mantas. No quería irme, pero no sabía si estaba invitado a quedarme.

—Yo también.

El silencio cayó sobre nosotros durante varios minutos y me pregunté si se habría quedado dormida. Me moví un poco y me sorprendió oír su voz.

—No te vayas —dijo en dirección a la oscuridad. Agaché la cabeza, le di un beso en la coronilla e inhalé profundamente su olor familiar.

—No me voy a ninguna parte.

«Joder, qué bien se está así.»

Algo cálido y húmedo me envolvió mi miembro otra vez y yo gemí en voz alta. «El mejor sueño de mi vida.» La Chloe del sueño gimió y eso envió una vibración a través de mi polla y por todo mi cuerpo.

—Chloe. —Oí mi propia voz y eso me sobresaltó un poco.

Había soñado con ella cientos de veces, pero esto parecía tan real... La calidez desapareció y fruncí el ceño. «No te despiertes, Ben. No te despiertes de algo así, joder.»

—Dilo otra vez. —Una voz suave y gutural entró en mi conciencia y me obligó a abrir los ojos.

La habitación estaba a oscuras y yo estaba tumbado en una cama extraña. La calidez volvió y dirigí la mirada a mi regazo, donde una preciosa cabeza castaña se movía entre mis piernas abiertas. Volvió a meterse mi miembro en la boca.

De repente todo lo que había pasado aquella noche volvió a mí y la neblina del sueño desapareció rápidamente.

—¿Chloe?

No podía ser que tuviera tanta suerte como para que eso fuera real.

Debía haberse levantado en algún momento de la noche para apagar la luz del baño; la habitación estaba tan oscura que apenas podía distinguirla. Bajé las manos para encontrarla y mis dedos siguieron la línea de sus labios que rodeaban mi miembro.

Ella movía la cabeza arriba y abajo, con la lengua rodeándome y los dientes rozándome levemente el tronco del pene con cada movimiento. Su mano bajó hasta mis testículos y yo gemí en voz alta cuando los acarició con cuidado con su palma.

La sensación era tan intensa al darme cuenta de que mis sueños y la realidad se habían unido, que no sabía cuánto podría durar. Ella se movió un poco y su dedo acarició levemente un lugar justo debajo y un largo siseo escapó de entre mis dientes apretados. Nunca nadie me había hecho eso. Casi quería detenerla, pero la sensación era tan increíble que era incapaz de moverme.

Mientras mis ojos se iban ajustando a la oscuridad, le pasé los dedos por el pelo, la cara y la mandíbula. Ella cerró los ojos y aumentó la fuerza de la succión, acercándome más. La combinación de su boca sobre mi pene y su dedo presionando contra mí era irreal, pero la quería conmigo, su boca contra mi boca, besándome los labios mientras me hundía en ella.

Me incorporé para sentarme, la coloqué en mi regazo y rodeé mi cadera con sus piernas. Nuestros pechos desnudos se apretaron, le cogí la cara entre las manos y la miré a los ojos.

—Este ha sido el mejor despertar que he tenido en mi vida.

Ella se rió un poco y se lamió los labios, lo que los hizo brillar deliciosamente. Bajé la mano y coloqué mi miembro junto a su entrada y la levanté un poco. En un solo movimiento continuo entré profundamente dentro de ella. Ella dejó caer la frente contra mi hombro y movió las caderas hacia delante, introduciéndome más adentro.

Estar con ella en una cama era irreal. Me montaba de una forma pausada, moviéndose muy poco. Me besó cada centímetro del lado derecho del cuello, chupándomelo y tirando de mi piel. Breves sonidos marcaban cada círculo de sus caderas.

—Me gusta estar encima —jadeó—. ¿Sientes lo dentro que estás? ¿Lo sientes?

—Sí.

—¿Quieres que vaya más rápido?

Negué con la cabeza, absolutamente perdido.

—No, Dios, no.

Durante un rato permaneció haciendo círculos pequeños lentamente mientras subía y bajaba por mi cuello mordiéndome. Pero entonces se acercó más y me susurró:

—Me voy a correr, Bennett.

Y en vez de soltar una sarta de maldiciones para describir lo que me hacía oír eso, le mordí el hombro y le hice un cardenal.

Moviéndose con más fuerza ahora, empezó a hablar. Palabras que apenas podía procesar. Palabras sobre mi cuerpo dentro de ella, su necesidad por mí. Palabras sobre mi sabor y lo húmeda que estaba. Palabras sobre querer que me corriera, necesitar que me corriera.

Con cada movimiento de las caderas la presión empezó a aumentar. La agarré más fuerte, con un miedo breve a dejarle cardenales cada vez que movía las manos y aumenté la velocidad de las embestidas. Ella gimió y se retorció encima de mí y justo cuando pensé que no podría aguantar más, ella gritó mi nombre de nuevo y sentí que empezaba a estremecerse a mi alrededor. La gran intensidad de su orgasmo provocó por fin el mío, y acerqué la cara a su cuello ahogando un fuerte gemido contra su suave piel.

Ella se dejó caer contra mí y yo nos bajé a ambos hacia la cama. Estábamos sudados, jadeando y más que agotados y ella tenía una apariencia terriblemente perfecta.

La acerqué hacia mí, su espalda contra mi pecho y la rodeé con mis brazos, entrelazando mis piernas con las suyas. Ella murmuró algo que no pude distinguir, pero se durmió antes de que pudiera preguntarle.

Algo había cambiado esa noche y lo último que pensé mientras se me cerraban los ojos fue que ya habría tiempo más que suficiente para hablar al día siguiente. Pero cuando el sol de la mañana empezó a colarse por la cortina oscura, me di cuenta con una incómoda sensación de que ese día ya había llegado.

14

La conciencia apareció en el límite de mi mente abotargada por el sueño, y yo intenté apartarla a la fuerza. No quería despertarme. Estaba caliente, cómoda y satisfecha.

Vagas imágenes de mi sueño pasaron por delante de mis ojos cerrados mientras me acurrucaba en la manta más calentita y que mejor olía en la que había dormido. Y la manta se acurrucó a mi alrededor.

Algo cálido se apretó contra mí y abrí poco a poco los ojos para encontrarme con una cabeza de conocido pelo alborotado a unos centímetros de mi cara. Un centenar de imágenes me recorrieron la mente en ese preciso segundo cuando la realidad de la noche anterior cayó como un jarro de agua fría en mi cerebro.

«Madre de Dios.»

Había sido real.

Se me aceleró el corazón cuando levanté la cabeza un poco y me encontré a mi atractivo hombre enroscado alrededor de mi cuerpo. Tenía la cabeza apoyada en mi pecho, la boca perfecta un poco abierta soltando bocanadas de aire caliente sobre mis pechos desnudos. Su largo cuerpo caliente contra el mío, las piernas entrelazadas y sus fuertes brazos apretados alrededor de mi torso.

«Se había quedado.»

La intimidad de nuestra postura me golpeó con una fuerza tal que me dejó sin aliento. No es que se hubiera quedado, es que se había aferrado a mí.

Me esforcé por recuperar el aire y no entrar en pánico. Era mucho más que consciente de cada centímetro de nuestra piel en contacto. Sentí el poderoso latido de su corazón contra mi pecho. Tenía su miembro apretado contra mi muslo, semierecto durante el sueño. Me ardían los dedos por tocarle. Estaba deseando apretar mis labios contra su pelo. Era demasiado. Él era demasiado.

Algo había cambiado la noche anterior y no estaba segura de estar lista para ello. No sabía lo que entrañaría ese cambio, pero ahí estaba. En cada movimiento, cada contacto, cada palabra y cada beso habíamos estado juntos. Nadie me había hecho sentir así, como si mi cuerpo estuviera hecho para encajar con el suyo.

Había estado con otros hombres, pero con él me sentía como si me arrastrara una marea oculta, completamente incapaz de cambiar el rumbo. Cerré los ojos, intentando sofocar la sensación de pánico que estaba creciendo en mi interior. No me arrepentía de lo que había pasado. Había sido intenso —como siempre— y seguramente el mejor sexo que había tenido en mi vida. Solo necesitaba unos minutos a solas antes de poder enfrentarme a él.

Le coloqué una mano en la cabeza y la otra en la espalda y conseguí apartarle de mi cuerpo. Él empezó a revolverse y yo me quedé helada, abrazándole fuerte y deseando en silencio que volviera a dormir. Él murmuró mi nombre antes de que su respiración se volviera de nuevo regular y yo me escapé de debajo de su cuerpo.

Le observé dormir durante un momento y el pánico se redujo no supe cómo. Una vez más fui consciente de lo guapo que era. En calma por el sueño, sus facciones aparecían tranquilas y en paz, con una expresión muy diferente de la que solía tener cuando estaba cerca de mí. Un grueso rizo le caía por la frente y sentí la urgente necesidad de apartárselo de la cara. Ahí estaban las pestañas largas, los pómulos perfectos, unos labios carnosos y la barba que le cubría la mandíbula.

«Dios mío, es que es tan guapo...»

Empecé a caminar hacia el baño, pero vi mi reflejo en el espejo del tocador del dormitorio.

«Vaya. Recién follada.» Sin duda esa era la imagen que ofrecía.

Me acerqué y examiné los leves arañazos rojos que tenía por el cuello, los hombros, los pechos y el estómago. Tenía una marca pequeña de un mordisco en la parte de debajo de mi pecho izquierdo y un chupetón en el hombro. Miré hacia abajo y pasé los dedos por las marcas rojas que tenía en el interior del muslo. Se me endurecieron los pezones al recordar la sensación de su cara sin afeitar frotándose con mi piel.

Mi pelo era un desastre enredado y despeinado y me mordí el labio al recordar sus manos enredadas en él. La forma en que me había atraído primero hacia su beso y después sobre su miembro...

«Esto no me está ayudando.»

Una voz todavía pastosa por el sueño me sacó sobresaltada de mis pensamientos.

—¿Recién despierta y ya tirándote de los pelos?

Me volví y vi un destello de su cuerpo desnudo mientras se giraba bajo las sábanas y se sentaba. Dejó que le cayeran hasta las caderas, dejando su torso al descubierto. No creía que nunca pudiera cansarme de mirar —y sentir— ese pecho ancho y musculoso, los abdominales como una tabla de lavar y esa hilera de vello que llevaba hasta el miembro más glorioso que había visto en mi vida. Cuando mis ojos, al fin, llegaron a su cara fruncí el ceño al ver su sonrisa torcida.

—Te he pillado mirándote —murmuró pasándose una mano por la mandíbula.

No sabía si sonreír o si poner los ojos en blanco. Verlo desaliñado y vulnerable en ese estado a medio despertar me desorientaba. La noche anterior no nos molestamos en cerrar las pesadas cortinas y ahora el sol entraba a raudales, cegadoramente brillante al reflejarse sobre la maraña de sábanas blancas. Se le veía tan diferente... Seguía siendo el capullo de mi jefe, pero ahora también era algo más: un hombre, en mi cama, que parecía estar listo para el asalto número... ¿Cuatro? ¿Cinco? Había perdido la cuenta.

Mientras sus ojos recorrían cada centímetro de mi ser, recordé que yo también estaba completamente desnuda. En ese momento su expresión era tan intensa como su contacto. Si seguía mirándome de ese modo ¿ardería mi piel en llamas? ¿Sentiría su tacto como si sus manos me estuvieran tocando?

Intenté centrarme en algo que camuflara el hecho de que estaba catalogando mentalmente cada centímetro de su piel y me agaché para recuperar del suelo su camiseta interior blanca. Había pasado toda la noche delante del aparato de aire acondicionado y estaba un poco fría, pero por suerte estaba casi seca. Cuando introduje mi cabeza en el suave algodón, inhalé el olor a salvia de su piel y al emerger me encontré con su mirada oscura.

Sacó un poco la lengua para humedecerse los labios.

—Ven aquí —dijo en voz baja.

Me acerqué a la cama, con la intención de sentarme a su lado, pero él tiró de mí para que quedara a horcajadas sobre sus muslos y dijo:

—Dime en qué estás pensando.

¿Quería que condensara un millón de pensamientos en una sola frase? Ese hombre estaba loco.

Así que abrí la boca y solté lo primero que se me pasó por la cabeza.

—Has dicho que no has estado con nadie desde que nosotros estuvimos... juntos por primera vez. —Estaba mirando fijamente su clavícula para no tener que mirarle a los ojos—. ¿Es cierto?

Por fin levanté la vista.

Él asintió y metió los dedos por debajo de la camiseta, acariciándome lentamente desde la cadera hasta la cintura.

—¿Por qué? —le pregunté.

Él cerró los ojos y negó con la cabeza una vez.

—No he deseado a nadie más.

No sabía muy bien cómo interpretar eso. ¿Quería decir que no había conocido a nadie que deseara pero que estaba abierto a ello?

—¿Normalmente eres monógamo cuando te estás acostando con alguien?

Él se encogió de hombros.

—Si eso es lo que se espera de mí.

Bennett me besó el hombro, la clavícula y subió por mi cuello. Estiré el brazo hasta la mesita que había detrás de él, cogí la botella de agua de cortesía y le di un sorbo antes de pasársela a él. Él se la terminó en unos cuantos tragos.

—¿Tenías sed?

—Sí. Y ahora tengo hambre.

—No me sorprende, porque no hemos comido desde hace... —Me detuve cuando le vi mover ambas cejas y sonreír.

Puse los ojos en blanco, pero se me cerraron cuando él se acercó y me besó dulcemente en los labios.

—¿Y la monogamia es lo que se espera de ti aquí? —le pregunté.

—Después de lo que pasó anoche, creo que tendrías que decírmelo tú.

No sabía cómo responder a eso. Ni siquiera estaba segura de que pudiera estar con él así, mucho menos pensar en la monogamia. La sola idea de cómo iba a funcionar todo aquello hacía que la cabeza me diera vueltas. ¿Íbamos a ser... amigos? ¿Diríamos «buenos días» y lo diríamos de verdad? ¿Se iba a sentir bien criticando mi trabajo?

Extendió los dedos sobre la parte baja de mi espalda apretándome contra él y eso me apartó de mis pensamientos.

—No te quites esa camiseta nunca —susurró.

—Vale. —Me eché hacia atrás para darle un mejor acceso a mi cuello—. Voy a llevar esto y nada más a la sesión de presentación de esta mañana.

Su risa sonó grave y juguetona.

—Ni hablar de eso.

—¿Qué hora es? —pregunté intentando ver el reloj que había detrás de él.

—Me importa una mierda. —Las puntas de sus dedos encontraron mi pecho y empezaron a deslizarse de un lado a otro por la suave piel de debajo.

En el proceso de intentar apartarme un poco de él, dejé al aire su piel justo por encima de la cadera. «Pero ¿qué demonios era eso?»

¿Era un tatuaje?

—¿Qué es...? —No fui capaz de encontrar las palabras. Apartándole un poco, levanté la vista para mirarlo a los ojos antes de volver a mirar la marca. Justo debajo del hueso de la cadera tenía una línea de tinta negra con unas palabras escritas en lo que supuse que sería francés. ¿Cómo se me había podido pasar por alto eso? Recordé brevemente todas las veces que habíamos estado juntos. Siempre había sido todo muy precipitado o a oscuras o en un estado de semidesnudez.

—Es un tatuaje —dijo divertido apartándose un poco y acariciándome el ombligo.

—Ya sé que es un tatuaje, pero... ¿Qué dice?

«El señor Seriedad en los Negocios tiene un puto tatuaje.» Otro trozo del hombre que conocía que caía y se hacía pedazos.

—Dice: *«Je ne regrette rien»*.

Mis ojos se encontraron con los suyos y la sangre se me calentó al oír su voz que se disolvía en su perfecto acento francés.

—¿Qué es lo que has dicho?

Él volvió a sonreír.

—*Je ne regrette rien*.

Repitió cada palabra lentamente, poniendo énfasis en cada sílaba. Era lo más sexy que había oído en mi vida. Entre eso, el tatuaje y el hecho de que estaba completamente desnudo debajo de mí, estaba a punto de entrar en combustión espontánea.

—¿Eso no es una canción?

Él asintió.

—Sí, es una canción. —Y riendo por lo bajo prosiguió—. Puede que creas que me arrepiento de esa noche de borrachera en París, a miles de kilómetros de casa, sin un solo amigo en la ciudad, en la que decidí hacerme un tatuaje. Pero no, ni siquiera me arrepiento de eso.

—Dilo otra vez —le susurré.

Se acercó, moviendo las caderas contra las mías, el aliento cálido junto a mi oído y susurró de nuevo.

—*Je ne regrette rien*. ¿Lo entiendes?

Asentí.

—Di algo más. —Mi pecho subía y bajaba con cada respiración trabajosa y mis pezones sensibles rozaban contra el algodón de su camiseta.

Se inclinó un poco, me besó la oreja y dijo:

—*Je suis à toi*. —Su voz sonaba ahogada y grave mientras

me agarraba para acercarme y yo nos saqué a ambos de la incomodidad hundiéndole en mí con un gemido. Me encantaba la profundidad que alcanzaba en esa postura. Él susurró una sola sílaba desconocida para mí una y otra vez mientras me miraba. En vez de agarrarme las caderas, sus manos agarraban con fuerza ambos lados de la camiseta.

Era tan fácil, tan natural entre nosotros, pero de alguna forma se añadió al espacio de incomodidad que parecía no poder quitarme de encima. En vez de fijarme en eso, me centré en sus suaves gemidos dentro de mi boca, en la forma en que nos sentó a ambos repentinamente y se puso a chuparme los pechos por encima de la camiseta, dejando al descubierto la piel rosa de debajo. Me perdí en sus dedos necesitados en mis caderas y mis muslos, su frente apretada contra mi clavícula cuando se acercó aún más. Me perdí en la sensación de sus muslos debajo de mí y sus caderas moviéndose más rápido y más fuerte para venir al encuentro de todos mis movimientos.

Apartándome un poco, me puso la mano en el pecho y detuvo las caderas.

—El corazón me va a mil por hora. Dime lo bien que sienta esto.

Me relajé instintivamente cuando vi su sonrisa arrogante. ¿Es que creía que necesitaba algo para recordar quién habíamos sido menos de un día antes de aquello?

—Ya estás otra vez con eso de hablar. Para.

Ensanchó su sonrisa.

—Te encanta que te hable. Y te gusta todavía más cuando coincide con el momento en que estoy dentro de ti.

Puse los ojos en blanco.

—¿Y qué es lo que me ha delatado? ¿Los orgasmos? ¿O la forma en que te lo pido? Eres un gran detective...

Él me guiñó un ojo, me subió un pie hasta su hombro y me besó la parte interna del tobillo.

—¿Siempre has sido así? —le pregunté tirando inútilmente de su cadera. Odiaba admitirlo, pero quería que se moviera. Cuando estaba quieto me provocada, me rozaba, pero lo sentía incompleto. Cuando se movía yo solo quería más tiempo para quedarme quieta—. Me dan pena las mujeres cuyos egos desechados me han pavimentado el camino.

Bennett negó con la cabeza, inclinándose hacia mí e irguiéndose apoyado sobre las manos. Gracias a Dios empezó a moverse, con la cadera empujando hacia delante y levantándose, proyectándose muy profundamente en mi interior. Se me cerraron los ojos. Estaba tocándome el punto exacto una, otra y otra vez.

—Mírame —me susurró.

Abrí los ojos y vi el sudor en la frente y los labios abiertos mientras me miraba la boca. Los músculos de los hombros se destacaban cada vez que se movía y su torso brillaba con una fina capa de sudor. Lo observé mientras entraba y salía de mí. No estoy segura de lo que dije cuando casi salió del todo y después entro con más fuerza, pero lo dije en voz baja; era algo sucio y lo olvidé instantáneamente cuando me embistió de nuevo.

—Tú me haces sentir arrogante. Es la forma en que reaccionas ante mí lo que me hace sentir como un puto dios. ¿Cómo puedes no darte cuenta de eso?

No respondí pero él claramente no esperaba que lo hiciera porque su mirada y los dedos de una de sus manos bajaban por mi cuello y por mis pechos. Encontró un lugar particularmente sensible y yo solté una exclamación ahogada.

—Parece que alguien te ha mordido aquí —dijo pasando el pulgar por la marca de sus dientes—. ¿Te ha gustado?

Tragué y empujé contra él.

—Sí.

—Chica pervertida.

Le pasé las manos por los hombros y por el pecho, después los abdominales y los músculos de las caderas y rocé una y otra vez con el pulgar su tatuaje.

—También me gusta esto.

Sus movimientos se hicieron irregulares y forzados.

—Oh, joder, Chloe... No puedo... No puedo aguantar más. —Oír su voz tan desesperada y fuera de control solo intensificó mi necesidad de él.

Cerré los ojos y me centré en la deliciosa sensación que empezaba a extenderse por mi cuerpo. Estaba tan cerca, justo al borde. Metí la mano entre los dos y mis dedos encontraron el clítoris y empecé a frotármelo lentamente.

Él inclinó la cabeza, miró mi mano y exclamó:

—Oh, joder. —Su voz sonaba desesperada y su respiración ya no era más que una sucesión de jadeos profundos—. Tócate así, justo así. Deja que te vea. —Sus palabras eran todo lo que necesitaba y con un último contacto de los dedos, sentí que el orgasmo me embargaba.

El orgasmo fue intenso. Me apreté contra él y las uñas de mi mano libre se clavaron en su espalda. Él gritó y su cuerpo se estremeció cuando se corrió en mi interior. Todo mi cuerpo se sacudió con las consecuencias del orgasmo y me recorrieron unos leves temblores cuando fue desapareciendo. Me aferré a él, que se quedó quieto y su cuerpo se hundió contra el mío. Me besó el hombro y el cuello antes de darme un beso en los labios. Nuestros ojos se encontraron brevemente y después se apartó de mí.

—Dios, mujer —dijo con un profundo suspiro y forzando una risa—. Me vas a matar.

Ambos rodamos para ponernos de costado al unísono, con las cabezas en nuestras almohadas. Cuando nuestras miradas se encontraron yo no fui capaz de apartarla. Ya había perdido cualquier esperanza que hubiera tenido de que la vez siguiente fuera menos intensa o de que nuestra conexión se fuera de alguna forma fundiendo si conseguíamos sacar todo aquello de nuestros sistemas. Esa noche de «tregua» no iba a atenuar nada. Yo ya quería acercarme, besarle la mandíbula sin afeitar y volver a tirar de él hacia mí. Mientras le miraba me quedó claro que cuando esto acabara iba a doler una barbaridad.

El miedo atenazó mi corazón y el pánico de la noche anterior volvió, trayendo consigo un silencio incómodo. Me senté y me tapé con las sábanas hasta la barbilla.

—Oh, mierda.

Su mano salió y me agarró por el brazo.

—Chloe, no puedo...

—Probablemente deberíamos ir preparándonos —le interrumpí antes de que acabara esa frase. Podía ser el principio de mil formas de romperme el corazón—. Tenemos que asistir a una presentación dentro de veinte minutos.

Él pareció confuso durante un momento antes de hablar.

—La ropa que tengo aquí no está seca. Y ni siquiera sé dónde está mi habitación.

Intenté no ruborizarme al recordar lo rápido que había pasado todo la noche anterior.

—Vale. Me llevaré tu llave y te traeré algo.

Me duché rápido y me envolví en una gruesa toalla deseando haber tenido el buen juicio de traer uno de los albornoces del hotel al baño conmigo. Inspiré hondo, abrí la puerta y salí.

Él estaba sentado en la cama y levantó la vista para mirarme cuando entré en la habitación.

—Es que necesito... —Empecé a decir señalando mi maleta. Él asintió pero no hizo ademán de hablar. Nunca había tenido vergüenza de mi cuerpo. Pero estar allí de pie, sin nada más que una toalla, sabiendo que él me estaba mirando, me hizo sentir inusualmente tímida.

Cogí unas cuantas cosas y eché a correr al pasar a su lado, sin pararme hasta que estuve de nuevo en la seguridad del baño. Me vestí más rápido de lo que creía posible y decidí que me iba a recoger el pelo y ya terminaría con el resto después. Cogí las tarjetas-llave de la encimera y volví al dormitorio.

Él no se había movido. Sentado en el borde de la cama con los codos apoyados en los muslos, parecía perdido en sus pensamientos. ¿En qué estaría pensando? Toda la mañana yo había sido un manojo de nervios, con mis emociones pasando de un extremo a otro sin parar, pero él parecía tan tranquilo. Tan seguro. Pero ¿de qué estaba seguro? ¿Qué había decidido?

—¿Quieres que te traiga algo en concreto?

Cuando levantó la mirada, pareció algo sorprendido, como si no lo hubiera pensado.

—Eh... Solo tengo unas pocas reuniones esta tarde, ¿no? —Yo asentí—. Cualquier cosa que me traigas estará bien.

Solo necesité un segundo para localizar su habitación; era justo la siguiente puerta. Genial. Ahora podría imaginármelo en una cama justo a otro lado de la pared donde estaba la mía. Sus maletas estaban allí y yo hice una breve pausa al darme cuenta de que iba a tener que rebuscar entre sus cosas.

Levanté la maleta más grande y la coloqué sobre la cama para abrirla. Su olor me provocó una fuerte oleada de deseo. Empecé a buscar entre la ropa muy bien colocada.

Todo en él era tan ordenado y organizado que me hizo preguntarme cómo sería su casa. No lo había pensado mucho, pero de repente me pregunté si algún día la vería, si llegaría a ver su cama.

Me di cuenta de que quería. ¿Querría él que fuera allí?

Me di cuenta de que me estaba entreteniendo y seguí buscando entre su ropa hasta que por fin localicé un traje de color carbón de Helmut Lang, una camisa blanca, una corbata negra de seda, bóxer, calcetines y zapatos.

Volví a colocar todo donde estaba, cogí la ropa y me dirigí a mi habitación. Cuando salí del pasillo, no pude reprimir una risa nerviosa ante lo absurdo de la situación. Por suerte, logré recomponerme cuando llegué a mi puerta. Di dos pasos en el interior antes de quedarme helada.

Estaba de pie delante de la ventana abierta, rodeado de la luz del sol. Cada una de las atractivas líneas de su cuerpo cincelado se veía acentuada con todos sus perfectos detalles por las sombras que se proyectaban en su cuerpo. Tenía una toalla colgada en un lugar indecentemente bajo de la cadera y allí, asomando justo por encima de la toalla, estaba el tatuaje.

—¿Has visto algo que te gusta?

Volví, a regañadientes, a mirarle a la cara.

—Yo...

Mi mirada bajó a su cadera como atraída por un imán.

—Te he preguntado si has visto algo que te gusta. —Cruzó la habitación y se detuvo justo delante de mí.

—Te he oído —dije mirándolo fijamente—. Y no, solo estaba perdida en mis pensamientos.

—¿Y en qué estabas pensando exactamente? —Él estiró la mano y me colocó un mechón de pelo húmedo tras la oreja. Ese simple contacto hizo que me diera un vuelco el estómago.

—Que tenemos una agenda que cumplir.

Él dio un paso para acercarse.

—¿Y por qué no te creo?

—¿Porque te lo tienes demasiado creído? —le sugerí mirándolo a los ojos.

Él enarcó una ceja y me miró durante un momento antes de cogerme la ropa de las manos y colocarla sobre la cama. Antes de que pudiera moverme, él se quitó la toalla de la cadera y la tiró a un lado. «Santa madre de Dios.» Si había un espécimen de hombre más atractivo sobre la tierra, yo pagaría un buen dinero por verlo.

Cogió sus calzoncillos y empezó a ponérselos antes de detenerse para mirarme.

—¿No acabas de decir que tenemos un agenda que cumplir? —me preguntó mirándome divertido—. A menos claro, que hayas visto algo que te gusta.

«Hijo de...»

Entorné los ojos y me giré rápidamente para volver al baño a acabar de arreglarme. Mientras me secaba el pelo no pude superar la incómoda sensación de que me estaba intentando decir algo más importante que: «Mírame el cuerpo desnudo un rato más».

Antes incluso de poder desentrañar mis propias emociones, ya estaba intentando adivinar las suyas. ¿Me preocupaba que quisiera irse o quedarse?

Cuando acabé, él ya estaba vestido y esperando, mirando por la enorme ventana. Se volvió, caminó hacia mí y me puso las cálidas manos en la cara, mirándome con intensidad.

—Necesito que me escuches.

Tragué saliva.

—Vale.

—No quiero salir por esa puerta y perder lo que hemos encontrado en esta habitación.

Sus palabras me estremecieron. No se estaba declarando, no me estaba prometiendo nada, pero había dicho exactamente lo que necesitaba oír. Quizá ninguno de los dos supiera qué estaba pasando, pero no lo íbamos a dejar inacabado.

Exhalé temblorosa y le puse las manos en el pecho.

—Ni yo, pero tampoco quiero que tú carrera se trague la mía.

—Yo tampoco quiero eso.

Asentí pese a que esas palabras enmarañaban aún más mis sentimientos. Fui incapaz de encontrar algo que añadir.

—Está bien —dijo mirándome de arriba abajo—. Vámonos entonces.

15

El tema del congreso ese año era «La siguiente generación de estrategias de marketing» y, como forma de introducir a la nueva generación, los organizadores habían programado una sesión de presentación para todos los alumnos del máster de Chloe. La mayoría de los alumnos de su programa de estudios estaban allí, de pie, muy erguidos y nerviosos al lado de sus paneles explicativos. De hecho, hacer una presentación en ese congreso era un requisito imprescindible de las prácticas del máster de Chloe, pero ella había pedido que hicieran una excepción en su caso dado el tamaño y la naturaleza confidencial de la cuenta Papadakis, su proyecto principal. Ningún otro alumno estaba gestionando una cuenta de un millón de dólares.

La junta de la beca se había mostrado encantada de hacer la excepción e incluso estuvieron a punto de babear ante la expectativa de poder poner la historia de éxito de Chloe en el folleto del programa una vez que se completara su diseño, se firmara y se divulgara públicamente.

Pero aunque ella no tenía que hacer una presentación, insistió en recorrer todos los pasillos y examinar todos los paneles. Teniendo en cuenta que aparentemente yo no podía apartarme más de un metro de ella y que no tenía ninguna reunión hasta las diez, la seguí todo el tiempo, contando los paneles (576) y mirándole el trasero (respingón, divertido para darle unos azotes y ahora mismo envuelto en lana negra).

Ella había mencionado en el ascensor que su mejor amiga, Julia, le había proporcionado la mayoría de ese armario que yo amaba y odiaba a la vez. La selección de esa mañana, una falda lápiz ajustada y una blusa de color azul oscuro, ahora también estaba en mi lista. Intenté convencer a Chloe un par de veces de que teníamos que volver a la habitación a buscar algo, pero ella solo enarcó una ceja y me preguntó:

—¿A buscar algo o en busca de «algo»?

La ignoré, pero ahora deseaba haber admitido que necesitaba otro asalto antes de empezar con el congreso. Me pregunté si habría accedido.

—¿Habrías vuelto a la habitación conmigo? —le pregunté al oído mientras ella leía atentamente el panel de un alumno sobre una idea para el proceso de renovación de marca de una pequeña compañía de teléfonos móviles. Los gráficos estaban pegados con celo al panel, por Dios.

—Chis.

—Chloe, no vas a aprender nada de esta presentación. Vamos a tomarnos un café y tal vez también hacerme una mamada en el baño.

—Tu padre me dijo una vez que era imposible predecir de dónde iban a venir las mejores ideas y que leyera todo lo que encontrara. Además, son mis compañeros del máster.

Esperé, jugueteando con un gemelo, pero ella aparentemente no iba a hablar de la última parte de lo que yo había dicho.

—Mi padre no tiene ni idea de lo que habla.

Ella se rió muy apropiadamente. Papá había estado en lo más alto de todas las listas de los veinticinco mejores consejeros delegados prácticamente desde que nació.

—No tienes que chupármela. Puedo follarte contra la pared —le susurré carraspeando y mirando alrededor para asegurarme de que nadie estaba lo bastante cerca para oírme—. O podría tumbarte en el suelo, abrirte de piernas y hacer que te corras con la lengua.

Ella se estremeció, le sonrió al alumno que había cerca de la siguiente presentación y se acercó para leerla. El hombre extendió la mano hacia mí.

—Discúlpeme, ¿es usted Bennett Ryan?

Asentí, distraído, mientras le estrechaba la mano y vi que Chloe se alejaba un poco.

El pasillo estaba prácticamente desierto excepto por los alumnos que había cerca de los paneles. E incluso ellos habían empezado acercarse a zonas más interesantes, donde las empresas más grandes —patrocinadoras del congreso principalmente— habían montado expositores brillantes y llenos de marcas comerciales con la intención de animar un poco la sesión inaugural del congreso dedicada a los alumnos. Chloe se inclinó y escribió algo en su cuaderno: «¿Renovación de marca para Jenkins Financial?».

Le miré la mano y después la cara, concentrada con una expresión pensativa. La cuenta de Jenkins Financial no era una de las suyas. Ni siquiera era una que llevara yo. Era una cuenta pequeña, ocasionalmente gestionada por algún ejecutivo junior algo lerdo. ¿De verdad sabía cuánto costaba gestionar una enorme campaña de marketing como la que teníamos?

Antes de que pudiera preguntarle, ella se volvió y pasó a la siguiente presentación y yo me quedé embelesado viendo a Chloe trabajar. Nunca me había permitido observarla tan abiertamente; la vigilancia subrepticia que había llevado a cabo hasta el momento solo me había revelado que era brillante y decidida, pero nunca me había dado cuenta de la amplitud de su conocimiento de la empresa.

Quería felicitarla de alguna forma, pero las palabras se confundieron en mi cabeza y un extraño sentimiento defensivo apareció en mi pecho, como si alabarla a ella rompiera de alguna forma la estrategia.

—Tu caligrafía ha mejorado.

Ella me sonrió pulsando el botón del extremo del bolígrafo.

—Que te den.

Una erección se me despertó en los pantalones.

—Estás haciéndome perder el tiempo aquí.

—Entonces ¿por qué no vas a saludar a unos cuantos ejecutivos en la sala de recepciones? Están desayunando allí. Y tienen esas pequeñas magdalenas de chocolate que finges que no te gustan.

—Porque no me apetece comer precisamente eso.

Una sonrisita apareció en sus labios. Ella me miró a la cara cuando otra alumna se me presentó.

—He seguido su carrera desde que puedo recordar —dijo la mujer casi sin aliento—. Lo oí hablar aquí el año pasado.

Sonreí y le estreché la mano todo lo brevemente que pude, lo justo para no parecer maleducado.

—Gracias por saludarme.

Llegamos al final del pasillo y le agarré el codo a Chloe.

—Todavía falta una hora para mi reunión. ¿Eres consciente de lo que me estás haciendo?

Por fin me miró. Tenía las pupilas tan dilatadas que parecía que tenía los ojos negros y se humedeció los labios antes de hacer un mohín decadente.

—Supongo que tendrás que llevarme arriba para demostrármelo.

Chloe todavía estaba buscando unas bragas nuevas cuando yo ya llegaba cinco minutos tarde a mi reunión de la una. Era con Ed Gugliotti, un ejecutivo de marketing de una empresa pequeña de Minneapolis. Utilizábamos normalmente la empresa de Ed para subcontratar proyectos pequeños, pero ahora teníamos un proyecto algo más importante que estábamos pensando en pasarle a ver qué tal lo gestionaban. Cuando me subía la cremallera de los pantalones, me acordé de que Ed siempre llegaba patológicamente tarde.

Pero esta vez no. Ya me estaba esperando en una de las salas de reuniones del hotel, con dos de sus ejecutivos junior sentados a su lado con sonrisas ansiosas.

Odiaba llegar tarde.

—Ed —le dije a la vez que le saludaba con un apretón de manos. Él me presentó a su equipo, Daniel y Sam. Ambos me estrecharon la mano, pero cuando llegué a Sam, él tenía su atención fija detrás de mí, en la puerta.

Chloe acababa de entrar con el pelo suelto ahora, y se la veía salvajemente hermosa pero muy profesional, ocultando milagrosamente el hecho de que acababa de llegar al orgasmo con un grito, sobre la mesa de su habitación de hotel.

Gugliotti y sus chicos la observaron en un silencio embelesado mientras se acercaba, traía una silla, se sentaba a mi lado y se volvía para sonreírme. Tenía los labios rojos e hinchados y una leve marca roja estaba apareciendo en su mandíbula, una marca del roce de la barba.

«Perfecto.»

Carraspeé para que todo el mundo volviera a mirarme.

—Empecemos.

Era una reunión sencilla, algo que había hecho miles de veces. Describí la cuenta en términos muy generales y no confidenciales y por supuesto Gugliotti me dijo que creía que su equipo podría encontrar algo asombroso. Después de conocer a los hombres que le asignaría, accedí. Planeamos hacer otra reunión al día siguiente, cuando les presentaría la cuenta en su totalidad y se la encargaría oficialmente. La reunión se había acabado en menos de quince minutos, lo que me daba tiempo antes de la de las dos. Miré a Chloe y levanté una ceja en una pregunta silenciosa.

—Comida —dijo con una risa—. Comamos algo.

El resto de la tarde fue productivo, pero estuve todo el rato con el piloto automático; si alguien me hubiera pedido detalles específicos sobre las reuniones, me habría costado mucho recordarlos. Gracias a Dios por Chloe y su forma obsesiva de tomar notas. Se me acercaron muchos colegas, sin duda estreché como cien manos durante la tarde, pero el único contacto que recordaba era el suyo.

No dejaba de distraerme con ella y lo que me molestaba era que aquí era diferente. Era trabajo, pero era un mundo completamente nuevo, uno en el que podía fingir que nuestras circunstancias eran las que nosotros quisiéramos que fueran. La necesidad de estar cerca de ella era incluso mayor de la que sentía cuando mantenía las distancias. Volví a mirar al orador estrella de la noche que estaba en la tarima e intenté sin éxito una vez más dirigir mis pensamientos a algo productivo. Estaba sentado cerca, porque había dado la charla principal allí mismo el año pasado, pero de todas formas no conseguía encontrar la forma de conectar con aquella.

Vi por el rabillo del ojo que ella se removía e instintivamente miré al otro lado de la mesa en donde estaba. Cuando nuestras miradas se encontraron, todos los demás sonidos se mezclaron, flotando a mi alrededor pero sin llegar a entrar en mi conciencia.

Pensé en esa mañana y lo evidente que me había resultado su pánico. Por el contrario yo me sentía extrañamente tranquilo, como si todo lo que habíamos hecho nos hubiera llevado a ese preciso momento en el que ambos habíamos visto lo fácil que podría ser.

Un teléfono que sonó en algún lugar detrás de mí me sacó de mi trance y aparté la mirada. Me acomodé de nuevo en la silla y me quedé asombrado de cuánto había llegado a inclinarme sobre la mesa. Miré a mi alrededor y me quedé helado cuando una mirada desconocida se encontró con la mía.

Aquel extraño no tenía ni idea de quiénes éramos ni de que Chloe trabajaba para mí; solo nos miró a los dos y apartó la mirada rápidamente. Pero en ese momento toda la culpa que había estado reprimiendo cayó sobre mí. Todo el mundo sabía quién era yo, nadie allí la conocía a ella, y si alguna vez se sabía que estábamos liados, el juicio de toda la comunidad la iba a perseguir durante el resto de su carrera.

Una rápida mirada a Chloe me dejó claro que ella podía ver el pánico escrito en mi cara. Me pasé el resto de la charla mirando hacia delante y sin volver a atreverme a mirarla.

—¿Estás bien? —me preguntó en el ascensor, rompiendo el espeso silencio que nos había acompañado durante catorce pisos.

—Sí, Es que... —Me rasqué la nuca y evité su mirada—. Solo estaba pensando.

—Voy a salir con unas amigas esta noche.

—Me parece una buena idea.

—Tú tienes una cena con Stevenson y Newberry a las siete. Creo que han quedado contigo en un sitio de sushi que te gusta, en el barrio de Gaslamp.

—Lo sé —le dije relajándome porque habíamos entrado en los habituales detalles de trabajo—. Repíteme cómo se llama su asistente. Ella siempre viene.

—Andrew.

La miré confuso.

—Suena un poco más masculino de lo que esperaba.

—Tiene un nuevo asistente.

«¿Cómo demonios sabía ella eso?»

Ella sonrió.

—Estaba sentado a mi lado en la charla y me preguntó si iba a asistir a la cena de esta noche.

Me pregunté si ese sería el par de ojos desconocidos que me habían pillado mirando a Chloe y se habían preguntado por la forma en que yo la miraba. Tartamudeé un poco antes de que ella me interrumpiera.

—Le he dicho que tenía otros planes.

La incomodidad volvió. Quería que estuviera conmigo esa noche, y ella pronto ya no estaría de prácticas conmigo. ¿Podría ser su amante entonces? ¿Podría ser todavía su jefe ahora?

—¿Querías venir?

Ella negó con la cabeza mirando hacia las puertas cuando llegamos al piso treinta.

—Creo que debería dedicarme a mis propios asuntos.

El breve viaje de vuelta desde el restaurante fue silencioso y solitario, con la única compañía de mis pensamientos confusos. Crucé el gran vestíbulo del hotel hasta el ascensor y fui como un robot hasta la habitación de Chloe antes de recordar que no me iba a quedar con ella. No recordaba cuál era la mía e intenté tres habitaciones de la planta antes de rendirme y preguntar en recepción. Cuando volví me di cuenta de que mi habitación estaba justo al lado de la suya.

Era una imagen gemela de su habitación, pero completamente diferente de formas que no eran evidentes. Esa ducha no había dejado correr nuestros fingimientos la noche anterior; no habíamos dormido juntos, acurrucados el uno contra el otro, en esta cama. Esas paredes no estaban llenas de los sonidos de los orgasmos que había tenido debajo de mi cuerpo. Esa mesa no se había roto por un polvo rápido a última hora de la mañana.

Miré el teléfono y vi que tenía dos llamadas perdidas de mi hermano. «Genial.» Normalmente ya habría hablado con mi padre y mi hermano varias veces, para hablarles de las reuniones y los potenciales clientes que había conocido. Pero hasta ahora no había hablado con ninguno de los dos ni una vez. Tenía miedo de que pudieran ver a través de mí y saber que no tenía la cabeza puesta totalmente en esto esta semana.

Eran más de las once y me pregunté si estaría todavía con sus amigas o ya habría vuelto. Tal vez estaba tumbada en la cama, despierta, obsesionándose por las mismas cosas que yo. Sin pensar, cogí el teléfono y marqué el número de su habitación. Sonó cuatro veces antes de que un contestador automático respondiera. Colgué y la llamé al móvil.

Respondió al primer tono.

—¿Señor Ryan?

Hice una mueca. Estaba con los otros alumnos; no me iba a llamar Bennett en esa situación.

—Hola. Yo... solo quería asegurarme de que tenías algún medio de transporte para volver a hotel.

Su risa me llegó a través de la línea, amortiguada por el sonido de las voces y el latido de la música muy alta a su alrededor.

—Hay como unos setenta taxis esperando fuera. Cogeré uno cuando acabemos aquí.

—¿Y cuándo será eso?

—Cuando Melissa se acabe esta copa y probablemente nos tomemos otra más. Y cuando Kim decida que ya está harta de bailar con todos los tíos guarros y mujeriegos que hay aquí. Supongo que volveré en algún momento entre ahora y mañana por la mañana antes de las ocho.

—¿Pretendes ser graciosa? —le pregunté mientras sentía que una sonrisa aparecía en mi cara.

—Sí.

—Bien —dije exhalando con fuerza—. Mándame un mensaje cuando llegues sana y salva.

Permaneció en silencio un momento y después dijo:

—Lo haré.

Colgué, dejé caer el teléfono a mi lado en la cama y me quedé mirando al suelo durante una hora probablemente. Ni siquiera sabía qué hacer conmigo mismo.

Finalmente me levanté y volví abajo.

Todavía estaba en el vestíbulo cuando ella volvió a las dos de la mañana, con las mejillas enrojecidas y la sonrisa en la cara mientras metía el teléfono en su bolso. Mi móvil sonó y lo miré.

Ya he vuelto sana y salva.

La vi pasar delante del mostrador de recepción y dirigirse directamente hacia donde yo estaba, sentado cerca de los ascensores. Se paró cuando me vio, con los ojos vidriosos y el traje arrugado. Estoy seguro de que mi pelo era un completo desastre porque había estado muy preocupado. De repente no tenía ni idea de qué hacía allí esperándola como un marido ansioso. Solo sabía que yo no podía ser el que decidiera que no funcionaría, porque, en el fondo, quería hacer que funcionara.

—¿Bennett? —dijo mirando a su amiga, que se despidió con la mano y se dirigió al ascensor. No me importaba una mierda lo que estuviera pensando su amiga, pero pude sentir su mirada fija en nosotros hasta que llegó el ascensor.

Chloe llevaba un diminuto vestido negro y tacones, y yo quise hacer una petición para que ese atuendo se convirtiera en su uniforme hasta que acabara su período de prácticas. Unas tiras muy finas se cruzaban desde sus dedos con las uñas pintadas de rosa hasta sus espinillas. Quería quitarle ese vestido de su cuerpo y follármela allí mismo en el sofá, agarrándome a esos tacones para guardar el equilibrio.

—Hola —murmuré hipnotizado por la gran cantidad de pierna desnuda que tenía delante de mí.

Ella se acercó y se paró solo a unos centímetros de mí.

—¿Qué haces aquí abajo?

—Esperar.

Me esforcé por ocultar cuánto me afectaba ella, cómo mis pensamientos actuales apenas podían separarse de la fantasía de tener mis manos entre su pelo, de la forma en que podía cubrirle los pequeños pezones rosas totalmente con mi pulgar o de cómo su clítoris era la parte más suave de cualquier cuerpo que hubiera tocado nunca. Quería saborearla de los dedos de los pies a los lóbulos de las orejas, contándole en el proceso todos los pensamientos que me surgieran.

—¿Estás borracho?

Negué con la cabeza. «No de la forma que tú crees.»

—Alguien se fijó en que te miraba antes.

—Lo sé. —Ella acercó la mano y me pasó los dedos por el pelo—. Vi tu cara durante la charla.

—Me entró el pánico.

Chloe no respondió; solo se rió con un sonido suave y ronco.

—No me preocupo por mí, sino por ti.

La oí inhalar bruscamente y sentí que sus dedos me tiraban del pelo. Cuando la miré a la cara, parecía desconcertada.

¿Cómo podía no saber lo encaprichado que estaba a esas alturas? Estaba seguro de que podía verlo cada vez que la miraba. Como siempre, quería agarrarle el trasero y darle un azote cada vez que hiciera cualquier ruido. Tirarle del pelo cuando me corriera. Darle otro mordisco en el pecho. Rozarle con los dientes toda la espalda. Darle un pellizco en la parte de atrás del muslo y después calmarle el dolor con la más suave de las caricias.

Pero también quería verla dormir, y despertarse y mirarme y deducir sus sentimientos por sus reacciones espontáneas.

Estaba empezando a darme cuenta que no era solo sexo y que no estaba logrando sacarla de mi sistema. El sexo era la ruta más rápida para la clase de posesión que necesitaba. Pero me estaba enamorando de ella, demasiado rápida e intensamente como para encontrar algo a lo que agarrarme por si acaso.

Y era aterrador.

Decidí decirle la verdad.

—Necesito otra noche.

Ella inspiró hondo y me miró, y solo cuando lo hizo se me ocurrió que ella podía estar sintiendo algo muy diferente a lo que sentía yo.

—Dime que no si no quieres. Es que... —Me pasé una mano por el pelo y levanté la vista para mirarla—. Es que me gustaría mucho estar contigo otra vez esta noche.

—Ansioso, ¿eh?

—No te haces una idea.

Arriba, en su habitación, entre las sábanas y enredado a su cuerpo tenso y dulce que me rodeaba y me apretaba, todo lo demás desapareció a mi alrededor. Su olor y sus sonidos me nublaban el cerebro y hacían que mis embestidas fueran fuertes y erráticas. Ella estaba empapada, toda ella: su piel por fuera y su carne por dentro, toda resbaladiza y atrayéndome más adentro. Tenía las piernas abrazadas a mi cadera y me obligó a ponerme boca arriba con una risa, montándome con la espalda arqueada y la cabeza caída hacia atrás, los dedos hundidos en mi abdomen para sujetarse a mí. Su piel brillaba y me senté debajo de ella porque necesitaba sentir cómo se deslizaba su pecho contra el mío cuando se movía y se restregaba contra mí. Volví a ponerme encima, abalanzándome sobre ella una vez más, esta vez con sus piernas en mis hombros y la boca temblando mientras luchaba por encontrar algo que decir.

Me clavó las uñas en la espalda y yo solté el aire entre los dientes apretados mientras le decía «sí» y «más» porque quería que me marcara que me dejara algo que siguiera estando allí al día siguiente.

Ella se corrió una vez y luego otra y después otra más y yo la tiré del pelo, que tenía alborotado e indómito. Caí sobre ella, enganchando palabras de forma incoherente cuando me corrí, intentando decirle lo que los dos ya sabíamos: que todo lo que pasara fuera de esa habitación era irrelevante.

16

Volvimos lentamente de la dimensión en la que estuviéramos, con las extremidades enredadas en las sábanas, y hablamos durante horas sobre nuestro día, sobre la reunión con Gugliotti, sobre la cena y la noche con mis amigas. Hablamos de la mesa que habíamos roto y de que solo llevaba ropa interior para una semana, así que no podía romperme más.

Hablamos de todo excepto de la confusión que yo sentía en lo más profundo de mi corazón.

Le pasé un dedo por el pecho y él me detuvo con su mano y se lo llevó a los labios.

—Es agradable hablar contigo —dijo.

Reí y le aparté el pelo de la frente.

—Hablas conmigo todos los días. Y cuando digo hablar quiero decir gritar. Chillar. Dar portazos. Hacer muecas.

Me fue dibujando espirales sobre el estómago con los dedos para distraerme.

—Ya sabes lo que quiero decir.

Lo sabía. Sabía exactamente lo que quería decir y quería encontrar una forma de alargar aquel momento, justo así cómo estábamos, hasta la eternidad.

—Cuéntame algo entonces.

Él me miró a la cara, sonriendo un poco nervioso.

—¿Qué quieres saber?

—¿La verdad? Creo que quiero saberlo todo. Pero empecemos por algo sencillo. Hazme el historial de las mujeres de Bennett.

Se pasó un largo dedo por la frente.

—Algo sencillo —repitió con una risa—. Yaaaa. —Carraspeó y después me miró—. Unas cuantas en el instituto, unas cuantas en la universidad, unas cuantas en el máster. Unas cuantas después de eso. Y después una relación estable cuando viví en Francia.

—¿Detalles? —Enredé un mechón de pelo alrededor del dedo, esperando que eso no fuera presionarlo mucho.

Pero para mi sorpresa me respondió sin vacilar.

—Se llamaba Silvie. Era abogada en un pequeño bufete de París. Estuvimos juntos tres años y rompimos unos meses antes de que volviera a casa.

—¿Por eso decidiste volver?

Elevó la comisura de la boca en una sonrisa.

—No.

—¿Te rompió el corazón?

Su sonrisa se convirtió en una sonrisita burlona dirigida a mí.

—No, Chloe.

—¿Le rompiste tú el suyo? —¿Por qué le estaba preguntando aquello? ¿Es que quería que me dijera que sí? Sabía que era capaz de romperle el corazón a alguien. Y estaba bastante segura de que acabaría rompiéndome el mío.

Él se acercó para besarme, atrapándome el labio inferior antes de susurrarme.

—No. Ambos pensamos que aquello ya no funcionaba. Mi vida sentimental ha estado totalmente exenta de dramas. Hasta que llegaste tú.

Reí.

—Me alegro de haber cambiado el patrón.

Sentí su risa en las vibraciones que recorrieron mi piel y él me besó el cuello.

—Vaya que si lo has hecho. —Sus largos dedos bajaron hasta mi estómago, mis caderas y finalmente entre mis piernas—. Tu turno.

—¿De tener un orgasmo? Sí, por favor.

Él rodeó perezosamente con un dedo mi clítoris antes de deslizarlo en mi interior. Conocía mi cuerpo mejor que yo. ¿Cuándo había ocurrido eso?

—No —murmuró—. Tu turno de contar tu historial.

—No puedo pensar en nada cuando estás haciendo eso.

Con un beso en el hombro apartó la mano y la puso sobre mi estómago, volviendo a describir círculos.

Hice un mohín pero él lo ignoró y se puso a observar los dedos que tenía sobre mi cuerpo.

—Dios, ha habido tantos hombres... No sé por dónde empezar.

—Chloe... —dijo en tono de advertencia.

—Un par en el instituto, uno en la universidad.

—¿Solo has tenido relaciones sexuales con tres hombres? Me aparté para mirarlo.

—Einstein, he tenido relaciones con «cuatro» hombres.

Una sonrisa satisfecha apareció en su cara.

—Cierto. ¿Y soy el mejor por un margen vergonzosamente grande?

—¿Lo soy yo?

Su sonrisa desapareció y parpadeó sorprendido.

—Sí.

Era sincero. Y eso hizo que algo dentro de mí se derritiera hasta producirme un breve ronroneo cálido. Extendí la mano para cogerle la barbilla intentando ocultar lo que esa información me estaba haciendo.

—Bien.

Le besé el hombro y gemí contenta. Me encantaba su sabor y oler ese aroma a salvia y a limpio. Metí los dedos entre su pelo y tiré hacia atrás para poder morderle la mandíbula, el cuello y los hombros. Él se quedó muy quieto, un poco incorporado por encima de mí y sin devolverme los besos.

¿Qué demonios...?

Inhaló para hablar y después cerró la boca de nuevo. No sé cómo, pero logré apartar la boca de él lo justo para pronunciar:

—¿Qué?

—Me acabo de dar cuenta de que crees que soy un mujeriego empedernido, pero me importa.

—¿Qué te importa?

—Quiero oírtelo decir.

Lo miré y él me devolvió la mirada y sus iris empezaron a tornarse de ese tono verde tirando a castaño que sabía que se le ponía cuando se enfadaba. Revisé mentalmente los últimos minutos intentando entender de qué estaba hablando.

Oh.

—Oh, sí.

Juntó las cejas.

—¿Sí qué, señorita Mills?

El calor me llenó. Su voz sonó diferente al decir eso. Brusca. Exigente. Y tremendamente sexy.

—Sí, tú eres el mejor por un margen vergonzosamente grande.

—Eso está mejor.

—Al menos hasta ahora.

Él rodó para ponerse encima de mí, me agarró las muñecas y me las sujetó por encima de la cabeza.

—No me provoques.

—¿Que no te provoque? Por favor... —le dije casi sin aliento. Su miembro estaba apretado contra la parte interior de mi muslo. Lo quería más arriba, empujando hacia mi interior—. Provocarnos es prácticamente todo lo que hacemos.

Como si quisiera demostrar que estaba equivocada, bajó la mano para agarrársela y la guió hacia mi interior, tirando de mi pierna para que le rodeara la cadera con ella. Y se quedó muy quieto, mirándome. Su labio superior se elevó un poco.

—Muévete por favor —le susurré.

—¿Eso te gustaría?

—Sí.

—¿Y si no lo hago?

Me mordí el labio e intenté mirarlo fijamente.

—Eso es una provocación —dijo en un gruñido, sonriendo.

—¿Por favor? —Intenté mover las caderas, pero él siguió mis movimientos para que no pudiera conseguir ninguna fricción.

—Chloe, yo nunca te provoco. Yo te follo hasta que te dejo casi sin sentido.

Reí y vi que se le cerraban los ojos porque mi cuerpo le apretaba aún más.

—Aunque no es que tuvieras mucho sentido en la cabeza ya de principio —dijo mordiéndome el cuello—. Ahora dime lo bien que te hago sentir. —Algo en su voz, cierta vulnerabilidad o una forma de bajar el tono al final de la frase, me dijo que no estaba solo jugueteando.

—Nunca nadie me había hecho correrme antes. Ni con las manos, ni con la boca, ni con ninguna otra cosa.

Había estado manteniendo la inmovilidad hasta entonces, aunque los signos de esfuerzo para lograrlo eran evidentes; le temblaban los hombros y respiraba entrecortadamente, como si todo su cuerpo quisiera explotar en una enorme maraña entre las sábanas. Pero cuando dije eso, se quedó completamente helado.

—¿Nadie?

—Solo tú. —Me estiré para darle un mordisco en la mandíbula—. Yo diría que eso te da cierta ventaja.

Él dijo mi nombre en una exhalación cuando sus caderas empezaron a moverse adelante y atrás. Y otra vez. La conversación había terminado; su boca encontró la mía, y después mi barbilla, mi mandíbula y mis orejas. Su mano subió por mi costado, mi pecho y finalmente hasta mi cara.

Creí que los dos estábamos perdidos en el ritmo; pude sentir el clímax más allá de mí pero muy cerca y le clavé ambos talones en el trasero porque necesitaba que se moviera más y más rápido, lo necesitaba todo de él. Pero entonces me susurró:

—Ojalá lo hubiera sabido.

—¿Por qué? —conseguí preguntar en una exhalación que apenas hizo llegar el sonido a mis labios. «Más rápido», le pedía a gritos mi cuerpo. «Más.»—. ¿Es que eso cambiaría de alguna forma lo capullo que eres?

Él me apartó las piernas, me giró y me puso de rodillas.

—No lo sé. Solo me gustaría haberlo sabido —gruñó empezando a embestirme de nuevo—. Dios. Tan profundo.

Sus movimientos eran tan fluidos que era como el agua danzarina y ondeante, como un rayo de sol que se colara en la habitación. Los muelles del colchón se quejaron debajo de nosotros y la fuerza de sus embestidas me empujaba hacia el cabecero de la cama.

—Casi. —Me aferré a las sábanas mientras suplicaba en mi interior que siguiera—. Casi. Más fuerte.

—Joder. Estoy tan cerca. Vamos. —Sincronizaba un movimiento con el anterior porque sabía que había llegado al punto en el que no podía cambiar nada—. ¡Vamos!

Su cara, su pelo, su voz, su olor... Cada parte de su cuerpo me llenó la mente cuando obedientemente llegué al clímax debajo de él.

Sus embestidas eran salvajes; entonces todos los músculos se le quedaron helados antes de fundirse contra mi cuerpo. «Joder, joder joder...» murmuró en mi pelo antes de quedarse en silencio y dejar todo su cuerpo aún encima de mí.

El aire acondicionado se encendió con un zumbido constante. Cuando consiguió recuperar el aliento, Bennett se apartó de mí y me pasó la mano por la espalda sudada.

—¿Chloe?

—¿Hummm?

—Quiero más que esto. —Su voz sonaba tan ronca y pastosa que ni siquiera estaba segura de que estuviera despierto del todo.

Me quedé helada y mis pensamientos explotaron formando un terrible caos.

—¿Qué acabas de decir?

Abrió los ojos con un esfuerzo evidente y me miró.

—Quiero estar contigo.

Me incorporé sobre un codo y lo miré, totalmente incapaz de extraer una sola palabra de mi cerebro.

—Tengo mucho sueño. —Se le cerraron los ojos y me puso un brazo pesado alrededor para atraerme hacia él—. Ven aquí, cariño. —Metió la cara en mi cuello y murmuró—: No pasa nada si tú no quieres. Aceptaré cualquier cosa que me des. Solo déjame quedarme aquí hasta mañana, ¿vale?

De repente yo estaba totalmente despierta, mirando fijamente a la pared oscura y escuchando el zumbido del aire acondicionado. Me aterraba que eso lo cambiara todo y más aún que él no supiera lo que estaba diciendo y que eso no cambiara nada.

—Vale —le susurré a la oscuridad al oír que su respiración se ralentizaba hasta adoptar el ritmo constante del sueño.

Rodé y abracé una almohada contra mi cuerpo, buscando algo de consuelo. Su olor no me dejaba dormir, pero las sábanas frías del otro lado de la cama me decían que estaba sola. Miré hacia la puerta del baño, intentando centrarme en cualquier ruido que se oyera desde el interior, pero no había ninguno.

Seguí tumbada allí, agarrando la almohada mientras se me iban cayendo los párpados. Quería esperarlo. Necesitaba el consuelo de su cuerpo caliente al lado del mío y el contacto de sus fuertes brazos rodeándome. Me lo imaginé abrazándome, susurrándome que esto era real y que nada iba a cambiar por la mañana. No pasó mucho tiempo antes de que los ojos se me cerraran y volviera a un sueño incómodo.

Algo más tarde volví a despertarme, sola de nuevo. Me moví para mirar la hora: eran las 5.14 de la madrugada.

«¿Qué?» En la oscuridad me puse lo primero que encontré y fui hasta el baño.

—¿Bennett? —No hubo respuesta. Llamé suavemente—. ¿Bennett? —Un gruñido y el sonido de alguien revolviéndose me llegó desde el otro lado de la puerta.

—Vete. —Su voz era ronca y resonaba contra las paredes del baño.

—¿Bennett, estás bien?

—No me encuentro bien. Pero me repondré, vuelve a la cama.

—¿Necesitas algo?

—Estoy bien. Solo vuelve a la cama, por favor.

—Pero...

—Chloe... —gruñó, evidentemente irritado.

Me volví, sin saber muy bien qué hacer, mientras luchaba con una sensación extraña y desestabilizadora. ¿Se ponía enfermo alguna vez? En casi un año yo no le había visto con nada más grave que una congestión. Era obvio que no me quería esperándolo al otro lado de la puerta, pero tampoco podía volver a dormir.

Volví a la cama, estiré las mantas y me encaminé al saloncito de la suite. Cogí una botella de agua del minibar y me senté en el sofá.

Si estaba enfermo, es decir enfermo de verdad, no podría ir a la reunión con Gugliotti que tenía dentro de un par de horas.

Encendí la televisión y empecé a pasar canales. La teletienda. Una película mala, la comedia *Nick at Nite*. Aaah, *El mundo de Wayne*. Me acomodé en el sofá, metí las piernas debajo del cuerpo y me preparé para esperar. A media película, oí que corría agua en el baño. Me incorporé y escuché porque era el primer sonido que se oía en más de una hora. La puerta del baño se abrió y yo salté del sofá y cogí otra botella de agua antes de entrar en el dormitorio.

—¿Te encuentras mejor? —le pregunté.

—Sí. Creo que ahora solo necesito dormir. —Se tiró en la cama y enterró la cara en la almohada con un gemido.

—¿Qué?... ¿Qué te pasaba? —Coloqué la botella de agua en la mesita de noche y me senté en el borde de la cama a su lado.

—El estómago. Creo que ha sido el sushi de la cena. —Tenía los ojos cerrados e incluso en la escasa luz que llegaba desde la otra habitación, pude ver que tenía un aspecto horrible. Se apartó de mí un poco, pero yo lo ignoré, colocándole una mano en el pelo y la otra en la mejilla. Tenía el pelo húmedo y la cara pálida y pegajosa y, a pesar de su reacción inicial, se acercó al sentir mi contacto.

—¿Por qué no me has despertado? —le pregunté apartando unos cuantos mechones húmedos de su frente.

—Porque lo último que necesitaba era que tú estuvieras ahí viéndome vomitar —respondió de mal humor y yo puse los ojos en blanco y le ofrecí la botella de agua.

—Podría haber hecho algo. No tienes que ser tan masculino con estas cosas.

—Y tú no seas tan femenina. ¿Qué podrías haber hecho? La intoxicación alimentaria es un asunto bastante solitario.

—¿Qué quieres que le diga a Gugliotti?

Gruñó y se pasó las manos por la cara.

—Mierda. ¿Qué hora es?

Miré el reloj.

—Un poco más de las siete.

—¿A qué hora es la reunión?

—A las ocho.

Él empezó a levantarse, pero no me costó nada volver a tumbarlo sobre la cama.

—¡No te pienso dejar ir a esa reunión así! ¿Cuándo has vomitado por última vez?

Gruñó de nuevo.

—Hace unos minutos.

—Exacto. Asqueroso. Lo llamaré para que cambie la reunión.

Él me sujetó del brazo antes de que pudiera ir hasta la mesa para coger el teléfono.

—Chloe. Hazlo tú.

Elevé las cejas casi hasta el nacimiento del pelo.

—¿Que haga qué?

Él esperó.

—¿La reunión?

Asintió.

—¿Sin ti?

Asintió de nuevo.

—¿Me vas a enviar sola a una reunión?

—Señorita Mills, la veo muy aguda esta mañana.

—Que te den —dije riendo y dándole un leve empujón—. No voy a hacerlo sin ti.

—¿Por qué no? Estoy seguro de que conoces la cuenta que les estamos ofreciendo tan bien como yo. Además, si cambiamos la reunión, necesitarán una visita a Chicago y por supuesto nos enviarán por ella una generosa factura. Por favor, Chloe.

Me quedé mirándolo, esperando que de repente apareciera en su cara una sonrisa burlona y retirara el ofrecimiento. Pero no lo hizo. Y la verdad era que conocía la cuenta y los términos. Podía hacerlo.

—Vale —dije sonriendo y sintiendo una oleada de esperanza de que nosotros (los dos) podíamos manejar aquella situación después de todo—. Me apunto.

Su expresión se endureció y utilizó una voz que no le había oído en varios días, pero que envió oleadas de necesidad por todo mi cuerpo.

—Cuénteme su plan, señorita Mills.

Asentí y comencé:

—Tengo que asegurarme de que tienen claros los parámetros y los plazos del proyecto. Debo tener cuidado de que no se pasen con las promesas; sé que Gugliotti es famoso por eso. —Cuando Bennett asintió, sonriendo un poco, continué—. Y hay que confirmar las fechas de inicio del contrato y los puntos más importantes.

Cuando le dije los cinco que había enumerándolos a la vez con los dedos, su sonrisa creció.

—Lo vas a hacer bien.

Me incliné y le besé la frente húmeda.

—Lo sé.

Dos horas después, si alguien me hubiera preguntado que si podía volar, habría dicho que sí sin pensarlo.

La reunión había ido perfectamente. El señor Gugliotti, que se había molestado inicialmente por encontrarse a una asistente junior en donde debería estar un ejecutivo de Ryan Media, se había aplacado al oír las circunstancias. Y más tarde pareció impresionado por el nivel de detalles que yo les proporcioné. Incluso me ofreció un trabajo.

—Después de que acabe su trabajo con el señor Ryan, por supuesto —me dijo con un guiño y yo intenté darle largas con mucho tacto.

Ni siquiera sabía si alguna vez iba a querer acabar mi trabajo con el señor Ryan.

Mientras volvía de la reunión, llamé a Susan para preguntarle qué le gustaba a Bennett cuando estaba enfermo. Como sospechaba, la última vez que había podido malcriarle dándole sopa de pollo y polos de sabores todavía llevaba aparato en los dientes. Estuvo encantada de oírme y tuve que tragarme toda la culpa que sentía cuando me preguntó si se estaba comportando como era debido. Le aseguré que todo iba bien y que solo estaba sufriendo un leve virus estomacal y que, por supuesto, le diría que llamara. Con una pequeña bolsa de comida en la mano, entré en la habitación y me detuve en la minúscula zona de la cocina para dejar la bolsa y quitarme el traje de lana a medida.

Solo con la combinación, entré en el dormitorio, pero Bennett no estaba. La puerta del baño estaba abierta y tampoco estaba allí. Parecía que el servicio de limpieza había pasado; las sábanas estaban planchadas y limpias y en el suelo no estaban las pilas de ropa que habíamos dejado. La puerta del balcón estaba abierta para que entrara la brisa fresca. Lo encontré fuera, sentado en una tumbona, con los codos apoyados en las rodillas y la cabeza en las manos. Parecía que se había dado una ducha y ahora llevaba puestos unos vaqueros negros y una camiseta de manga corta verde.

Mi piel respondió al verlo, calentándose.

—Hola —le dije.

Él levantó la vista y examinó todas mis curvas.

—Madre de Dios. Espero que no llevaras eso para ir la reunión.

—Bueno, sí —dije riendo—, pero lo llevaba debajo de un traje azul marino muy correcto.

—Bien —dijo entre dientes. Me acercó a él y me rodeó la cintura con los brazos antes de apretar su frente contra mi estómago—. Te he echado de menos.

El pecho se me apretó un poco. ¿Qué estábamos haciendo? ¿Era todo aquello real o estábamos jugando a las casitas durante unos cuantos días para después volver a la normalidad? No creía que pudiera volver a lo que era normal para nosotros después de aquello y no estaba segura de que fuera capaz de ver varios pasos más allá para saber cómo iba a ser.

«¡Pregúntale, Chloe!»

Él levantó la vista para mirarme, con los ojos ardientes fijos en los míos mientras esperaba que dijera algo.

—¿Te encuentras mejor? —le pregunté.

«Cobarde.»

Su expresión se puso triste, pero lo ocultó rápidamente.

—Mucho mejor —dijo—. ¿Cómo ha ido la reunión?

Aunque todavía estaba de subidón por la reunión con Gugliotti y me moría por contarle todos los detalles, cuando me preguntó eso me apartó los brazos de la cintura y se sentó, lo que me dejó fría y vacía. Quería que le diera al botón de rebobinar y que volviera dos minutos atrás cuando me había dicho que me echaba de menos y yo podría haberle dicho: «Yo también te he echado de menos». Le habría besado y ambos nos habríamos distraído y le habría contado lo de Gugliotti varias horas después.

En cambio le di todos los detalles de la reunión en ese momento: cómo había reaccionado Gugliotti al verme y cómo había redirigido su atención al proyecto que teníamos entre manos. Le repetí todos los detalles de la discusión con tanta precisión que, para cuando terminé la historia, Bennett se estaba riendo por lo bajo.

—Vaya, cuánto hablas.

—Creo que ha ido bien —dije acercándome. «Vuelve a rodearme con los brazos otra vez.»

Pero él no lo hizo. Se tumbó y me miró con una sonrisa tensa, de nuevo el lejano cabrón atractivo.

—Eres muy buena, Chloe. No me sorprende en absoluto.

No estaba acostumbrada a ese tipo de halagos viniendo de él. Una caligrafía mejorada, una mamada increíble... Esas eran las cosas en las que se fijaba. Pero me sorprendió darme cuenta de cuánto me importaba su opinión. ¿Siempre me había importado tanto? ¿Iba a empezar a tratarme diferente si éramos amantes que cuando éramos simplemente follamigos? No estaba segura de que quisiera que fuera un jefe más amable o que intentara mezclar los aspectos de amante y mentor. Me gustaba el tipo odioso en el trabajo... y también en la cama.

Pero en cuanto lo pensé, me di cuenta de que la forma en que interactuábamos ahora me parecía un objeto extraño y ajeno en la distancia, como un par de zapatos que hace mucho tiempo que te quedan pequeños. Estaba hinchida entre el deseo de que dijera algo desagradable para traerme bruscamente a la realidad y el de que me acercara a su cuerpo y me besara los pechos por encima de la combinación.

«Una vez más, Chloe. Razón número 750.000 para no follarte al jefe: Vas a convertir una relación muy claramente definida en un desastre con las fronteras borrosas.»

—Se te ve muy cansado —le susurré mientras le pasaba los dedos entre el pelo de la nuca.

—Lo estoy —murmuró—. Me alegro de no haber ido. He vomitado. Mucho.

—Gracias por compartir eso —reí. Me aparté a regañadientes y le puse las manos en la cara—. Te he traído polos, ginger ale, galletas de jengibre y galletas saladas. ¿Qué quieres para empezar?

Él me miró totalmente confundido durante un segundo antes de balbucear:

—¿Has llamado a mi madre?

Bajé al salón del congreso durante unas cuantas horas para que pudiera dormir un poco más. Él opuso mucha resistencia, pero me di cuenta de que incluso medio polo de lima hacía que se sintiera mareado y adquiriera un tono de verde similar al del helado. Además, en este congreso en concreto, él no podía dar diez pasos sin que alguien le parara, le alabara o le diera un discurso. Ni aunque hubiera estado sano habría conseguido llegar a ver nada que mereciera la pena el tiempo que le iba a dedicar de todas formas.

Cuando volví a la habitación estaba despatarrado en el sofá en una postura muy poco atractiva, sin camisa y con la mano metida por la parte delantera de los bóxer. Había algo muy cotidiano en la forma en que estaba sentado, aburrido y viendo la televisión. Agradecí recordar que ese hombre era, en algunos aspectos, solo un hombre. Nada más que una persona que iba buscándose la vida por el planeta sin pasar cada segundo del día poniéndolo patas arriba.

Y en alguna parte de esa epifanía en que Bennett no era más que Bennett, estaba enterrada una salvaje necesidad de que hubiera una oportunidad de que se estuviera convirtiendo en «mi nada más que Bennett» y durante un segundo deseé eso más de lo que creía haber deseado nada nunca.

Una mujer con un pelo esplendorosamente brillante agitó la cabeza y nos sonrió desde la pantalla del televisor. Me dejé caer en el sofá a su lado.

—¿Qué estás viendo?

—Un anuncio de champú —me respondió sacándose la mano de los calzoncillos para acercármela. Comencé a decir algo sobre microbios, pero me callé cuando empezó a masajearme los dedos—. Pero están poniendo *Clerks*.

—Es una de mis películas favoritas —le dije.

—Lo sé. Hablabas de ella el día que te conocí.

—La verdad es que la cita era de *Clerks II* —aclaré y después me detuve—. Un momento, ¿te acuerdas de eso?

—Claro que me acuerdo. Sonabas como un universitario grosero pero con la pinta de una modelo. ¿Qué hombre podría olvidar eso?

—Habría dado cualquier cosa por saber qué pensaste en aquel momento.

—Estaba pensando: «Oh, una becaria muy follable a las doce en punto. Descanse, soldado. Repito: ¡descanse!».

Me reí y me apoyé contra su hombro.

—Dios, el momento en que nos conocimos fue terrible.

Él no dijo nada pero no dejó de pasarme el pulgar por los dedos, presionando primero y acariciando después. Nunca me habían dado un masaje en las manos antes e incluso aunque él intentara convertirlo en una sesión de sexo oral, sería capaz de rechazarla para que siguiera haciendo lo que estaba haciendo.

«Bueno, eso es una gran mentira. Yo querría esa boca entre mis piernas cualquier día del...»

—¿Cómo quieres que sea, Chloe? —me preguntó sacándome de mi debate interno.

—¿Qué?

—Cuando volvamos a Chicago.

Lo miré sin comprender, pero el pulso se me aceleró y envió la sangre en potentes oleadas por mis venas.

—Nosotros —aclaró con una paciencia forzada—. Tú y

yo. Chloe y Bennett. Hombre y arpía. Me doy cuenta de que esto no es fácil para ti.

—Bueno, estoy bastante segura de que no tengo ganas de pelear todo el tiempo. —Le di un golpe de broma en el hombro—. Aunque de alguna extraña manera me gusta esa parte.

Bennett se rió, pero no pareció un sonido totalmente feliz.

—Hay mucho espacio fuera de «no pelear todo el tiempo». ¿Dónde quieres estar?

«Juntos. Tu novia. Alguien que ve el interior de tu casa y que se queda allí a veces.» Fui a responder, pero las palabras se evaporaron en mi garganta.

—Supongo que depende de si es realista pensar que podemos ser «algo».

Él dejó caer la mano y se rascó la cara. La película volvió y los dos entramos en lo que a mí me pareció el silencio más extraño de la historia.

Finalmente me cogió la mano otra vez y me dio un beso en la palma.

—Vale, cariño. Me las arreglaré con eso de no pelear todo el tiempo.

Me quedé mirando los dedos con los que envolvía los míos. Después de lo que me pareció una eternidad, conseguí decir:

—Lo siento. Es que todo esto es un poco nuevo.

—Para mí también —me recordó.

Volvimos a quedarnos en silencio de nuevo mientras seguíamos viendo la película, riéndonos en los mismos puntos y cambiando de postura lentamente hasta que estuve prácticamente tumbada encima de él. Por el rabillo del ojo miraba de vez en cuando el reloj de la pared y calculaba mentalmente las horas que nos quedaban en San Diego.

Catorce.

Catorce horas de esta realidad perfecta en la que podía

tenerlo siempre que quisiera y todo aquello no era secreto, ni sucio, ni teníamos que utilizar la ira como elemento preparatorio.

—¿Cuál es tu película favorita? —me preguntó girándome hasta quedar encima de mí. Tenía la piel caliente y yo quería quitarle lo que llevaba puesto, pero a la vez no quería que se moviera ni un centímetro ni un segundo.

—Me gustan las comedias —empecé a decir—. Está *Clerks*, pero también, *Tommy Boy*, *Zombies Party*, *Arma letal*, *El juego de la sospecha*, cosas así. Pero tengo que decir que mi película favorita de siempre probablemente sea *La ventana indiscreta*.

—¿Por James Stewart o por Grace Kelly? —me preguntó agachándose para besarme el cuello creándome una estela de fuego.

—Por ambos, pero seguramente más por Grace Kelly.

—Ya veo. Tienes varios hábitos muy Grace Kelly. —Subió la mano y me apartó un mechón de pelo que se me había salido de la coleta—. He oído que Grace Kelly también tenía una boca muy sucia —añadió.

—Te encanta que tenga la boca tan sucia.

—Cierto. Pero me gusta más cuando la tienes llena —dijo con una sonrisa elocuente en la boca.

—¿Sabes? Si lograras callarte alguna vez serías totalmente perfecto.

—Sería un rompedor de bragas silencioso, lo que me parece que es algo más escalofriante que un jefe furioso y con tendencia a romper bragas.

Empecé a reír debajo de él y él me hizo cosquillas por las costillas.

—Pero sé que te encanta que lo haga —dijo con voz ronca.

—¿Bennett? —le dije intentando parecer despreocupada—. ¿Qué haces con ellas?

Él me dedicó una mirada oscura y provocativa.

—Las guardo en un lugar seguro.

—¿Puedo verlas?

—No.

—¿Por qué? —le pregunté entornando los ojos.

—Porque intentarías recuperarlas.

—¿Y por qué iba a querer recuperarlas? Están todas rotas.

Él sonrió pero no respondió.

—¿Por qué lo haces de todas formas?

Me estudió durante un momento, obviamente pensando en la respuesta. Finalmente se incorporó sobre un codo y acercó la cara a solo un par de centímetros de la mía.

—Por la misma razón por la que a ti te gusta.

Y con esas palabras, se puso de pie y tiró de mí para que le acompañara al dormitorio.

17

Tenía experiencia con negociaciones, negativas y regateos, pero ahí estaba, en la desconocida posición de haber puesto todas mis fichas en juego, pero como se trataba de Chloe, no me importaba. En ese caso yo iba con todo.

—¿Tienes ganas de llegar a casa? Han sido casi tres semanas fuera.

Ella se encogió de hombros mientras tiraba de mis bóxer sin la más mínima ceremonia y me envolvía con su cálida mano con una familiaridad que hacía que se me despertaran lugares hasta entonces desconocidos.

—Me lo estoy pasando bastante bien aquí, ¿sabes?

Yo me fui demorando en cada botón de la blusa, besándole cada centímetro de piel cuando se mostraba ante mí.

—¿Cuánto tiempo tenemos para jugar antes de nuestro vuelo?

—Trece horas —me dijo sin mirar el reloj. La respuesta había sido muy rápida y por la forma en que sentí su piel cuando metí dos dedos bajo su ropa interior, no parecía que estuviera deseando dejar esa habitación de hotel pronto.

Le rocé los muslos con los dedos, jugué con su lengua y me froté contra su pierna hasta que sentí que se arqueaba hacia mí. Me rodeó la cintura con las piernas y extendió las manos sobre mi pecho mientras yo bajaba la mano para ayudarme a entrar en su interior, decidido a hacerla correrse tantas veces como pudiera antes de que saliera el sol.

Para mí no había nada más en el mundo que su piel suave y resbaladiza y el cálido aire que proyectaban sus gemidos en mi cuello. Una y otra vez me moví encima de ella, enmudecido por mi propia necesidad, perdido en ella. Sus caderas se movían al mismo ritmo que las mías y levantaba la espalda para apretar sus pechos contra mí. Quería decirle: «Esto, lo que tenemos, y es lo más increíble que he sentido en toda mi vida. ¿Tú lo sientes también?».

Pero no tenía palabras. Solo instinto y deseo y el sabor de ella en mi lengua y el recuerdo de su risa resonando en mis oídos. Quería que ese sonido no dejara de reproducirse. Lo quería todo de ella: ser su amante, su compañero para las peleas y su amigo. En esa cama podía serlo todo.

—No sé cómo hacer esto —dijo en un momento extraño; a punto de llegar al orgasmo y aferrándose a mí tan fuerte que creí que me iba a dejar cardenales. Pero supe a lo que se refería porque era algo doloroso estar tan lleno de esa necesidad y no tener ni idea de cómo iban a salir las cosas. La quería de una forma que me hacía sentir como si en cada segundo estuviera saciado y a la vez muerto de hambre... y mi cerebro no sabía que hacer con todo aquello. En vez de responderle o decirle lo que pensaba que podíamos hacer, le besé el cuello, apreté los dedos sobre la suave piel de su cadera y le dije:

—Yo tampoco, pero no estoy preparado para dejarlo pasar tan pronto.

—Me siento tan bien... —Susurró contra mi garganta y yo gruñí en una agonía silenciosa, evidentemente incapaz de lograr encontrar algo coherente como respuesta.

Tenía miedo de acabar aullando.

La besé.

La empujé aún más contra el colchón.

Ese éxtasis desgarrador siguió durante mucho tiempo. Su cuerpo se elevaba para encontrarse con el mío y su boca, húmeda, ávida y dulce, no dejaba de morderme.

Me desperté cuando alguien me arrancó la almohada de debajo de la cabeza y Chloe murmuró algo incoherente sobre espinacas y perritos calientes.

Estaba hablando en sueños aquella inquieta acaparadora de la cama.

Le pasé una mano ansiosa por el trasero antes de volverme para mirar el reloj. Solo eran un poco más de las cinco de la mañana, pero sabía que teníamos que levantarnos pronto para poder llegar al vuelo de las ocho. Por mucho que odiara dejar nuestro pequeño y feliz antro de perversión, no había trabajado nada mientras estábamos allí y estaba empezando a sentirme cada vez más culpable por la carrera que había dejado a un lado. Durante la última década, mi trabajo había sido mi vida, y aunque cada vez estaba más cómodo con el devastador efecto que Chloe tenía sobre mi equilibrio, tenía que volver a centrarme. Era hora de volver a casa, recuperar mi papel de jefe y triunfar de nuevo.

El sol de primera hora de la mañana se filtraba por la ventana e inundaba su piel pálida con una luz azul grisáceo. Estaba tumbada de costado y enroscada, de cara a mí, con el pelo oscuro enmarañado sobre la almohada que tenía detrás de ella y la mayor parte de la cara oculta por mi almohada.

Podía entender sus dudas a la hora de decidir cómo iba a funcionar nuestra relación cuando volviéramos a la realidad. La burbuja de San Diego había sido fantástica, en parte porque allí no se daban ninguno de los aspectos que hacían que nuestra relación fuera complicada: su trabajo en Ryan Media, mi papel en el negocio familiar, su beca, nuestras actitudes independientes que chocaban. Aunque quería presionarla para definir lo que había entre nosotros y establecer expectativas para que no nos hundiéramos, su enfoque, más a favor de ir probando, era probablemente el correcto.

No nos habíamos molestado en recoger las mantas y volverlas a poner en la cama después de haberlas tirado al suelo la noche anterior, así que tuve la oportunidad de quedarme mirando su cuerpo desnudo. Sin duda podía acostumbrarme a despertarme con esa mujer en mi cama.

Pero por desgracia no teníamos una mañana libre por delante. Intenté despertarla poniéndole la mano en el hombro, después le di un beso en el cuello y por fin un fuerte pellizco en el trasero.

Ella estiró la mano y me dio un cachete fuerte en el brazo antes de que me diera tiempo de apartarme. Y eso que no estaba seguro de que estuviera despierta del todo.

—Gilipollas.

—Deberíamos levantarnos y ponernos en marcha. Tenemos que estar en el aeropuerto dentro de poco más de una hora.

Chloe se movió y me miró, con las arrugas de la almohada marcadas en la cara y los ojos desenfocados. No se molestó en cubrirse el cuerpo como lo había hecho la primera mañana, pero la sonrisa que mostraba no era radiante.

—Vale —dijo, se sentó, bebió un poco de agua y me dio un beso en el hombro antes de salir de la cama.

Observé su cuerpo desnudo mientras caminaba hacia el baño, pero ella no me miró. No necesitaba exactamente un polvo mañanero rápido, pero no me habría importado una sesión de caricias o una charla todavía tumbados en la cama.

«Creo que no debería haberle pellizcado el trasero.»

Cuando terminé de recoger mis cosas, todavía no había salido, así que me acerqué y llamé a la puerta del baño.

—Voy a mi habitación a ducharme y hacer la maleta.

Ella se quedó en silencio unos segundos.

—Vale.

—¿No me puedes decir algo más que «vale»?

Su risa me llegó desde el otro lado de la puerta.

—Creo que antes te he llamado «gilipollas».

Sonreí.

Pero cuando abrí la puerta para marcharme, ella abrió la puerta del baño y salió para caer directamente en mis brazos, rodeándome con su cuerpo y apretando la cara contra mi cuello. Todavía estaba desnuda y cuando levantó la vista, sus ojos parecían un poco enrojecidos.

—Lo siento —dijo besándome la mandíbula antes de acercar la cara para darme un beso largo y profundo—. Es que me pongo nerviosa antes de volar.

Se volvió y entró en el baño antes de que pudiera mirarla a los ojos para averiguar si me estaba diciendo la verdad.

La habitación de al lado se veía extrañamente inmaculada, incluso para una cadena de hoteles de categoría. No necesité mucho tiempo para hacer la maleta y menos para ducharme y vestirme. Pero algo evitó que volviera a la habitación de Chloe tan pronto. Era como si ella necesitara un poco de tiempo allí a solas para librar la batalla silenciosa que se estuviera produciendo en su interior. Para mí era obvio que ella estaba atravesando un conflicto, pero ¿hacia dónde se decantaría al final? ¿Decidiría que quería intentarlo? ¿O decidiría que no era posible encontrar un equilibrio entre el trabajo y nosotros?

Cuando mi impaciencia superó a mi caballerosidad, saqué mi maleta al pasillo y llamé a su puerta.

Ella la abrió vestida como una *pin up* caracterizada de mujer de negocios traviesa y me llevó un siglo subir desde sus piernas hasta sus pechos y por fin a su cara.

—Hola, preciosa.

Ella me dedicó una sonrisa tímida.

—Hola.

—¿Lista? —pregunté pasando a su lado para coger su maleta. La manga de mi chaqueta le rozó el brazo desnudo y antes de que pudiera entender del todo lo que estaba pasando, ella me había agarrado la corbata y se la había enredado en el puño. Un segundo después tenía la espalda contra la pared y su boca sobre la mía.

Me quedé helado por la sorpresa.

—Vaya, menudo saludo —murmuré contra sus labios.

Con una mano sobre mi pecho, empezó a soltarme la corbata y gimió dentro de mi boca cuando sintió que mi miembro empezaba a crecer contra su cuerpo. Sus hábiles dedos me sacaron la corbata del cuello de la camisa y después la tiraron al suelo antes de que pudiera siquiera recordar que teníamos que coger un vuelo.

—Chloe —dije esforzándome por apartarme de ella y de sus besos—. Cielo, no tenemos tiempo para esto.

—No me importa. —Ella no era más que dientes y labios, lametones por todo mi cuello, manos ávidas soltándome el cinturón y cogiendo mi sexo.

Solté una maldición entre dientes, completamente incapaz de resistirme a la forma en que me agarraba a través de los pantalones ni a su forma exigente de apartarme y quitarme la ropa.

—Joder, Chloe, has perdido la cabeza, estás salvaje.

La giré y ahora fue su espalda la que estaba contra la pared. Le metí la mano debajo de la blusa y le aparté a un lado sin miramientos una copa del sujetador. Su necesidad era contagiosa y mis dedos recibieron encantados el endurecimiento de sus pezones y la curva firme de su pecho que ella apretaba contra mi palma. Bajé la mano y le subí la falda hasta la cadera, le bajé la ropa interior que ella apartó a un lado con el pie y la levanté del suelo.

Necesitaba estar dentro de ella en ese preciso instante.

—Dime que me deseas —me dijo. Las palabras salían a la vez que sus exhalaciones y eran prácticamente solo aire. Estaba temblando y tenía los ojos fuertemente cerrados.

—No tienes ni idea. Quiero todo lo que me quieras dar.

—Dime que podemos hacer esto. —Me bajó los pantalones y los calzoncillos por debajo de las rodillas y me rodeó la cintura con las piernas a la vez que me clavaba el tacón del zapato en el trasero. Cuando mi miembro se deslizó contra ella, entrando solo un poco, le cubrí la boca porque dejó escapar una especie de lamento, casi un gemido.

O un sollozo.

Me aparté para mirarle la cara. Tenía lágrimas cayéndole por las mejillas.

—¿Chloe?

—No pares —me dijo con un hipo, inclinándose para besarme el cuello. Escondiéndose. Intentó meter una mano entre los dos para cogerme. Era una extraña forma de desesperación. Ambos habíamos probado los polvos frenéticos y rápidos escondidos en alguna parte, pero esto era algo completamente diferente.

—Para. —La empujé, incrustándola contra la pared—. Cariño, ¿qué estás haciendo?

Por fin abrió los ojos, fijos en el cuello de mi camisa. Me soltó un botón y después otro.

—Solo necesito sentirte una vez más.

—¿Qué quieres decir con «una vez más»?

Ella no me miró ni dijo nada más.

—Chloe, cuando salgamos de esta habitación podemos dejarlo todo aquí. O podemos llevarnos todo lo que hay con nosotros. Creo que podemos arreglárnoslas... Pero ¿tú también lo crees?

Ella asintió mordiéndose el labio con tanta fuerza que ya lo tenía blanco. Cuando lo soltó, se volvió de un rojo tentador y decadente.

—Eso es lo que quiero.

—Te lo he dicho, quiero más de esto. Quiero estar contigo. Quiero ser tu amante —le juré mientras me pasaba las manos por el pelo—. Me estoy enamorando de ti, Chloe.

Ella se inclinó, riendo, y el alivio se sintió en todo su cuerpo. Cuando se puso de pie, me acercó otra vez y apretó los labios contra mi mejilla.

—¿Lo dices en serio?

—Totalmente en serio. Quiero ser el único tío que te folla contra las ventanas y también la primera persona que veas por la mañana a tu lado... después de haberme robado la almohada. También me gustaría ser la persona que te traiga a ti polos de lima cuando hayas comido sushi en mal estado. Solo nos quedan unos meses en los que esto puede ser potencialmente complicado.

Con mi boca sobre la suya y las manos agarrándole la cara, creo que por fin empezó a entender.

—Prométeme que me llevarás a la cama cuando volvamos —me dijo.

—Te lo prometo.

—A tu cama.

—Joder, sí, a mi cama. Tengo una cama enorme con un cabecero al que puedo atarte y azotarte por ser tan idiota.

Y en ese momento los dos éramos totalmente perfectos.

En el pasillo, le di un beso final en la palma, dejé caer su mano y abrí la marcha hacia el vestíbulo.

18

Bennett fue al coche mientras yo me quedaba en la recepción dejando las llaves de las habitaciones. Con una última mirada al vestíbulo, intenté recordar todo lo que había pasado en aquel viaje. Cuando salí y vi a Bennett al lado del botones, mi corazón empezó a latir como un loco bajo mis costillas. Todo me daba vueltas todavía. Me di cuenta de que me había dado muchas oportunidades de decirle lo que quería y yo había estado demasiado insegura de si podíamos hacer que funcionara. Aparentemente él era más fuerte que yo.

«Me estoy enamorando de ti.»

Se me retorció el estómago deliciosamente.

El señor Gugliotti vio a Bennett desde la acera y se acercó. Se estrecharon las manos y parecieron intercambiar comentarios corteses. Quería acercarme y unirme a la conversación como una más, pero me preocupaba no poder contener lo que estaba ocurriendo en ese momento en mi corazón y que mis sentimientos por Bennett se vieran en mi cara.

El señor Gugliotti me miró, pero no pareció reconocerme fuera de contexto. Volvió a mirar a Bennett y asintió ante algo que había dicho. Esa falta de reconocimiento me hizo dudar aún más. Todavía no era alguien en quien se fijara la gente. Tenía en las manos los papeles del hotel, la lista de cosas por hacer de Bennett y su maletín. Me quedé algo alejada: solo una becaria.

Haciendo tiempo, intenté disfrutar de los últimos momentos de brisa del mar. La voz profunda de Bennett me llegaba desde la distancia que nos separaba.

—Parece que entre todos sacaron unas cuantas buenas ideas. Me alegro de que Chloe tuviera la oportunidad de participar en el ejercicio.

El señor Gugliotti asintió y dijo:

—Chloe es inteligente. Todo fue bien.

—Estoy seguro de que podemos ponernos en contacto a través de videoconferencia pronto para empezar el proceso de traspaso de la cuenta.

«¿Ejercicio? ¿Empezar?» Pero ¿no es eso lo que he hecho ya? Le di a Gugliotti unos documentos legales para que los firmara y los enviara de vuelta por mensajería...

—Suena bien. Le pediré a Annie que te llame para arreglarlo. Me gustaría repasar los términos contigo. No estoy cómodo teniendo que firmarlos ahora.

—Claro, es normal.

El corazón se me aceleró cuando una espiral de pánico y humillación recorrió mis venas. Era como si la reunión que habíamos tenido no hubiera sido más que una mera representación para mí y que el trabajo de verdad se llevaría a cabo entre esos dos hombres cuando volvieran al mundo real.

«¿Es que todo el congreso ha sido una enorme fantasía?» Me sentí ridícula al recordar los detalles que había compartido con Bennett. Qué orgullosa había estado de hacer eso por él y ocuparme de ello mientras él estaba enfermo...

—Henry me dijo que Chloe tiene una beca Miller. Es fantástico. ¿Se va a quedar en Ryan Media cuando la termine? —preguntó Gugliotti.

—No lo sé con seguridad todavía. Es una niña increíble. Pero todavía le falta un poco de rodaje.

Me quedé sin aliento de repente, como si me hubieran encerrado en un vacío. Bennett tenía que estar de broma. Yo sabía sin necesidad de que Elliott me lo dijera (y me lo había dicho infinidad de veces) que tendría trabajos para elegir cuando terminara. Llevaba años trabajando en Ryan Media, dejándome los cuernos para sacar adelante mi trabajo y mi licenciatura. Conocía algunas cuentas mejor que la gente que las llevaba. Y Bennett lo sabía.

Gugliotti rió.

—Le falte rodaje o no, yo la contrataría sin pensarlo. Mantuvo muy bien el tipo en la reunión, Bennett.

—Claro que sí —dijo Bennett—. ¿Quién te crees que la ha formado? La reunión contigo fue una buena forma de que entrara un poco en materia, por eso te lo agradezco. No dudo de que le irá estupendamente acabe donde acabe. Eso sí, cuando esté lista.

No parecía otra cosa que el Bennett Ryan que conocía. No era el amante que había dejado unos minutos atrás, agradecido y orgulloso de mí por haber sido capaz de dar la cara por él de forma tan competente. Este ni siquiera era el tipo odioso que solo hacía alabanzas a regañadientes. Este era otra persona. Alguien que me llamaba «niña» y que actuaba como si «él» me hubiera hecho un favor a «mí».

¿Rodaje? ¿Acaso lo había hecho solo «bien»? ¿Él había sido mi «mentor»? ¿En qué universo?

Me quedé mirando los zapatos de la gente que pasaba delante de mí mientras entraban y salían por las puertas giratorias. ¿Por qué me parecía que se me había caído el alma a los pies dejando nada más que un agujero lleno de ácido?

Llevaba en el mundo de los negocios el tiempo suficiente para saber cómo funcionaba. La gente que estaba arriba no había llegado allí compartiendo sus logros. Habían llegado gracias a hacer grandes promesas, reclamar para sí grandes cosas y alimentar unos egos todavía más grandes.

«En mis primeros seis meses en Ryan Media conseguí una cuenta de marketing de sesenta millones de dólares.

»He gestionado la cartera de cien millones de dólares de L'Oréal.

»He diseñado la última campaña de Nike.

»Y convertí un ratón de campo en un tiburón de los negocios.»

Siempre había sentido que me alababa contra su voluntad, y había algo satisfactorio en demostrar que no tenía razón, en superar sus expectativas aunque solo fuera para fastidiarlo. Pero ahora que habíamos admitido que nuestros sentimientos se habían convertido en algo más, él quería reescribir la historia. Él no había sido un mentor para mí; yo no había necesitado que lo fuera. Él no me había empujado hacia el éxito; si algo había hecho antes de este viaje era ponerse en mi camino. Había intentado que dimitiera siendo todo el tiempo un cabrón.

Y lo había dado todo por él a pesar de ello. Y ahora estaba arrastrando mis logros por el fango solo para salvar la cara por no haber asistido a una reunión.

Mi corazón se rompió en mil pedazos.

—¿Chloe?

Levanté la vista y me encontré con su expresión confundida.

—El coche está listo. Creía que habíamos quedado en encontrarnos fuera.

Parpadeé y me limpié los ojos como si tuviera algo dentro y no como si estuviera a punto de caerme redonda allí mismo, en el vestíbulo del hotel Wynn.

—Es verdad. —Cogí las cosas y lo miré—. Se me había olvidado.

De todas las mentiras que le había dicho, esa era la peor porque él la notó inmediatamente. Y por la forma en que unió las cejas y se acercó, con la mirada ansiosa e inquisitiva, no tenía ni idea de por qué yo sentía que tenía que mentirle sobre algo como eso.

—¿Estás bien, cariño?

Parpadeé de nuevo. Me había encantado cuando me había llamado eso mismo veinte minutos antes, pero ahora no parecía estar bien.

—Solo cansada.

También supo que estaba mintiendo, pero esta vez no me preguntó nada. Me puso la mano en la parte baja de la espalda y me llevó hasta el coche.

19

Sabía que las mujeres se pueden poner de mal humor de repente. Conocía unas cuantas que se veían enfrascadas en pensamientos y situaciones imaginarias y con un solo «qué pasaría si...» se remontaban desde treinta mil años atrás hasta el futuro y se enfadaban por algo que asumían que ibas a hacer tres días después.

Pero no me parecía que eso fuera lo que estaba pasando con Chloe y de todas formas ella nunca había sido ese tipo de mujer. La había visto furiosa antes. Demonios, de hecho había visto todos los estados de enfado que tenía: molesta, iracunda, detestable y cercana a la violencia.

Pero nunca la había visto dolida.

Se enterró en una montaña de documentos en el corto viaje hasta el aeropuerto. Se excusó para llamar a su padre y ver cómo estaba mientras esperábamos en la puerta. En el avión se durmió en cuanto llegamos a nuestros asientos, ignorando mis ingeniosas peticiones de que entráramos en el club de los que han follado a más de mil metros. Abrió los ojos el tiempo justo para rechazar la comida, aunque yo sabía que no había desayunado nada. Cuando se despertó por fin empezábamos a descender y se puso a mirar por la ventanilla en vez de mirarme a mí.

—¿Me vas a decir qué ocurre?

Tardó mucho en contestarme y mi corazón empezó a acelerarse. Intenté pensar en todos los momentos en que podía haberlo fastidiado todo. Sexo con Chloe en la cama. Más sexo con Chloe. Orgasmos para Chloe. Había tenido muchos orgasmos, para ser sinceros. No creía que fuera eso. Despertarnos, ducha, profesarle mi amor básicamente. El vestíbulo del hotel, Gugliotti, aeropuerto.

Me detuve. La conversación con Gugliotti me había hecho sentir muy falso. No estaba seguro de por qué había actuado como un capullo posesivo, pero no podía negar que Chloe tenía ese efecto en mí. Había estado increíble en la reunión, lo sabía, pero no tenía ni la más mínima intención de dejar que ella bajara un escalón y acabara trabajando para un hombre como Gugliotti cuando acabara su máster. Él seguramente la trataría como a un trozo de carne y se pasaría el día mirándole el trasero.

—Oí lo que dijiste. —Lo dijo en voz tan baja que necesité un momento para registrar que había dicho algo y otro más para procesarlo. Se me cayó el alma a los pies.

—¿Lo que dije cuándo?

Ella sonrió y se volvió, por fin, para mirarme.

—A Gugliotti. —Joder, estaba llorando.

—Sé que he sonado posesivo. Lo siento.

—Que has sonado posesivo... —murmuró volviéndose otra vez hacia la ventanilla—. Has sonado desdeñoso... ¡Me has hecho parecer infantil! Has actuado como si la reunión fuera un ejercicio de formación. Me he sentido ridícula por cómo te la describí ayer, pensando que era algo más.

Le puse la mano en el brazo y me reí un poco.

—Los hombres como Gugliotti tienen un ego muy grande. Necesita sentir que los ejecutivos los escuchan. Hiciste todo lo que hacía falta. Él solo quería que yo fuera el que le pasara el contrato «oficial».

—Pero eso es absurdo. Y tú lo has alentado, utilizándome a mí como peón.

Parpadeé confuso. Yo había hecho exactamente lo que había dicho. Pero así se jugaba el juego, ¿no?

—Eres mi asistente.

Una breve carcajada escapó de sus labios y se volvió hacia mí otra vez.

—Claro. Porque tú te has preocupado todo este tiempo de cómo ha progresado mi carrera.

—Claro que lo he hecho.

—¿Cómo puedes saber que necesito rodaje? Apenas te fijaste en mi trabajo antes de ayer.

—Eso es totalmente falso —dije y negué con la cabeza. Estaba empezando a irritarme—. Lo sé porque he estado observando «todo» lo que has hecho. No quiero ejercer presión sobre ti para que hagas más de lo que puedes hacer ahora, y por eso estoy manteniendo el control sobre la cuenta de Gugliotti. Pero lo hiciste muy bien y estoy muy orgulloso de ti.

Ella cerró los ojos y apoyó la cabeza contra el asiento.

—Me has llamado «niña».

—¿Ah, sí? —Busqué en mi memoria y me di cuenta de que tenía razón—. Supongo que no quería que te viera como la mujer de negocios explosiva que eres e intentara contratarte y tirársete.

—Dios, Bennett. Eres tan imbécil... ¡Tal vez quiera contratarme porque puedo hacer bien el trabajo!

—Discúlpame. Estoy actuando como un novio posesivo.

—Eso del «novio posesivo» no es nuevo para mí. Es que has actuado como si me hubieras hecho un favor. Es lo condescendiente que has sido. Y no estoy segura de que ahora sea el mejor momento para entrar en la interacción típica de jefe y asistente.

—Te he dicho que creo que lo hiciste fantásticamente con él.

Ella se me quedó mirando mientras empezaba a ponerse roja.

—No deberías haber dicho eso en primer lugar. Deberías haber dicho: «Bien. Vamos a volver al trabajo». Y ya está. Y con

Gugliotti actuaste como si me tuvieras bajo tu ala. Antes de esto habrías fingido que apenas me conocías.

—¿De verdad tenemos que hablar de por qué era un capullo antes? Tú tampoco eras la persona más dulce del mundo. ¿Y por qué lo vamos a sacar a relucir ahora precisamente?

—No estoy hablando de que tú fueras un capullo antes. Estoy hablando de cómo eres ahora. Estás intentando compensarme. Por eso exactamente es por lo que no hay que tirarse al jefe. Eras un buen jefe antes: me dejabas hacer mi trabajo y tú hacías el tuyo. Ahora eres el mentor preocupado que me llama «niña» mientras habla con el hombre ante el que le he salvado el culo. Es increíble.

—Chloe...

—Puedo tratar contigo cuando eres un cabrón tremendo, Bennett. Estoy acostumbrada, es lo que espero de ti. Así es cómo funcionan las cosas. Porque aparte de todos los resoplidos y portazos, sé que me respetas. Pero el modo en que te has comportado hoy... eso establece una línea que no había antes.

—Negó con la cabeza y volvió a mirar por la ventana.

—Creo que estás exagerando.

—Tal vez —dijo agachándose para sacar el teléfono de su bolso—. Pero me he dejado los cuernos para llegar donde estoy ahora... ¿Y qué estoy haciendo arriesgándolo?

—Podemos hacer las dos cosas, Chloe. Durante unos pocos meses, podemos trabajar y estar juntos. Esto, lo que está pasando hoy, se llama miedo a pasar de nivel.

—No estoy segura —dijo parpadeando y mirando más allá de mí—. Estoy intentando hacer lo más inteligente, Bennett. Nunca antes había cuestionado mi valía, ni cuando creía que tú sí lo hacías. Y entonces, cuando creía que veías exactamente quién era, me has menospreciado así... —Levantó la vista con los ojos llenos de dolor—. Supongo que no quiero empezar a cuestionarme ahora, después de todo lo que he trabajado.

El avión aterrizó con una sacudida, pero eso no me sobresaltó tanto como lo que ella acababa de decir. Había tenido discusiones con los presidentes de algunos de los departamentos financieros más grandes del mundo. Me había metido en el bolsillo a ejecutivos que creían que podían machacarme. Podía pelear con esta mujer hasta que terminara el mundo y solo me sentiría más hombre con cada palabra. Pero justo en ese momento no fui capaz de encontrar nada que decirle.

Decir que no pude dormir esa noche sería poco. Apenas pude siquiera tumbarme. Todas las superficies planas parecían tener su forma y eso que ella nunca había estado en mi casa. El mero hecho de que hubiéramos hablado de ello y que hubiera planeado que ella viniera a mi casa la primera noche nada más volver, hacía que su fantasma pareciera estar allí permanentemente.

La llamé y no me cogió el teléfono. Cierto que eran las tres de la mañana, pero yo sabía que ella tampoco estaba durmiendo. Su silencio se vio empeorado por el hecho de que sabía cómo se sentía. Sabía que estaba tan metida en aquello como yo, pero ella pensaba que no debería.

No veía el momento de que llegara el día siguiente.

Entré a las seis, antes de que ella llegara. Nos traje café a los dos y actualicé mi agenda para ahorrarle un poco de tiempo que pudiera utilizar para ponerse al día después de haber estado fuera. Envié por fax el contrato a Gugliotti diciéndole que la versión que vio en San Diego era la versión final y que lo que Chloe le dijo era lo que valía. Le di dos días para devolverlos firmados.

Y después me puse a esperar.

A las ocho mi padre entró en el despacho y Henry cerró la puerta detrás de él. Mi padre fruncía el ceño a menudo, pero muy pocas veces cuando me miraba a mí. Y Henry nunca parecía molesto.

Pero ahora mismo los dos parecían tener ganas de asesinarme.

—¿Qué has hecho? —Mi padre dejó caer una hoja de papel sobre mi mesa.

La sangre se me heló en las venas.

—¿Qué es eso?

—Es la carta de dimisión de Chloe. Me la ha mandado a través de Sara esta mañana.

Pasó un minuto entero antes de que pudiera hablar. En ese tiempo lo único que se oyó fue la voz de mi hermano diciendo:

—Ben, imbécil, ¿qué ha pasado?

—La he fastidiado —dije finalmente apretándome las manos contra los ojos.

Mi padre se sentó con la cara seria. Estaba sentado en la misma silla en la que, menos de un mes antes, se había sentado Chloe con las piernas abiertas y se había tocado mientras yo intentaba mantener la compostura por teléfono.

«Dios, ¿cómo he dejado que pase esto?»

—Dime qué ha ocurrido —mi padre habló en voz muy baja: un período de calma entre dos terremotos.

Me aflojé la corbata porque me estaba agobiando por la presión que sentía en el pecho.

«Chloe me ha dejado.»

—Estamos juntos. O estábamos.

Henry gritó:

—¡Lo sabía!

A la vez que mi padre gritaba:

—¿Que vosotros qué?

—No lo estábamos hasta San Diego —les aclaré rápidamente—. Antes de San Diego solo estábamos...

—¿Follando? —intentó ayudarme graciosamente Henry y recibió una mirada reprobatoria de mi padre.

—Sí. Solo estábamos... —Una punzada de dolor me atravesó el pecho. Su expresión cuando me incliné para besarla. Cómo se mordía el carnoso labio inferior. Su risa contra mi boca—. Y como ambos sabéis, yo soy un imbécil. Pero ella me plantaba cara de todas formas —les aseguré—. Y en San Diego se convirtió en algo más. Joder. —Estiré la mano para coger la carta, pero la aparté—. ¿De verdad ha dimitido?

Mi padre asintió con su expresión inescrutable. Ese había sido su superpoder durante toda mi vida: en los momentos en los que más sentía, mostraba lo mínimo.

—Por eso tenemos la política de no confraternización en la oficina, Ben —me dijo bajando la voz al llegar a mi diminutivo—. Creía que era más inteligente que todo esto.

—Lo sé. —Me froté la cara con las manos y después le hice un gesto a Henry para que se sentara y les conté todos los detalles de lo que había pasado con mi intoxicación alimentaria, la reunión con Gugliotti y cómo Chloe me había sustituido diligente y competentemente. Dejé claro que acabábamos de decidir que íbamos a estar juntos cuando me encontré con Ed en el hotel.

—Eres un maldito estúpido —dijo mi hermano cuando terminé y ¿cómo no iba a estar de acuerdo?

Después de una dura charla y de asegurarme de que teníamos que hablar largo y tendido de todas las formas en que lo había fastidiado todo, mi padre se fue a su despacho para llamar a Chloe y pedirle que volviera a trabajar para él lo que le quedaba de las prácticas del máster.

Él no solo estaba preocupado por el efecto sobre Ryan Media, aunque si ella decidía quedarse cuando acabara su máster podría fácilmente convertirse en uno de los miembros más importantes de nuestro equipo de marketing estratégico. También le irritaba que a ella le quedaban menos de tres meses para encontrar un nuevo puesto de asistente, aprender los entresijos del nuevo trabajo y hacerse cargo de otro proyecto para presentar ante la junta de la beca. Y dada su influencia en la facultad de empresariales, lo que ellos dijeran determinaría si Chloe obtenía una matrícula de honor y una carta de recomendación del consejero delegado de JT Miller.

Eso podía propiciar un buen principio para su carrera o destrozarla.

Henry y yo nos sentamos en un silencio sepulcral durante la siguiente hora; él me miraba fijamente y yo miraba por la ventana. Casi podía sentir cuántas ganas tenía de darme una paliza. Mi padre volvió a mi despacho, recogió la carta de dimisión y la dobló en tres partes. Todavía no había sido capaz de mirarla. La había escrito a ordenador y, por primera vez desde que la conocí, no había nada que deseara más que ver su caligrafía ridículamente mala en vez de esa carta impersonal en blanco y negro escrita en Times New Roman.

—Le he dicho que esta empresa la valora y que esta familia la quiere y que queremos que vuelva. —Mi padre hizo una pausa y me miró—. Me ha dicho que esas son razones todavía más poderosas para que ella quiera hacer esto sola.

Chicago se convirtió en un universo paralelo, uno en el que era como si Billy Sianis nunca hubiera echado la maldición de la cabra sobre los Chicago Cubs y como si Oprah nunca hubiera existido porque en él, Chloe ya no trabajaba para Ryan Media. Había dimitido. Había dejado uno de los proyectos más grandes de la historia de Ryan Media. Me había dejado a mí.

Cogí el archivo Papadakis de su mesa; el departamento legal había hecho el borrador del contrato mientras estábamos en San Diego y todo lo que le faltaba era una firma. Chloe se podría haber pasado los últimos dos meses de su máster perfeccionando su presentación para la junta de la beca. En vez de eso estaría empezando en otro sitio.

¿Cómo había podido soportar todo lo que le había hecho pasar antes y, sin embargo, irse por aquello? ¿Realmente era tan importante que yo la tratara como a una igual ante un hombre como Gugliotti que eso le había hecho sacrificar lo que había entre nosotros?

Con un gruñido tuve que reconocer que la razón que tenía para preguntar eso también era la razón por la que se había ido Chloe. Yo creía que podíamos mantener nuestra relación y nuestras carreras, pero eso era porque yo ya había demostrado lo que podía hacer. Ella era una asistente. Todo lo que necesitaba de mí era que le asegurara que su carrera no iba a sufrir por nuestra temeridad e hice justo lo contrario: confirmarle que así iba a ser.

Tengo que admitir que me sorprendió que en la oficina no se volvieran todos locos con lo que yo había hecho, pero parecía que solo mi padre y Henry lo sabían. Chloe había tenido lo nuestro en secreto siempre. Me pregunté si Sara sabría todo lo que había pasado, si estaría en contacto con Chloe.

Y pronto tuve mi respuesta. Unos pocos días después de que Chicago cambiara, Sara entró en mi despacho sin llamar.

—Esta situación es una estupidez total.

Levanté la vista para mirarla y dejé el archivo que había estado estudiando para mirarla fijamente lo bastante para hacerla revolverse un poco antes de hablar.

—Quiero recordarle que «esta situación» no es asunto suyo.

—Soy su amiga, así que lo es.

—Como empleada de Ryan Media de Henry, no lo es.

Me miró durante un largo momento y después asintió.

—Lo sé. No se lo voy a decir a nadie, si eso es lo que insinúa.

—Claro que eso era lo que quería decir. Pero también me refiero a su comportamiento. No quiero que meta las narices en mi despacho sin molestarse en llamar.

Ella pareció arrepentida pero no se arredró ante mi mirada. Estaba empezando a ver por qué ella y Chloe eran tan amigas:

ambas tenían una voluntad de hierro que rozaba en la imprudencia y eran ferozmente leales.

—Comprendido.

—¿Puedo preguntarle por qué está aquí? ¿Es que la ha visto?

—Sí.

Esperé. No quería presionarla para que rompiera su confianza, pero, Dios santo, estaba deseando sacudirla hasta que soltara todos los detalles.

—Le han ofrecido un trabajo en Studio Marketing.

Exhalé tenso. Una empresa decente, aunque pequeña. Un recién llegado con algunos buenos ejecutivos junior pero unos cuantos gilipollas de marca mayor dirigiéndola.

—¿Quién es su jefe?

—Un tío que se apellida Julian.

Cerré los ojos para ocultar mi reacción. Troy Julian estaba en la junta y era un ególatra con una afición por llevar mujeres floreros colgadas del brazo que solo rozaba la legalidad. Chloe tenía que saberlo, ¿en qué estaría pensando?

«Piensa, imbécil.»

Ella estaría pensando que Julian tenía los recursos para darle un proyecto con suficiente sustancia en el que pudiera trabajar para hacer su presentación dentro de tres meses.

—¿En qué proyecto está trabajando?

Sara caminó hasta mi puerta y la cerró para que la información no llegara a oídos ajenos.

—Sander's Pet Chow.

Me puse de pie y golpeé la mesa con las dos manos. La furia me estranguló y cerré los ojos para controlar mi genio antes de tomarla con la asistente de mi hermano.

—Pero es una cuenta diminuta.

—Ella no es más que una asistente, señor Ryan. Claro que es una cuenta diminuta. Solo alguien que está enamorado de ella la dejaría trabajar en una cuenta de un millón de dólares y un contrato de marketing de diez años. —Sin mirarme se giró y salió del despacho.

Chloe no me contestó al móvil, ni al teléfono de su casa, ni a ningún email de los que le mandé a la cuenta personal que tenía en su archivo. Ni llamó, ni pasó por allí, ni dio ninguna indicación de que quisiera hablar conmigo. Pero cuando sientes que te han abierto en canal el pecho con un pico y no puedes dormir, haces cosas como mirar en su información confidencial la dirección del apartamento de tu asistente, vas hasta allí en el coche un sábado a las cinco de la mañana y esperas a que salga.

Y como no salió del apartamento en un día entero, convencí al guardia de seguridad de que era su primo y estaba preocupado por su salud. Él me acompañó arriba y se quedó detrás de mí cuando llamé a la puerta.

El corazón me latía tan fuerte que parecía que estuviera a punto de salírseme del pecho. Oí que alguien se movía dentro y caminaba hacia la puerta. Podía prácticamente sentir su cuerpo a centímetros del mío, separado por la madera. Una sombra apareció en la mirilla. Y después, silencio.

—Chloe.

No abrió la puerta, pero tampoco se apartó.

—Cariño, por favor, abre la puerta. Necesito hablar contigo.

Después de lo que me pareció una hora, dijo:

—No puedo, Bennett.

Apoyé la frente contra la puerta y también las palmas. Tener algún superpoder me habría venido bien en ese momento. Manos que escupían fuego, o la sublimación, o solo la capacidad de encontrar algo adecuado que decir. En ese momento eso me parecía imposible.

—Lo siento.

Silencio.

—Chloe... Dios. Lo entiendo, ¿vale? Repróchame que he vuelto a ser un capullo. Dime que me den. Hazlo a tu manera... pero no te vayas.

Silencio. Todavía estaba ahí. Podía sentirla.

—Te echo de menos. Joder que si te hecho de menos. Mucho.

—Bennett... ahora no, ¿vale? No puedo hacer esto.

«¿Estaba llorando?» Odiaba no saberlo.

—Oye, tío. —El guardia de seguridad sonaba como si ese fuera el último lugar en el que quisiera estar y se veía que estaba cabreado porque le había mentido—. Esto no es por lo que dijiste que querías subir. Parece estar bien. Vamos.

Me fui a casa y me bebí una buena cantidad de whisky. Durante dos semanas estuve jugando al billar en un bar sórdido e ignoré a mi familia. Llamé a la empresa para decir que estaba enfermo y solo salí de la cama para coger de vez en cuando un cuenco de cereales, rellenar el vaso o ir al baño, donde siempre que veía mi reflejo me mostraba el dedo en un gesto grosero. Estaba deprimido, y como nunca antes había experimentado nada como eso, no tenía ni idea de cómo salir de ello.

Mi madre vino con algo de comida y la dejó en la puerta.

Mi padre me dejaba mensajes de voz con las cosas que pasaban en el trabajo.

Mina me trajo más whisky.

Por fin vino Henry, con el único juego de llaves de repuesto de mi casa que había, me tiró agua helada encima y después me pasó un recipiente de comida china. Me comí la comida mientras él me amenazaba con pegar fotos de Chloe por toda la casa si no me recuperaba de una vez y volvía al trabajo.

Durante las siguientes semanas Sara supuso que estaba perdiendo la cabeza poco a poco y empezó a pasar para darme informes una vez a la semana. Se mantenía estrictamente profesional, diciéndome cómo le iba a Chloe en su nuevo trabajo con Julian. Su proyecto iba bien. Los de Sanders la adoraban. Había hecho una presentación de la campaña a los ejecutivos y le habían dado el visto bueno. Nada de todo aquello me sorprendió. Chloe era mucho mejor que todos los que trabajaban allí.

Ocasionalmente Sara dejaba caer algo más. «Ha vuelto al gimnasio», «Tiene mejor aspecto» o «Se ha cortado el pelo un poco más corto, y le queda muy bien» o «Salimos todas el sábado. Creo que se lo pasó bien, pero se fue pronto».

«¿Será porque tenía una cita?», me pregunté. Y después descarté esa idea. No me la podía imaginar viendo a otra persona. Sabía cómo había sido lo nuestro y estaba bastante seguro de que Chloe tampoco estaba viendo a nadie más.

Esos «informes» nunca eran suficientes. ¿Por qué no podía Sara sacar su teléfono y hacerle unas cuantas fotos? Estaba deseando encontrarme con Chloe en una tienda o por la calle. Incluso fui a La Perla un par de veces. Pero no la vi en dos meses.

Un mes vuela cuando te estás enamorando de la mujer con la que antes tenías sexo. Dos son una eternidad cuando la mujer que quieres te deja.

Así que cuando se acercaba la fecha de su presentación y oí en boca de Sara que Chloe estaba preparada y que manejaba a Julian con disciplina de hierro, pero que también parecía «un poco más pequeña y menos ella», por fin reuní el valor que necesitaba.

Me senté en mi mesa, abrí PowerPoint y saqué el plan de Papadakis. A mi lado en la mesa, el teléfono sonó. Pensé en no contestar, porque quería centrarme en aquello y solo aquello.

Pero era un número local desconocido y una parte importante de mi cerebro quiso pensar que podría ser Chloe.

—Bennett Ryan.

La risa de una mujer se oyó al otro lado de la línea.

—Mira, guapo, eres un cabrón gilipollas.

20

El director Cheng y los otros miembros de la junta de la beca entraron y me saludaron amigablemente antes de tomar asiento. Comprobé mis notas y la conexión entre el portátil y el sistema del proyector, y esperé que los últimos rezagados entraran en la sala. El hielo repiqueteó en los vasos cuando se sirvieron agua. Los colegas hablaron entre ellos en voz baja y alguna risa ocasional rompió el silencio.

«Colegas.»

Nunca me había sentido tan aislada. El señor Julian ni siquiera se había molestado en presentarse allí para apoyarme. Qué sorpresa.

La sala era muy parecida a otra sala de reuniones que había a diecisiete manzanas de ahí. Había estado de pie delante del edificio Ryan Media Tower un poco antes aquella misma mañana, dándoles las gracias en silencio a todos los que había dentro por convertirme en quién era. Y después había venido caminando, contando las manzanas e intentando ignorar el dolor de mi pecho, sabiendo que Bennett no iba a estar en la sala hoy conmigo, estoico, jugueteando con sus gemelos y con sus ojos atravesando mi calma exterior.

Echaba de menos mi proyecto. Echaba de menos a mis compañeros. Echaba de menos los estándares despiadados y exigentes de Bennett. Pero sobre todo echaba de menos al hombre en que se había convertido para mí. Odiaba haber sentido la necesidad de elegir un Bennett sobre el otro y no acabar con ninguno de los dos.

Una asistente llamó y asomó la cabeza por la puerta para llamar mi atención. Le dijo al señor Cheng:

—Tengo unos formularios que Chloe tiene que firmar antes de empezar. Volvemos enseguida.

Sin hacerle ninguna pregunta la seguí afuera, con las manos temblando junto a los costados y deseando poder deshacerme de mis nervios. «Puedes hacerlo, Chloe.» Veinte miserables diapositivas detallando una campaña de marketing mediocre de cinco cifras para una empresa local de comida para animales. Pan comido.

Solo tenía que acabar con eso y después podría irme de Chicago y empezar de nuevo en algún lugar a cientos de kilómetros de allí. Por primera vez desde que me había mudado allí, Chicago me resultaba completamente ajeno.

Pero aun así, todavía estaba esperando que mi marcha empezara a parecerme la decisión correcta.

En vez de quedarnos en la mesa de la asistente, cruzamos un pasillo hasta otra sala de reuniones. Ella abrió la puerta y me hizo un gesto para que entrara antes que ella. Pero cuando entré, en vez de seguirme, ella cerró la puerta dejándome allí a solas.

O no tan a solas.

Me dejó con Bennett.

Sentí como si mi estómago se hubiera evaporado y mi pecho se hubiera hundido en el hueco que había dejado. Estaba de pie junto a la pared de cristal que había en el lado más alejado de la habitación, con un traje azul marino y una corbata morada que le regalé por Navidad y llevaba en la mano un grueso archivo. Tenía los ojos oscuros e inescrutables.

—Hola. —Le falló la voz en esas dos únicas sílabas.

Yo tragué saliva, mirando hacia la pared y luchando para contener mis emociones. Estar lejos de Bennett había sido un infierno. Más veces al día de las que podía contar fantaseaba con volver a Ryan Media, o con verlo entrar en el cubículo en el que trabajaba ahora en plan *Oficial y caballero*, o con que apareciera en mi puerta con una bolsa de La Perla colgando de uno de sus largos y provocativos dedos.

Pero no esperaba verlo allí, y después de tanto tiempo, incluso esa palabra vacilante casi pudo conmigo. Echaba de menos su voz, su sonrisa, sus labios, sus manos. Echaba de menos la forma en que me miraba, la forma en que esperó por mí, la forma en que yo podía decir que había empezado a quererme.

Bennett estaba allí. Y tenía un aspecto horrible.

Había perdido peso y aunque iba perfectamente vestido y bien afeitado, la ropa caía de una manera extraña de su alto cuerpo. Parecía que no había dormido en varias semanas. Conocía esa sensación. Tenía ojeras y no aparecía por ninguna parte su sonrisita burlona tan característica. En su lugar, su boca dibujaba una línea recta. El fuego que yo siempre había asumido que era propio de su expresión estaba completamente extinguido.

—¿Qué haces aquí? —le pregunté.

Levantó una mano y se la pasó por el pelo, deshaciendo completamente el patético estilismo que había intentado hacerse. El corazón se me retorció ante ese desaliño tan familiar.

—Estoy aquí para decirte que has sido una imbécil por dejar Ryan Media.

Me quedé boquiabierta al oír su tono y una oleada familiar de adrenalina me recorrió las venas.

—He sido una imbécil por muchas cosas. Gracias por venir. Una reunión muy divertida. —Me volví para salir de ahí.

—Espera —dijo en voz baja y exigente.

Los viejos instintos se pusieron a trabajar, me detuve y me volví hacia él. Se había acercado varios pasos.

—Los dos hemos sido unos idiotas, Chloe.

—En eso estamos de acuerdo. Tenías razón al decir que has trabajado mucho como mi mentor. He aprendido mi idiotez del mayor idiota que existe. Todo lo bueno lo he aprendido de tu padre.

Esa crítica pareció haber alcanzado su destino y él hizo una mueca de dolor y dio un paso atrás. Había sentido un millón de emociones en los últimos meses: mucha ira, algo de arrepentimiento, una culpa frecuente y un zumbido continuo de orgullo lleno de justa indignación, pero sabía que lo que acababa de decir no era justo, y de inmediato me arrepentí. Él me había empujado, no siempre de forma intencionada, pero aunque solo fuera por eso le debía algo.

Pero mientras estaba allí de pie en aquella habitación cavernosa con él, con el silencio naciendo y creciendo como una plaga entre los dos, me di cuenta de que había estado totalmente equivocada todo ese tiempo: fue él quien me dio la oportunidad de trabajar en los proyectos más importantes. Él me llevo consigo a todas las reuniones. Él me hizo escribir los informes críticos, hacer las llamadas difíciles, gestionar la entrega de los documentos de las cuentas más sensibles.

Él había sido mi mentor y eso le importaba mucho.

Tragué saliva.

—No quería decir eso.

—Lo sé. Lo veo en tu cara. —Se pasó la mano por la boca—. Pero es parcialmente cierto. No me merezco reconocimiento por lo buena que eres. Supongo que como soy unególatra necesitaba una parte de él. Pero fue también porque me resultas realmente inspiradora.

El nudo que había empezado a formarse en mi garganta pareció extenderse hacia abajo y hacia fuera y no me dejaba respirar a la vez que me presionaba el estómago. Estiré el brazo en busca de la silla más cercana.

—¿Por qué has venido, Bennett? —pregunté de nuevo.

—Porque si lo estropeas ahora, yo me voy a ocupar personalmente de que no vuelvas a trabajar para ninguno de los integrantes de la lista de los 500 de la revista *Fortune* nunca más.

No me lo esperaba y mi enfado resurgió renovado y ardiente.

—No voy a estropear nada, gilipollas. Estoy preparada.

—No es eso lo que quería decir. Tengo las diapositivas de Papadakis aquí y también los dossieres. —Me enseñó un lápiz USB y una carpeta—. Y si no te luces con esta presentación ante la junta voy a acabar contigo.

No había sonrisa arrogante ni juego de palabras intencionado. Pero detrás de lo que decía, pareció resonar algo más.

«Nosotros. Esto somos nosotros.»

—Tengas lo que tengas ahí, no es mío —dije señalando el lápiz—. Yo no he preparado las diapositivas de Papadakis. Me fui antes de poder hacerlas.

Él asintió como si estuviera siendo excepcionalmente lenta.

—Ya estaban hechos los borradores de los contratos para mandar a firmar cuando tú dimitiste. Yo solo he hecho las diapositivas basándome en «tu» trabajo. Y esto es lo que vas a presentar hoy y no una campaña de marketing de una mierda de comida de perro.

Resultó humillante que él me tirara mi trabajo a la cara y yo di unos pasos hacia él.

—Maldita sea, Bennett. Me dejé los cuernos trabajando para ti y me los he dejado trabajando para Julian. Y me dejaré los cuernos sea donde sea donde acabe después, tanto si es vendiendo comida para animales como gestionando campañas de un millón de dólares, y ya te puedes ir a la mierda si crees que puedes entrar aquí con eso y decirme cómo tengo que llevar mi carrera. Tú no me controlas.

Él se acercó.

—No quiero controlarte.

—Y una mierda.

—Quiero ayudarte.

—No necesito tu ayuda.

—Sí, Chloe, sí la necesitas. Aprovéchala. Este trabajo es tuyo. —Estaba lo bastante cerca para extender la mano y tocarme y aún dio un paso más. Ahora estaba tan cerca que podía sentir el calor de su cuerpo, oler su jabón y su piel combinados para formar su olor familiar—. Por favor. Te lo has ganado. Esto impresionará más a la junta.

Un mes antes, había querido más que nada en el mundo presentar esa cuenta. Había sido mi vida durante meses. Era mía. Pude sentir que se me formaban lágrimas en los ojos y parpadeé para apartarlas.

—No quiero estar en deuda contigo.

—Esto no es un favor. Yo te estoy pagando por tu trabajo. Estoy admitiendo que la he fastidiado. Te estoy diciendo que tienes una de las mejores mentes para los negocios que he conocido. —Su mirada se dulcificó y su mano se acercó para apartarme un mechón de pelo y ponérmelo tras el hombro—. No estarás en deuda conmigo. A menos que tú quieras... pero de una forma totalmente diferente.

—No creo que pudiera volver a trabajar para ti —dije haciendo que las palabras pasaran a la fuerza por el nudo de desesperación de mi garganta. Necesitaba todas mis fuerzas para no alargar la mano y tocarlo.

—No quería decir eso. Te estoy diciendo que lo he hecho muy mal como jefe. —Tragó saliva nerviosamente e inspiró profundamente—. Y también como amante. Necesito que aceptes esta presentación —dijo tendiéndome el lápiz USB—. Y necesito que me aceptes otra vez a mí.

Me quedé mirándolo.

—Tengo que volver a la sala de reuniones.

—No, todavía no. Van retrasados. —Miró su reloj—. Hace

un minuto más o menos Henry ha llamado a Cheng con una distracción estúpida para que yo pudiera hablar contigo a solas y pudiera decirte A, que eres imbécil y B, que quiero otra oportunidad contigo.

Una sonrisa asomó a las comisuras de su boca y yo me mordí el labio inferior para evitar sonreír también. Los ojos de Bennett ardieron victoriosos.

—Te agradezco lo que estás haciendo aquí —dije escogiendo las palabras—. He trabajado mucho en esa cuenta y en cierto modo la siento mía. Si no te importa, me gustaría que la junta viera los detalles de la cuenta Papadakis en los dossieres que has traído. Pero voy a presentar la cuenta de Sanders.

Consideró esa posibilidad examinándome. Un músculo en su mandíbula se tensó, un signo inequívoco de impaciencia.

—Está bien. Hazme la presentación a mí aquí. Convénceme de que no vas a cometer un suicidio en esa sala.

Me erguí y dije:

—La campaña es un juego con los elementos del programa *Top Chef*. Pero en cada episodio, o anuncio en este caso, se hablará de un ingrediente diferente de la comida y el reto será crear una receta para mascotas propia del más alto gourmet.

Bennett tenía los ojos entornados, pero sonrió de forma sincera.

—Eso es muy inteligente, Chloe.

Sonreí ante su sinceridad, saboreando el momento.

—La verdad es que no, porque ahí está el chiste. Los ingredientes de Sanders son básicos: buena carne, cereales sencillos. A los perros no les importa lo sofisticada que sea su comida. Quieren carne. Con su hueso y todo. Eso es lo que sabe bien. Mi padre les da a sus perros pienso gourmet todos los días mezclado con arroz integral y un poco de hierba. No es broma. Y en su cumpleaños les da un hueso barato con mucha carne. Es el dueño el que se preocupa por la verdura y el arroz integral y toda esa mierda, no el perro.

Su sonrisa se hizo más amplia.

—Es una forma de reírnos de nosotros mismos por mimar a nuestras mascotas y por tratarlas como un miembro muy querido de la familia. Sanders es ese hueso lleno de carne con el que podemos malcriar a nuestras mascotas todos los días. Y los «jueces» animales siempre elegirán la receta de Sanders.

—Lo has hecho bien.

—¿La campaña? Esa era la intención.

—Sí, pero yo ya sabía que podías hacerlo. Me refiero a la forma de presentarla. Me has picado, me has enganchado.

Me reí al reconocer un cumplido de Bennett nada más verlo.

—Gracias.

—Acéptame otra vez, Chloe. Dime ahora mismo que lo harás.

Solté una carcajada más alta y me froté la cara.

—Siempre un capullo exigente.

—¿Vas a fingir que no me has echado de menos? Tú también estás terrible, ¿sabes? Julia me llamó anoche cuando estaba recopilando el material para las diapositivas...

Lo miré con la boca abierta.

—¿Julia te llamó?

—Y me dijo que estabas hecha un desastre y tenía que ponerme en marcha y encontrarte. Le dije que ya estaba en ello. Iba a hacerlo de todas formas, pero su llamada me puso más fácil esto de venir aquí a suplicarte.

—Pero ¿sabes siquiera cómo se hace eso? —le pregunté ya sonriendo abiertamente.

Bennett se humedeció los labios y bajó la mirada a mi boca.

—Probablemente no. ¿Quieres enseñarme?

—Inténtalo. Hazme tu mejor súplica de rodillas.

—Con el debido respeto, que le den, señorita Mills.

—Solo si me lo suplicas…

Él abrió mucho los ojos y antes de que pudiera decir nada más, le cogí el archivo de la cuenta Papadakis de las manos y me fui de allí.

Entré en la sala de reuniones con Bennett pisándome los talones. Los murmullos pararon cuando aparecí.

Le pasé al director Cheng los dossieres y ojeó las diapositivas de la cuenta Papadakis. Sonrió.

—¿Cómo ha conseguido acabar dos proyectos?

Yo balbucí unas cuantas sílabas; no esperaba la pregunta.

—Es muy eficiente —dijo Bennett pasando a mi lado y tomando asiento—. Cuando terminó de preparar la cuenta Papadakis, sugirió hacer otro período corto de prácticas en otra empresa, solo hasta que finalizara el curso. Después de todo, esperamos que trabaje en Ryan Media en un futuro próximo.

Me esforcé por ocultar mi impresión. «¿De qué demonios está hablando?»

—Fantástico —dijo un hombre mayor que había en el extremo de la mesa—. ¿Con la cuenta Papadakis?

Bennett asintió.

—Trabajando para mi padre. Necesita a alguien que se ocupe de esta cuenta, pero nos hace falta alguien que trabaje con nosotros a tiempo completo. Chloe es la elección obvia, si quiere aceptar, claro.

Me tragué unas cinco mil reacciones diferentes. La principal era irritación porque hubiera sacado a relucir aquello delante de la junta. Pero también estaba mezclada con gratitud, emoción y orgullo. Bennett se iba a llevar una buena bronca cuando acabara allí.

—Bien, empecemos entonces —dijo Cheng acomodándose en la silla.

Yo cogí mi puntero láser y caminé hasta el extremo de la sala, sintiéndome como si estuviera andando sobre gelatina. Dos asientos más allá de la cabecera de la mesa estaba Bennett, que carraspeó cuando su mirada se encontró con la mía.

También tendría que preguntarle sobre eso, porque estaba bastante segura de que justo antes de que empezara a hablar, él pronunció silenciosamente las palabras: «te quiero»

Cabrón sutil.

Me dijeron que iban a utilizar mi presentación en el folleto, la página web y el boletín de noticias de la empresa.

Me hicieron firmar unos cuantos papeles, posar para varias fotos y estrechar muchas manos.

Incluso me ofrecieron un trabajo en JT Miller.

—Ya está comprometida —dijo Bennett apartándome a un lado. Me miró sin palabras mientras todos los demás iban saliendo de la sala.

—Ah, sí, en cuanto a eso —le dije intentando sonar enfadada. Todavía tenía la adrenalina por las nubes por la presentación, la discusión y todo aquel día. Y ahora tener a Bennett a una distancia a la que incluso podía besarlo era la guinda.

—Por favor, no digas que no. Creo que le he pisado la sorpresa a mi padre. Te iba a llamar esta noche.

—¿De verdad me va a ofrecer un trabajo?

—¿Lo vas a aceptar?

Me encogí de hombros y me sentí un poco mareada.

—¿Quién sabe? Ahora mismo solo quiero celebrarlo.

—Has estado increíble. —Se inclinó y me besó la mejilla.

—Gracias. Ha sido lo más divertido que he hecho en varias semanas.

—Los dossieres estaban bien, ¿verdad?

Puse los ojos en blanco.

—Sí, pero has cometido un error garrafal.

Se puso serio.

—¿Cuál?

—Has admitido que sabes utilizar PowerPoint.

Con una risa me cogió el maletín del portátil y lo colocó en una silla, acercándose a mí con una sonrisa oscura.

—Solía hacer diapositivas para mi jefe. Yo también fui becario una vez, claro.

Se me puso la piel de gallina.

—¿Y tu jefe te gritaba?

—A veces. —Me subió el dedo índice por el brazo.

—¿Y criticaba tu letra?

—Constantemente. —Se agachó y me besó la comisura de la boca.

—¿Y tu jefe te besaba?

—Mi padre siempre ha sido más de apretones de manos.

Me reí y metí las manos bajo su chaqueta para poder rodearlo con mis brazos.

—Bueno, yo ya no soy tu asistente.

—No, eres mi colega.

Ronroneé porque me gustaba cómo sonaba eso.

—¿Y mi amante?

—Sí. —Mi voz tembló al pronunciar esa única sílaba y comprendí perfectamente el significado de la expresión «morirse de gusto». Estaba segura de que Bennett podía sentir mi corazón que latía fuerte contra su cuerpo.

Me mordió el lóbulo de la oreja.

—Tendré que encontrar nuevas excusas para llevarte a la sala de reuniones y follarte contra la ventana.

La sangre me hirvió en las venas, espesa y caliente.

—Pero no necesitas excusas para llevarme a tu casa.

Bennett me besó la mejilla y después la boca con suavidad.

—¿Chloe?

—¿Sí, Bennett?

—Todo esto del flirteo está muy bien, pero te lo digo en serio, no voy a permitir que me dejes otra vez. Ha estado a punto de destrozarme.

Al pensarlo, sentí como si las costillas me presionaran los pulmones y los dejaran sin aire.

—No creo que pueda. No quiero volver a estar lejos de ti.

—Pero tienes que darme la oportunidad de arreglar las cosas cuando las estropee. Sabes que a veces soy un gilipollas.

—¿A veces?

—Y rompo lencería —susurró casi en un gruñido.

Le aparté un rizo de la frente.

—Y la guardas en alguna parte. No te olvides de esa costumbre inquietante de atesorarla.

—Pero te quiero —dijo mirándome con los ojos como platos—. Y ahora ya conozco a la mayoría de las dependientas de La Perla. He pasado mucho tiempo en la tienda deprimido mientras has estado lejos. Y además sé de buena tinta que soy el mejor compañero sexual que has tenido. Así que, con suerte, esas cosas pesarán más que las malas.

—Vale, vendido. —Lo atraje hacia mí—. Ven aquí. —Puse mi boca sobre la suya y le mordí el labio inferior. Lo agarré de las solapas con las manos y me giré para apretarlo contra la ventana, poniéndome de puntillas para estar más cerca, todo lo cerca que pudiera.

—Qué exigente te has vuelto ahora que todo es oficial.

—Cállate y bésame —dije riéndome contra su boca.

—Sí, jefa.

AGRADECIMIENTOS

Nuestra primera declaración de amor incondicional va para Holly Root, nuestra agente, animadora, ninja adorable y la más mala malísima que hay por ahí. ¿Te acuerdas de cuando nos portamos como niñas grandes y te contamos todos nuestros secretos? Tú aceptaste el lado subidito de tono con tanto entusiasmo como el resto. Gracias por dejarnos marcar la casilla que decía: «Todo lo anterior». Eres un ser humano increíble.

Los chillidos de fans enfervorecidas van para Adam Wilson, nuestro editor de la editorial Gallery, por aceptar inmediatamente el libro y a nosotras y por sus notas al margen que nos hicieron reír durante días (literalmente). Además, nos alegra mucho saber que al menos un hombre ha leído el libro. Prometemos que nunca más volveremos a utilizar la palabra «vulva».

Gracias a Dawn, por su amistad incondicional y su entusiasmo cuando sugerimos convertir esto en algo nuevo. Gracias a Rachel, por convertir a formato beta el *fanfic* original. Moi, eres una amiga excepcional y la mejor directora de investigación y desarrollo que este libro podría pedir. Y un agradecimiento sentido y global a todas las fans es todo lo que podemos daros en el espacio que tenemos. Pero quedaos tranquilas, el espacio que podéis decir que tenéis en esta historia compartida es mucho más grande que este; vuestro amor por la historia, incluso después de tres años publicada, la ha mantenido viva. Esperamos que disfrutéis del libro con sus cambios igual que disfrutasteis del original. Que a todas os rompan unas bragas de La Perla al menos una vez.

A las primeras lectoras del libro: Martha, Erin, Kellie, Anne, Myra y Gretchen. Trabajar en este libro con vosotras ha sido divertidísimo y nos han encantado todos y cada uno de los comentarios, los grititos, las correcciones y los ::sonidos vocálicos:: Vuestro entusiasmo nos ha mantenido en pie cuando creímos que era una locura hacer esto y sobre todo cuando estábamos seguras de ello. Gracias por tomaros el tiempo de leer cada palabra, incluso las guarras que os hicimos leer cien veces.

Pero por encima de todo queremos agradecer el apoyo de nuestras familias. SisterShoes, Cutest, Ninja, Bear, Blondie y Dr. Mister Shoes nos habéis dado más que ánimos; nos habéis concedido el lujo del tiempo y nos habéis querido incluso en los momento más álgidos de nuestras obsesiones más tontas. Gracias por ser lo mejor de cada día y la razón por la que nos embarcamos en esta aventura en primer lugar.